Sebastiano Vassalli
Das Gold der Welt

SERIE PIPER
Band 1480

Zu diesem Buch

Vassalli erzählt in diesem autobiographischen Roman vom Schicksal Italiens nach dem Sturz des Faschismus. Sebastiano wächst in den fünfziger Jahren unter den Goldwäschern an den Ufern des Tessins auf, verfolgt und gequält von seinem Vater, einem Aufschneider, Lügner, Betrüger und Faschisten, der sich nach dem Krieg als Witwenverführer durchschlägt und noch mit achtzig das Altersheim verläßt, um eine häßliche, aber vermögende Frau in den Vierzigern zu ehelichen. Die Figur des Vaters, eine satirische Meisterleistung Vassallis, verkörpert das Trauma einer ganzen Generation, die nach dem Ende der Diktatur den Faschismus aus ihrem Gedächtnis ausradiert und durch eine neue Ideologie ersetzt hat. Puzzlehaft verwoben mit dieser Handlung sind historische Fakten und die ungewöhnliche Entstehungsgeschichte des Romans selbst.

Sebastiano Vassalli, geboren 1941 in Genua. Autor zahlreicher Romane und politisch-philosophischer Werke. Für seinen Roman »La Chimera« erhielt er 1990 den Premio Strega und erzielte damit international seinen literarischen Durchbruch; bei Piper 1993 unter dem Titel »Die Hexe aus Novara« erschienen.

Sebastiano Vassalli

Das Gold der Welt

Roman

Aus dem Italienischen von
Hermann Seidl

Mit einem Nachwort
von Alice Vollenweider

Piper
München Zürich

Die Originalausgabe erschien 1987 unter dem Titel
»L'oro del mondo« bei Giulio Einaudi Editore in Turin.

ISBN 3-492-11480-6
Deutsche Erstausgabe
Mai 1994

Umschlag: Federico Luci,
unter Verwendung des Gemäldes »Ritratto del fratello Ettore«
(1910) von Mario Sirone

Satz: Verlags- und Werbeatelier Werner May, Neustadt/Weinstr.
Druck und Bindung: Clausen & Bosse, Leck
Printed in Germany

Das Gold der Welt

Los, mein Freund, los, spute dich!
Zieh dir die Haut über die Maske!
Schlüpf in dein Gesicht!
Du mußt auf die Bühne!

Zwischen 1945 und 1950, in den ersten Nachkriegsjahren, litt ein Großteil der italienischen Bevölkerung Hunger: im Norden, im Süden, in den verwüsteten Städten, aber auch auf dem nach Jahren der Verwahrlosung, der fehlenden Mittel, des Diebstahls und der Plünderungen verelendeten Land. Neben den offiziell bekannten zwei Millionen Arbeitslosen bildete sich, als nach und nach die Kriegsteilnehmer aus allen fünf Kontinenten in die Heimat zurückkehrten, eine Grauzone von zwei oder drei oder vielleicht auch vier Millionen Menschen, die keine feste Arbeit hatten und sich deshalb in einer äußerst prekären Situation befanden. Man griff wieder auf Erwerbsformen zurück, welche die Ausbreitung eines bescheidenen

Wohlstandes bereits hatte aussterben lassen. So zum Beispiel tauchten an einigen Flüssen im Piemont wieder Goldsucher auf. Männer von fünfzehn bis siebzig Jahren, die nur mit den notwendigsten Gerätschaften ausgerüstet (geriffeltes Waschbrett, Sieb, Eisenschüssel, Schaufel), für eine Messerspitze Goldstaub vom Morgengrauen bis in die Nacht arbeiteten. In unseren Flüssen findet sich das Gold bekannterweise nicht in Nuggets, sondern in winzigen Blättchen von geringstem Gewicht, von denen man Hunderte braucht, um auf ein halbes oder ein ganzes Gramm zu kommen.

Die Zeit der Goldsuche währte nur kurz. Mit dem wirtschaftlichen Aufschwung begann sich, bereits zu Beginn der fünfziger Jahre, das Häuflein der berufsmäßigen Goldsucher zu lichten, als die Kriegsheimkehrer sich nach und nach finanziell einträglicheren Tätigkeiten in Industrie, Landwirtschaft und Handel zuwandten. In einer Zeit des erneut zunehmenden Wohlstandes wäre es für einen arbeitsfähigen Mann Wahnsinn gewesen, weiterhin sein Leben an einem Flußufer bei der Suche nach Gold zu fristen. Beim Sandsieben hielt es nur wenige Einzelgänger, die mit der Zeit ebenfalls verschwanden: Mit ihnen schien auch die Erinnerung an eine Epoche zu verblassen, die gewisser Aspekte wegen eher wie geträumt und nicht wie tatsächlich gelebt anmutet. Bewußt anachronistisch, gezwungenermaßen arm. Unzeitgemäß: wie das Gold.

Das Telegramm aus Mailand lautete: „Alvaro S. verstorben. Aufrichtiges Beileid" und so weiter. Ich bin mit dem Zug hingefahren und in den Streik der öffentlichen Verkehrsmittel (Straßenbahn, U-Bahn und Taxis) geraten. Es herrschte ein unbeschreibliches Durcheinander, das reinste Chaos: völlig verstopfte Straßen mit eingekeilten, wild hupenden Autos und knatternden Mopeds; Autofahrer, die ausgestiegen waren und nun ihre Ellbogen einsetzten, um weiterzukommen; Verkehrspolizisten mit hochroten Köpfen, die versuchten, etwas Ordnung zu schaffen und das entsetzliche Gewirr zu entflechten. Vergeblich. Auf Kosten der Stadtverwaltung angebrachte Plakate warben für die „Autorenvereinigung". Die

Häusermauern waren beschmiert mit Sprüchen wie „Wo du auch hingehst, die Welt ist öd und leer" und anderen netten Sachen. Im Krankenhaus, in dem Onkel Alvaro gestorben war, konnte man dann seine Leiche nicht finden. Der eine wollte ihn dahin, der andere wieder dorthin gebracht haben; ein wütender Arzt beschuldigte einen Kollegen, brüllte herum, daß ihm die Leichen geklaut und in die und die Abteilung verschleppt würden, um dann irgendwelche Gelder von Staat und Land dafür kassieren zu können. „So eine Unverschämtheit!" wetterte er, Schließlich ist die Leiche doch noch zum Vorschein gekommen. Die Bahre befand sich im Lift, der zwischen zwei Stockwerken steckengeblieben war, was – wie mir ein Krankenpfleger versicherte – in diesem Hause absolut nichts Ungewöhnliches war, weil die Leute alles Mögliche im Lift wegwerfen, leere Zigarettenschachteln, Monatsbinden, Kekspackungen, Pantoffeln, und das ganze Zeug rutscht dann genau dort hinein, wo es nicht hingehört, und blockiert den Lift. „Wir haben Dutzende von Schildern angebracht, aber das ist völlig umsonst." Die Mechaniker sind gekommen und haben begonnen, zwischen den Schreien der Gebärenden im ersten Stock und dem Röcheln der Sterbenden im dritten Stock geschäftig auf und ab zu laufen. Die Liftkabine bewegte sich plötzlich nach oben, dann mit einem Ruck nach unten, und die Tür ging auf. Die Bahre schoß heraus. Der Krankenpfleger hob einen Zipfel des Lakens hoch; vor mir lag Onkel Alvaro, mit einem geschlossenen und einem halboffenen Auge, das mich anblickte und mir zuzwinkerte. Es sah tatsächlich so aus, als würde er mir zuzwinkern. Mir ist der Gedanke gekommen, daß er jetzt zum zweiten Mal gestorben war. Am 22. September 1943 war er von den Deutschen an die Wand gestellt und als vermeintlicher Toter unter den leblosen Körpern seiner Kameraden liegen gelassen worden. Er hatte sich manchmal darüber lustig gemacht. „Einmal bin ich ja schon gestorben, da kommt es auf ein zweites Mal auch nicht an!" Nun war er also wirklich tot und zwinkerte mir zu: „Jetzt bin ich zum letzten Mal gestorben!"

Zwei Tage später haben wir ihn auf dem Friedhof in B. begraben, im Schatten des romanischen Kirchleins, am Ende der Platanenallee. Der Mercedes des Bestattungsunternehmens rollte im Schrittempo in der milden Herbstsonne dahin, und wir gingen zu fünft hinterher: der Pfarrer, zwei Ministranten, die sich ständig gegen die Schienbeine traten, weil der Pfarrer sie nicht sehen konnte, Signora Roberta und ich. Signora Roberta war die Frau in Onkel Alvaros Leben gewesen: Sie war die achtzehnjährige Verlobte, die er im Dorf zurückgelassen hatte, als er in den Krieg zog, und die bei seiner Rückkehr bereits mit einem älteren, ja fast schon alten Mann verheiratet war. Sie war die vierzigjährige Witwe, die Onkel Alvaro immer noch gerne geheiratet hätte, wenn sich nicht ihre Verwandten mit Händen und Füßen dagegen gesträubt hätten („Das ist doch ein Versager, Roberta!", „Der hat es nur auf unser Geld abgesehen!" und so weiter). Sie war die alte Frau, die ihn im Krankenhaus besucht hatte, mit einem Schleier vor dem Gesicht, um nicht erkannt zu werden (von wem eigentlich?). Ich sah sie zum ersten Mal. Sie war eine kleine, zierliche, zerbrechlich wirkende Frau mit traurigen Augen. Ich fand es mutig von ihr, den Vorurteilen eines ganzen Dorfes zu trotzen und zu Onkel Alvaros Begräbnis nach B. zu kommen; zugleich war ich verlegen, weil ich nicht wußte, wie ich mich verhalten sollte: Sollte ich sie begrüßen, zu ihr hingehen und ihr die Hand geben? Dann war sie es aber, die nach dem Begräbnis zu mir gekommen ist und meine Hand in ihre Hände genommen hat: „Du bist also Sebastiano."

„Ja, ich bin Sebastiano."

„Wer weiß, wie du über mich urteilst", hat Signora Roberta noch hinzugefügt. „Wer weiß, was ihr, Alvaros Verwandte, von mir denkt."

Gemeinsam haben wir den Friedhof verlassen. Die gelben Blätter der Platanen zitterten in der fahlen Oktobersonne, und entlang der Felder fuhren die Bauern mit ihren Maschinen zur Reisernte. Ich wußte nicht, was ich sagen sollte, und schwieg. Und im übrigen war es mir noch niemals in den Sinn gekommen, über Signora Roberta ein Urteil zu fällen. „Das waren andere Zeiten damals", hat sie gesagt. „Es war Krieg, es herrschten Hunger und Verzweiflung. Was tat man nicht alles aus Verzweiflung, und weil man keine andere Wahl hatte! Das mußt du mir glauben, Sebastiano! Heutzutage ist alles ganz anders. Die Leute sind zwar nicht mehr verzweifelt, aber auch nicht zufrieden, sie leben einfach so vor sich hin, im Wohlstand. Im Überfluß. Aber man kann die Verzweiflung von damals nicht beurteilen, wenn man wie heute im Wohlstand lebt."

Was hätte ich schon darauf sagen sollen? Leider ist niemand auf der Welt in Wohlstandsfragen inkompetenter als ich... (Ich habe ihn noch nie aus der Nähe gesehen, diesen berühmten Wohlstand!) Aber Signora Roberta blickte mich an und erwartete, daß ich ihr beipflichte, und ich habe ihr dann auch beigepflichtet: „Man kann das wirklich nicht beurteilen! Sie haben völlig recht!“

Ich habe verstohlen auf die Uhr geblickt: Es war Viertel vor zwölf. Vielleicht – so hoffte ich – würde mich Signora Roberta zu sich zum Mittagessen einladen, und so habe ich laut und vernehmlich gesagt: „Ein schöner Spaziergang! Diese herrliche Luft hier!“ und eine Andeutung gemacht: „So allmählich werde ich hungrig! Sie nicht?“

Sie hat mich nur angeblickt, den Kopf geschüttelt und nichts gesagt.

Mittlerweile waren wir an der Landstraße angekommen. An der Abzweigung zum Friedhof, von wo wir kamen, parkte ein Auto, aus dem ein zwanzigjähriger Bursche mit mindestens achtzig Kilo Lebendgewicht ausgestiegen war: einer dieser jungen Kerle von heute, die alles wissen, alles begriffen haben und doch von nichts eine Ahnung haben. Er hatte die Hände in den Hosentaschen vergraben und eine Zigarette in den Mundwinkeln. „Fahren wir nach Hause“, hat er zu Roberta gesagt.

Ostentativ hielt er den Kopf zur Seite gedreht, um mir nicht ins Gesicht blicken zu müssen. Die Türen des Wagens, eines Alfa Romeo mit großem Hubraum, standen weit offen, und das in voller Lautstärke plärrende Radio überflutete die umliegende Gegend mit einem jener Tanzschlager, die man zwei, drei Monate lang überall, dann aber nirgends mehr hört. Roberta hat zu mir gesagt: „Das ist mein Enkel.“ Und dann noch: „Danke, daß du mich begleitet hast, Sebastiano.“

Onkel Alvaro war hochgewachsen, hatte blaue Augen und bereits völlig ergrautes Haar. In der Nacht schrie er oft, rief noch immer seine vor vielen Jahren im Krieg gefallenen Kameraden beim Namen, schluchzte im Schlaf und kratzte sich im Gesicht und an der Stirn. Er fragte sich immer wieder: Wie konnte das nur passieren? Warum nur? Es ging um den Krieg, nicht um jenen kleinen und glorreichen der dreißigtausend Partisanen, aus denen am Tag der Befreiung Italiens dreihunderttausend wurden, sondern um den anderen Krieg, jenen großen und sinnlosen, in den fünfundvierzig Millionen Italiener verwickelt waren, und der, kaum daß er zu Ende war, von allen sofort vergessen wurde, und zwar in Bausch und

Bogen. Aus der Niederlage wurde ein „Waffenstillstand", aus der militärischen Okkupation eine „Allianz". In der Kunst des Vergessens kennt der italienische Genius keine Rivalen, darin ist er unübertrefflich, außergewöhnlich. Niemand war wirklich Faschist gewesen, niemand war für den Krieg verantwortlich, niemand oder fast niemand hatte gekämpft. Die Gefangenen und die Gefallenen waren schließlich nur Sonderlinge, unstete Vagabunden, die sich in der Weltgeschichte herumgetrieben hatten, wobei ihnen dann ihr Mißgeschick zugestoßen war. Es gab niemand, der sie nicht bedauerte, aber eigentlich hatten sie es doch so gewollt. Wären sie doch daheim geblieben, dachten die anderen, die „Normalen" (Es war doch wirklich nicht so schwierig gewesen, daheim zu bleiben! Ein bescheidenes Sümmchen in einem Umschlag oder auch eine kleine „Empfehlung", die leicht aufzutreiben und einzusetzen war), dann hätten sie eine schöne Widerstandsbewegung im Norden und eine angenehme Allianz im Süden erlebt...

Onkel Alvaro hatte Pech gehabt. Er wurde in Kephallonia mit einigen tausend Schwachköpfen seinesgleichen, die es sich zuvor gewiß drei Jahre lang auf der Insel hatten gut gehen lassen, an die Wand gestellt. Durch einen Zufall kam er mit dem Leben davon, flüchtete nach Griechenland, wurde jedoch wieder gefaßt und in ein deutsches Konzentrationslager deportiert. Im Winter 1945, als keiner mehr mit ihm rechnete, tauchte er wieder in seinem Heimatdorf B. auf. Damals lebten wir alle im Dorf. Sogar mein Vater war da, bereits taub und wütend wegen eines Koffers voller Geld, den er, wie er sich ausdrückte, in Deutschland verloren hatte: Hunderttausende Mark! Millionen von Lire! Er keuchte und spuckte herum, trat nach hinten aus wie ein Hund, der auf die Losung eines Rivalen trifft. Er prophezeite schreckliche Dinge: Alles wird sich wieder wenden, was jetzt oben ist, wird nach unten kommen, und was unten ist, nach oben. Wer jetzt lacht, wird weinen (und keine normalen Tränen, sondern „Blutstropfen"!). Und so weiter. Wir wohnten alle im Haus der Großeltern, der Eltern von Onkel Alvaro und meiner Mutter, zu fünft in drei Zimmern. Wir hatten sehr wenig Platz. Onkel Alvaro war nur noch Haut und Knochen. Er konnte keine kräftigen Speisen zu sich nehmen. Er trank Milch. Manchmal entschlüpfte ihm etwas von dem, was ihm in den langen Jahren beim Kommiß zugestoßen war, ein Vorfall, eine Begegnung, eine Gefahr, der er glücklicherweise entgangen war. Alle protestierten, der Großvater und die Großmutter, die Geschwister, die Schwager, die Verwandten, alle. „Du und dein Krieg", schrien sie, „wir haben genug von diesen Kriegsgeschichten!" „Dein Krieg interessiert doch niemanden!" Auch mein Vater geiferte jedes Mal, wenn er auf Onkel Alvaro traf, brauste auf und zischte ihm zu: „Judas!" Er ärgerte sich über meine Mutter und warf ihr alles nur Erdenkliche vor: daß sie ihn gezwungen hätte, auf dem Land zu leben („zwischen Misthaufen", wie er sich ausdrückte), daß sie die Tochter eines Ochsenhüters und die Schwester eines „Verräterschweins", eines Badoglio-Anhängers sei (er spuckte auf den Boden und trat nach hinten aus wie ein Hund) und einen kriminellen Sohn (mich) hätte, daß sie selbst kriminell sei und einer seit Jahrhunderten erblich belasteten, verderbten Rasse angehöre. Er brüllte so laut, daß man ihn bis zum anderen Ortsende hörte. Mir prophezeite er folgendes: „Der wird ein Mörder werden, ein Krimineller, ist dir das klar? Rasse bleibt Rasse, da gibt es kein Entkommen! Ihr alle habt Kains Blut in den Adern: Du! Dein Bruder! Dein Sohn!" Er beschuldigte sie, eine Hexe und eine Nutte zu sein, ihn durch Nuttentricks hereingelegt und an sich gebunden zu haben. Meine Mutter warf ihm daraufhin alles nach, was ihr in die Hände geriet. „Hau doch ab in die Stadt", schrie sie. (Er war bereits vollkommen taub und hörte nichts.) „Dann stellen sie dich an die Wand! Die Partisanen und die anderen, die du in Deutschland verschachert hast!" Und sie brüllte ihm ins Gesicht: „Feigling! Scheißkerl! Arschloch!"

Eines Tages hatten sich meine Eltern so heftig geprügelt, daß die Großeltern sie aus eigener Kraft nicht mehr trennen konnten und die Nachbarn eingreifen mußten. Onkel Alvaro hatte mich rittlings auf sein Fahrrad gesetzt und war mit mir die schmalen Straßen von B. hinausgefahren, zu einem Spaziergang entlang der Äcker und Rieselfelder. Er machte mich mit den Namen der Bäume vertraut: Maulbeerbaum, Pappel, Robinie. Ich war damals fünf Jahre alt, und er sprach mehr mit sich als mit mir. Aber auch ein fünfjähriges Kind versteht schon vieles, und an das, was es nicht versteht, erinnert es sich. Onkel Alvaro erzählte mir von Roberta, die, so erklärte er mir, seine Verlobte gewesen war, bevor er in den Krieg zog, und die er gerne geheiratet hätte. Ihre Eltern aber hatten sie gezwungen, einen anderen zu heiraten. („Das hat keinen Sinn... der hat doch kein Geld.“) Er war sehr traurig, als er davon sprach. Dann erzählte er mir von einer fernen Insel, auf der alle seine Kameraden gestorben waren, und wie er wie durch ein Wunder eine Massenerschießung überlebt hatte. Er erzählte von der Angst und dem Schrecken, die er empfunden hatte, als sie die Deutschen zum Ort der Exekution, einem Olivenhain mit zwei Quellen, brachten; er erzählte vom Geknatter der Maschinengewehre, dem Streifschuß am Genick, der ihn zu Boden gestreckt hatte, vom Blut, von der Wunde, die nicht schmerzte, von den zwei Kameraden, die auf ihm gestorben waren und von seinem Staunen, noch am Leben zu sein. Er erzählte vom Stöhnen in dem riesigen Leichenhaufen und der Stimme des Deutschen, die geschrien hatte: „Italiener, aufgepaßt, wer von euch noch am Leben ist, soll herauskommen, er hat nichts mehr zu befürchten.“ Er hatte sich aber nicht gerührt. Es vergingen einige Minuten (einige Augenblicke?), und die Maschinengewehre begannen wieder zu feuern, auch die Überlebenden stürzten zu Boden...

Wir hatten das Fahrrad an einen Maulbeerbaum gelehnt und spazierten zwischen den frisch gepflügten Feldern. Es wehte ein kalter Wind, es war Winter. Onkel Alvaro hielt mich an der Hand und erzählte beim Gehen zum ersten Mal seit seiner Rückkehr von „seinem“ schmutzigen Krieg, über den man ihn zuhause nicht sprechen ließ. Einige Griechen, erzählte er mir, hatten ihn gefunden, während er durch die Felder streifte, hatten ihn versteckt und verarztet und griechischen Widerstandskämpfern übergeben, die ihn dann in der Nacht in einem Fischerboot (einem sogenannten „Caicco“) auf das Festland brachten. Er schilderte die Überfahrt. Es schien, als hätte er beim Erzählen noch die von Feuerpunkten übersäte dunkle Masse der Insel vor Augen. Er zeigte mit dem Finger auf sie und erklärte mir: „Sie verbrennen die Toten, Sebastiano. Mit Benzin. Sie schichten sie zu Haufen, übergießen sie mit Benzin und verbrennen sie dann. In Procopata, Troianata, im Tal von Aghia Barbara, auf dem Risicuzolo, in Farsa... Überall, wo wir gekämpft haben, brennen Feuer!“ Die Ebene, die gepflügten Felder, der Nebel machten ihn betroffen. Er murmelte: „Hunderte, Tausende von Leichen! So bleiben keine Spuren zurück...“

Ich habe darüber mit dem Verleger gesprochen. Zufällig habe ich ihn getroffen, auf einem jener Kongresse, die heutzutage in ganz Italien stattfinden, um den Mitgliedern der „Autorenvereinigung" die Möglichkeit zu geben, sich in öffentlichen Lesungen zu produzieren, und den „Karriere-Professoren" die Möglichkeit, dort ihr Geschwafel über die unnützesten Themen – angefangen von „Mythos und industrielle Wirklichkeit" bis zu „Wohin geht die Lyrik?" – zum Besten geben zu können. Er war zerstreut und nicht bei der Sache. (Eines der wenigen Dinge, die ich von ihm weiß, ist, daß er Kongresse nicht mag. Aus einem mir unbekannten Grund aber hatte er sich diesem hier, zu dem man sich getroffen hatte, um über das Thema „Literatur und Grenzüberschreitung" zu diskutieren, nicht entziehen können.) „Ich will einen Roman schreiben", habe ich dem Verleger gesagt, „über eine komplexe Angelegenheit, die trotz all der Jahre, die seit 1945 vergangen sind, teilweise noch ungeklärte Seiten hat. Über Italien, das den Faschismus hinter sich läßt. Was hältst du davon?" Und dann habe ich noch erklärend hinzugefügt: „Es ist die Geschichte derjenigen, die wie ich bei Kriegsende noch Kinder waren und jetzt Erwachsene in den Vierzigern sind, mit grauen Haaren oder Glatze, abgemagert oder aufgedunsen, resigniert oder schon völlig am Ende. Es ist der Roman meiner Generation. Auf der einen Seite stehen wir, Kinder und Jugendliche, auf der anderen all die Italiener – zum größten Teil schon tot, so Gott will! –, die zwanzig Jahre lang Faschisten waren und mit einem Mal aus dem Wahn und den Träumen herausgerissen werden und ihrem idiotischen Schicksal Aug in Aug gegenüberstehen. Vierzig Millionen gerupfter Individuen ohne Zukunft ohne Vaterland ohne Würde: ein jammernder und widerwärtiger Pöbel, ein riesiger, lärmender Hühnerstall. Über die ganze Welt zerstreut" und so weiter. Wenn ich rede, passiert es mir, daß ich in Fahrt gerate, und der Herausgeber sah mich mit einem Ausdruck an, der zwischen abgelenkt und verärgert lag, und nickte mir zustimmend zu; man sah aber deutlich, daß er andere Dinge im Kopf hatte: vielleicht die öffentlichen Subventionen für seinen vor dem Bankrott stehenden Verlag oder die Blondine, die ihm beim Eintreten mit dem Händchen zugewinkt hatte, „ciao ciao", aber nicht näher gekommen war, weil sie gesehen hatte, daß er mit mir beschäftigt war. Wer weiß. Ich hätte es sein lassen sollen, das war mir völlig klar; aber wenn ich anfange, über meine Romane zu sprechen, kann mich niemand aufhalten, und so habe ich weitererzählt: „Die Widerstandsbewegung kommt darin nicht vor. Das kleine und edle Italien der Dreißig- oder Dreihunderttausend, die auf den Rückzugswegen gegen die Faschisten und die Deutschen kämpften, hat bereits seine eigene, meiner Ansicht nach, beachtenswerte Literatur, sie ist das Feigenblatt, dessen sich das andere Italien, das unedle der vierzig Millionen Exfaschisten, in der Folge bedient hat, um seine Scham zu bedecken. In unzähligen Verwandlungsoperationen..."

Während ich sprach, fühlte ich mich lächerlich, und sicher war ich es auch. Ich stand mit einem Glas in der Hand im prunkvollen

Salon eines Palazzo, der in den vergangenen Jahrhunderten wer weiß welche Schlemmereien von Großherzögen und Fürsten gesehen hatte, und faselte über Krieg, über Faschismus... Über Verwandlungsoperationen: Das war der Gipfel! Um mich und den Verleger gab es ein Gedränge von widerlichen Kongreßteilnehmern, die mich anrempelten, mich drängten, mir gegen das Schienbein traten und mit aller Kraft versuchten, mich von meinem privilegierten Platz zu entfernen, um ihn selbst mit ihrer abstoßenden Gestalt einzunehmen, und dem Verleger von den Gedichten, die sie im Busen hegten, oder den Romanen, die sie in der Schublade hatten, erzählen zu können. Um ihm zu sagen: Schau her, da bin ich! Der Beste der „Autorenvereinigung", der erste authentische „Romancier des Nichts", der Hauptvertreter der „Karriere-Professoren"! Alle Literaten und Professoren Italiens sind ganz verrückt auf diese Kongresse und vor allem auf die Gelegenheiten, bei denen man sich drei Tage lang auf Kosten anderer den Bauch vollschlägt, Heizkosten spart (sommerliche Variante: man fährt ans Meer) und seine Public Relations in einem angenehm mondänen Rahmen pflegen kann. „Ja, sicherlich", war die Antwort des Verlegers, aber man sah, daß er bekümmert war, wegen des Ambientes, wegen der Hände, die er nacheinander wie am Fließband drückte („Lieber Bianchetti!", „Ciao Rossi!", „Wie geht's, Verdolini" und so fort), des Lächelns und der Grüße, die er über meinen Kopf hinweg und auch durch ihn hindurch verteilte („Na sowas, wen sieht man denn da: De Profundis!", „Wer hätte das gedacht: Toccaferri!"). Als dann ein Minister auftauchte und alle Rossis und Verdolinis Italiens hinstürzten, um ihn aus der Nähe zu sehen, nützte er die Gelegenheit und wiederholte: „Ja sicherlich. Der Roman einer Generation. So hört es sich gut an. Aber in der Praxis macht man keine Romane mit Generationen, man macht sie mit Personen, Sebastiano, und hast du sie, diese Personen? Ich meine, bei dem jetzigen Stand des Projekts!"

„Aber natürlich", habe ich geantwortet und begonnen, sie ihm aufzuzählen, von den berühmtesten bis zu den unbekannten, aber wenig später mußte ich damit aufhören, denn der Minister hatte den Verleger erblickt und rief ihn („Verehrtester!"). Der Verleger reagierte mit einer Geste der Verzagtheit, die so unmerklich und kurz war wie das „Klick" eines Fotoapparates; dann hob er beide Hände und säuselte: „Wen sieht man denn da!“ Mir hat er noch zugeflüstert: „Sprechen wir noch einmal darüber. Komm an einem der nächsten Tage bei mir vorbei.“ Und dann ist er dem Minister mit einem wunderbaren Lächeln im Gesicht entgegengegangen. Die Umarmung war denkwürdig, sowohl was die Länge als auch die Intensität der Gefühlsäußerungen betraf („Lieber Giovanni!“, „Lieber Giulio!“).

Ich bin zum Buffet geeilt und habe das Durcheinander ausgenützt, um mir sechs oder sieben Sandwiches in die Tasche zu stecken. Ich bildete mir zu der Zeit ein, meinen Roman mit erfundenen Personen, vor allem aber mit historischen Gestalten machen zu können: so zum Beispiel mit Vittorio Emanuele III. von Savoyen, König Italiens von Gottes Gnaden und so weiter. Er schien mir eine herrliche Figur zu sein, man konnte seine Oberfläche etwas bearbeiten, ihn aber in der Substanz belassen: Er war der Erfinder des Faschismus und nicht jener Bajazzo, der vom Balkon aus zu Italien gesprochen hatte. Vittorio Emanuele III. war von den Historikern schlecht behandelt und von den Untertanen beiseite geschoben worden; man erinnerte sich seiner nur aufgrund der Anekdoten über seine bescheidene Körpergröße, derentwegen er seine Säbel kürzen und die Bänke der königlichen Gärten niedriger machen lassen mußte. Ich aber würde ihn wieder in seine Protagonistenrolle einsetzen, die ihm übrigens bis zu seiner Abdankung zustand. Ich würde ihn in den Mittelpunkt des Romans stellen. Ein weiser Mann und großer König, der Italien über alle Maßen liebte, genug, um sich vorzustellen, er könne es von den kleinen Scheusalen, die es verpesten, den sogenannten Italienern, befreien. (Ich hatte schon die Biographen gelesen: den Bolla, den Puntoni, den Scaroni, den Bartoli, den D'Aroma, den Cesarini, den Mayda, den Consiglio und so weiter. Ich hatte mir schon eine beeindruckende und komplette Dokumentation über meinen König zugelegt.) Von der Seite her bin ich hinter das Getränkedepot geschlüpft, habe mir eine Flasche Wermut in den Mantel gesteckt – als Huldigung an das Thema des Kongresses („Literatur und Grenzüberschreitung“) – und hatte schon die Hand nach einer zweiten Flasche, ich glaube, es war Sekt, ausgestreckt, mußte aber von meinem Vorhaben ablassen, denn einer der Organisatoren hatte mich von der anderen Seite des Saales aus gesehen und mir zugerufen: „He, du da, was soll das?“ Unter Einsatz seiner Ellbogen versuchte er, in dem Gedränge von Mitgliedern der „Autorenvereinigung“ und „Karriere-Professoren“ zu mir zu gelangen. „Meinst du, du kannst abhauen? Bleib stehen.“ Dann fing er an, mich zu beschimpfen: „Du Dieb, du Halunke!“ Ich bin die Wand entlang bis zum Saalausgang geschlüpft, zur Freitreppe gerannt, und weg war ich. Und so ist der Kongreß für mich zu Ende gegangen.

Brindisi, September 1943

Der König hatte sich in die bescheidene und verstaubte Bibliothek der Admiralität von Brindisi begeben, um etwas zu suchen, das ihm die Langeweile der schlaflosen Nächte erleichtern konnte, und hatte drei Bücher gewählt. Zwei lagen nun vor ihm auf dem Tisch, und eines hielt er in der Hand: eine Abhandlung von Franco Pignatelli, geschrieben für Carlo Filangieri und im Jahre 1833 mit dem Titel *Über das Für und Wider der Schaffung königlicher Pferderassen für den Armeegebrauch* in Neapel gedruckt; ein Essay des Commendatore Carlo Afan de Rivera mit dem Titel *Über die*

Rückführung unseres Maß-, Gewichts- und Währungssystems in seine frühere Vollkommenheit und ein Bändchen ohne Titelseite der *Ekklesiastes* („Ecclesiastes, qui ab Hebraeis Coheleth appellatur"), in das er nur kurz einen Blick hatte hineinwerfen wollen. Aber dann hatte es ihn so berührt wie nie ein Buch zuvor. Er hätte das nie für möglich gehalten. Er blätterte noch darin, während er auf die Visite der englischen und amerikanischen Abgesandten wartete, eine Seite las er zum wiederholten Mal:

„Ich, Kohelet, war König über Israel in Jerusalem. Ich hatte meinen Sinn darauf gerichtet, alles was unter dem Himmel geschieht mit Weisheit zu erforschen und zu ergründen. Es ist dies eine beschwerliche Beschäftigung, die Gott den Menschen auferlegt hat, damit sie sich abmühen. Ich habe jegliches Tun gesehen, das unter der Sonne geschieht, und siehe, es ist alles Eitelkeit und Haschen nach dem Wind:

Was krumm ist, kann man nicht geradebiegen,
Was fehlt, kann man nicht hinzufügen.

Da sprach ich also zu meinem Herzen: Siehe, ich habe mir nun größere und höhere Weisheit erworben als alle, die vor mir geboten über Jerusalem. Mein Geist pflegte sehr die Weisheit und das Wissen.

So habe ich mir vorgenommen zu erkennen, was Wissen und Weisheit und auch Verblendung und Unwissen wirklich sind. Ich erkannte, daß auch dieses Unterfangen ein Haschen nach dem Wind ist, denn:

Der Weise hat Augen im Kopf,
der Tor aber wandelt in Finsternis,
und doch ist ein einziges Los
beiden bestimmt."

General Puntoni trat ein. Er schien erschüttert und stammelte. Er meldete, daß die Mitglieder der Alliierten-Delegation eingetroffen waren und bei ihrer Majestät höflichst um Audienz anfragten. Der König antwortete: „Ich erwarte sie." Er erhob sich, und vier Männer in Hemdsärmeln platzten herein, so wie sie in eine Bar hereinplatzen hätten können, alle gleichzeitig und miteinander redend. Mit aufgekrempelten Hemdsärmeln und Shorts traten die Militärs nach vorn und stellten sich als erste vor: „Frank Mason Mac Farlane, Lieutenant General (Armeegeneral) of His Majesty's

Army." „Maxwell Taylor, Brigadier (Brigadegeneral) of the United States Army." Dann folgten die Diplomaten, die sich der Krawatten entledigt hatten, um vor dem besiegten König mit jenem Quantum an Nonchalance und Arroganz zu erscheinen, das nun einmal den Siegern zusteht: der Amerikaner Robert Murphy und der Engländer Mac Millan. Letzterer, der in den Londoner Salons auch als Schriftsteller und Intellektueller ziemlich bekannt war, betrachtete mit zur Schau gestelltem Entsetzen die Bilder im Arbeitszimmer des Königs. (Es waren tatsächlich sehr bescheidene Werke, die Maler aus der umliegenden Gegend im vorhergehenden Jahrhundert geschaffen hatten.) „Worüber spreche ich nur mit ihnen?" überlegte der König, während er einen nach dem anderen sehr höflich und sehr liebenswürdig in Englisch begrüßte. „Wenn man sie so ansieht, machen sie den Eindruck von Gärtnern. Ich werde mit ihnen über Gartenbau sprechen." Frank Mason Mac Farlane setzte sich geräuschvoll und ohne um Erlaubnis gebeten zu haben, und die anderen folgten seinem Beispiel. Der italienische König blieb stehen und war nun in etwa so groß wie seine sitzenden Gesprächspartner. „Do you like gardening?" fragte er sie. „Arbeiten Sie gern im Garten?"

Die Sieger blickten einander an. „Er muß verrückt sein", dachte Murphy. „Die Niederlage muß ihm den Verstand vernebelt haben." General Mac Farlane breitete eine Landkarte aus und erläuterte in groben Zügen die militärische Lage, die, wie er bemerkte, nicht gerade Anlaß zur Freude bot: Die Deutschen schlugen zwischen Battipaglia und Salerno energisch zurück, versuchten die Amerikaner und Engländer wieder auf das Meer zurückzudrängen und hatten auch gute Erfolgsaussichten. „Ach ja, dort sind die Deutschen", antwortete der König versöhnlich. „Ich habe sie auch gesehen, als ich von Rom kam." „Wenn Sie im Frühling gekommen wären", fuhr er erklärend fort, „hätten Sie eine denkwürdige Blütenpracht zu Gesicht bekommen. Ich bin aber sicher, daß Sie auch jetzt noch Sehenswertes in Apulien finden werden. Man kann behaupten, daß das italienische Klima an jedem Ort und zu jeder Jahreszeit typische Kulturen hervorbringt."

Der General nahm seine Landkarte, faltete sie zusammen und steckte sie in die Tasche. „Es ist völlig sinnlos", dachte er, „hier mit diesem booby (Tölpel) zu reden und Zeit zu vergeuden." Er stand auf und mit ihm auch die anderen. „Können wir Ihnen in irgendeiner Sache dienlich sein?“ fragte Mac Millan den König.

„Aber sicher“, antwortete der König und fragte sich: „Worum soll ich sie bitten? Worum kann ein besiegter König die siegreichen Gärtner bitten?“

„Lassen Sie mir Eier zukommen, als Geschenk für die Königin.“ Und legte ihnen noch nahe: „Aber frisch sollen sie sein!“

Die Vier verließen verblüfft den Raum. Der König kehrte an seinen Schreibtisch zurück, nahm wieder die *Ekklesiastes* zur Hand und las:

„Der Ausgang einer Sache ist ihrem Anfang vorzuziehen; Geduld ist besser als Hochmut.

Dem Zorn gib dich nicht vorschnell hin, denn der Zorn wohnt in der Brust der Toren. Frag nicht: Warum waren die früheren Zeiten besser als die unsere, denn deine Frage zeugt nicht von Weisheit.

Betrachte das Werk Gottes! Wer kann geradebiegen, was er gekrümmt hat? Am Glückstag sei guter Dinge, und am Unglückstag denke nach: Auch diesen hat Gott geschaffen wie jenen, sodaß alles geschehen kann, was unter der Sonne geschehen muß.“

Er schloß das Buch wieder und legte es weg. Dann sagte er laut in piemontesischem Dialekt: „A-i mandaran peui bin, sti euv?“ (Wer weiß, ob sie mir die Eier wirklich schicken?)

Im Sommer 1947 ging die Ehe meiner Eltern endgültig in die Brüche; sie trennten sich in schlechtem Einvernehmen. (Meine Mutter voller blauer Flecken, mein Vater mit einer Verwarnung der Carabinieri von O.) Jeder ging nun seiner eigenen Wege und kümmerte sich von da an um seinen eigenen Kram, um mir dann einmal im Jahr, wenn ich das Pech hatte, ihn (sie) zu sehen, gravitätisch mitzuteilen, daß man dies „für mich" (Variante: „für mein Wohl") tat. Ich blieb bis zum Ende des Sommers in B., dann brachten mich die Großeltern nach N., in die „Casa d'Infanzia Alba Radiosa", ein billiges Internat, das vollgepfercht war mit Kriegswaisen, Kindern unbekannter Eltern, jungen Delinquenten und Unglücksraben wie mir, die man von der Straße oder aus unzumutbaren Familien weggeholt hatte. Ich habe wenige Erinnerungen an jene Zeit und jenen Ort, an dem ich acht Jahre verbrachte: ein „Garten“, der eher die Bezeichnung „Innenhof“ verdiente; ein „Besuchszimmer“, eine spärlich möblierte Kammer mit kleinen Bildern an den Wänden; ein Lehrer mit buschigen Augenbrauen, den wir „Nero“ nannten; ein altes, verhutzeltes Weiblein, das uns ab und zu Bonbons brachte, und wir, die wie lauter Idioten in einer Reihe standen und ihr als Dank irgendwelche Lobeshymnen sangen. Der Lehrer für die ersten Klassen war ein geistiger Tiefflieger gewesen. Er stammte aus Süditalien, aus Apulien, erzählte uns ständig etwas über den „Gargano“, unter dem wir uns nichts vorstellen konnten, und dabei war es seine Heimat, seine Kultur, seine Welt. Von der ersten bis zur dritten Klasse erlebten wir Schüler der „Casa d'Infanzia“ den Alptraum Gargano, der alle Schulfächer beherrschte: Geographie war die Geographie des Gargano, Geschichte ebenfalls, in Religion wurden, ich weiß nicht wieviele garganische Heilige und Madonnen aufgezählt, das Italienisch war der Gargano-Dialekt, den man in der Gegend dort spricht. Nur Rechnen blieb von diesen Garganereien verschont, und zwar deshalb, weil der Lehrer mehr schlecht als recht die vier Grundrechenarten beherrschte, sich auf der „Pythagoreischen Tafel“ irrte und überhaupt lieber über andere, ihm vertrautere Dinge sprach. Zu uns pflegte er zu sagen: „Wozu braucht man denn diese Rechnerei? Damit man ein guter Wucherer wird?“

(„Rechnen ist die Wissenschaft der Gauner!“)

Jetzt werde ich etwas über meinen Vater erzählen. Mein Vater ist ein Mann (wenigstens sieht er so aus) von mittlerer Statur, seine Haare sind noch schwarz, obwohl er schon über achtzig ist, seine Gesichtszüge ziemlich markant: Er hat volle Lippen, hervortretende Jochbögen und so weiter. Er zieht sich mit geschmackloser Sorgfalt an und besprüht sich reichlich mit Parfum (drei- oder viermal am Tag), um einen angeborenen Defekt, seinen üblen Körpergeruch (Klogestank), zu verbergen. Er hat keinen Beruf, zumindest so viel ich weiß, und hat nie wie andere Menschen kontinuierlich gearbeitet, wenn er auch in verschiedenen Lebensabschnitten für kurze Zeit Krämer, Taxifahrer, Wachmann (Privatpolizist), Versicherungsagent und sonst noch einiges gewesen ist. Seine einzige und wirkliche Begabung ist es, mit seinesgleichen zu handeln, um sie in der Art auszubeuten, wie ich später noch erzähle. Er ist ein häuslicher Miniatur-Duce, dem der Faschismus den Horizont erweitert hat, indem er ihm neue Möglichkeiten der Vermarktung und Verwertung von Menschenvieh auch außerhalb des Familienkreises zeigte und ihm dann den Rohstoff für den Handel (Menschen) lieferte; indem er ihm Kredit gab, Märkte eröffnete...

An die ersten Geschäfte meines Vaters, die vor dem Jahr 1945 oder sogar noch vor meiner Geburt liegen, habe ich keine persönlichen Erinnerungen und auch keine ausführlichen Berichte von Dritten. Ich habe nur drei Seiten Schwarzweißfotos („Schnappschüsse") aus einem Album, das meiner Mutter gehörte. Die Aufnahmen stammen aus der kurzen Zeit ihres Zusammenlebens mit dem Infamen. Auf den ersten zwei Bildern sieht man ihn und meine Mutter während ihrer Verlobungszeit in einem Boot und am Strand *(Viareggio, Juli 1940)*. Dann folgt eine Großaufnahme meiner Mutter im Badeanzug mit einer Schleife quer über der Brust, auf der „Miss Tricolore" steht *(Viareggio, August 1940)*. Dann ist da die Hochzeit der beiden, die im Frühling des darauffolgenden Jahres *(Mailand, April 1941)* gefeiert wurde, in einem fröhlichen Durcheinander von Kragenspiegeln, Koppeln, Adlerstandarten, Mäanderbändern, Kappen, Stiefeln und Uniformen der Freiwilligenmiliz und anderer fröhlicher Verbände, mit denen der infame Urheber meiner Tage solidarische und freundschaftliche Kontakte unterhielt. Dann sieht man mich als kleines Kind auf zwei einigermaßen gelungenen Aufnahmen: Auf der ersten *(Mailand, Juni 1943)* sitze ich allein in einem Lehnstuhl; auf der zweiten *(B., September 1944)* sieht man mich zusammen mit meiner Mutter – sie sitzend, ich neben dem Geranientopf – im Hof des großväterlichen Hauses. Dann gibt es noch zwei Fotos von meinem Vater, die seine damals im Ausland vollbrachten Heldentaten illustrieren. Das erste in der chronologischen Reihenfolge *(Bottrop, April 1944)* zeigt den Infamen kerzengerade, aufgeputzt und geschniegelt in seiner Faschistenuniform, während er gerade vor einer kleinen Gruppe gefangener italienischer Offiziere eine Rede schwingt. Hinter ihm steht ein Feldwebel der Wehrmacht, der Papierbögen, vielleicht eine Liste der Namen oder der Gefangenennummern in der Hand hält. Etwas weiter rechts auf dem Foto kann man zwei oder drei Zivilpersonen mit grauen Schlapphüten und Zweireihern erkennen. Es sind wahrscheinlich Unternehmer oder Industrielle aus der Gegend, Leute, die Konzentrationslager aufsuchen, um Arbeitskräfte zu verpflichten. Das zweite Foto *(Berlin, August 1944)* wurde mit einem „Flash" (damals „Magnesiumblitz" genannt) in einem Innenraum aufgenommen. An einem Tischchen sitzen drei Personen, mein Vater, ein alter Mann und ein Mädchen in der Uniform einer Luftwaffenhelferin, und unterhalten sich. Der Hintergrund ist sehr unscharf: Man kann zwei andere Tischchen in ebensolchen „Séparées" erkennen und den Teil eines Rednerpultes, über dem ein Doppeladler hängt. (Allem Anschein nach handelt es sich bei diesem von den Bombenangriffen verschont gebliebenen Etablissement um einen Klub oder ein sehr luxuriöses Café.)

Bottrop, April 1944

Aufrecht stand der Vertrauensmann der Faschisten in der Mitte des großen Platzes, wiegte sich auf gespreizten Beinen und betrachtete verachtungsvoll jene Schar zerlumpter, schmutziger, zum Skelett abgemagerter Männer mit langen Bärten und aufgedunsenen Bäuchen, ehemalige Offiziere und Unteroffiziere der italienischen Armee. Aus zehn Metern Entfernung konnte man sie schon riechen; aber sie stanken nicht nur, diese Schweine, sie mußten auch von irgendwelchen Parasiten befallen sein, denn sie standen nicht still, sie suchten unter den Lumpen, kratzten sich am Hals und an den

Knöcheln... Er, Ludovico Vassalli, war eine tadellose Erscheinung: schwarze, auf Hochglanz polierte Stiefel, schwarze Faschistenuniform mit Ordensbändern auf der Brust, ein Totenkopf auf der Kappe und eine Duftwolke von Kölnischwasser um das mannhafte Profil. Er drehte sich zum Feldwebel um, der den Appell abgehalten hatte, und fragte auf deutsch: „Wieviel Stück?"

„Hunderteinundvierzig."

„Schon gut!"

Es waren also hunderteinundvierzig Stücke, und der Vertrauensmann redete sie mit einem stolzen „Italienische Kameraden" an: „Keine langen Reden, sofort zu den Tatsachen. Ich bin hier, um euch aus der körperlichen und geistigen Verwahrlosung, in der ihr euch derzeit befindet, zu erlösen. Ihr seid von der Savoyer- und Badogliobande verraten worden. Sie ist an eurem Unglück und an der Schande Italiens schuld. Aber es ist dem Duce zu danken, daß nicht alles verloren ist. Seid ihr bereit, durch einen Gruß dem Duce die Ehre zu erweisen?"

Viele Stücke antworteten: „Nein, niemals!"

„Doppelte Ration am Ostersonntag", sagte der Vertrauensmann, „wer Mussolini die Ehre erweist!" Sein Arm schnellte zum römischen Gruß hoch, und er brüllte: „Duce!"

„Wir sind bereit", sagten, mit Händen in den Hosentaschen und wenig soldatischer Haltung, zwei Stücke in der ersten Reihe. Daraufhin entbrannte eine Diskussion unter den Stücken, denn einige von ihnen murmelten: „Arschlöcher, Überläufer, Verräter", und die beiden, die geantwortet hatten, setzten sich zur Wehr: „Wir haben es nur des Essens wegen getan, alles andere zählt nicht."

Wenige Schritte vom Vertrauensmann entfernt stand eine Gruppe deutscher Zivilisten, die das Geschehen distanziert und ohne viel zu verstehen, verfolgten. „Der Duce", sagte der Vertrauensmann, „hat die sechshunderttausend in Deutschland internierten italienischen Soldaten nicht vergessen, er kennt ihre Leiden und hat darüber mit dem Führer gesprochen. Die Italienische Sozialrepublik, so heißt der neue Staat des Duce, hat für eure Probleme eine eigene Behörde gegründet, die SAIMI. Diese Abkürzung bedeutet: Hilfsorganisation für die internierten italienischen Soldaten. Ich, als Vertrauensmann der Faschisten bei den nationalsozialistischen Arbeitsorganisationen, bin auch ein leitender Funktionär der SAIMI.

Zu den Zielen der SAIMI zählt an erster Stelle die Lösung eures Ernährungsproblems." Er schlug sich mit einer Hand auf den Bauch und übersetzte es in eine einfache Sprache: „Essen!"

Nachdem der Vertrauensmann so die Aufmerksamkeit der Stücke erweckt hatte, fuhr er fort: „Ich habe mit den deutschen militärischen und zivilen Behörden auf verschiedenen Ebenen Gespräche über euer Problem geführt. Wir haben in kameradschaftlicher Weise diskutiert und sind zu dem Schluß gekommen, daß man in Deutschland das Ernährungsproblem nur auf eine Weise lösen kann: durch Arbeit."

„Das wußten wir schon", sagte einer. „Schon seit wir hier sind, hören wir das von den Deutschen." Und ein anderer fügte hinzu: „Wir sind Gefangene, wir werden doch nicht für den Nazikrieg arbeiten."

„Stellt euch doch nicht so dumm an", antwortete der Vertrauensmann. „Wie lange glaubt ihr denn, mit diesem passiven Widerstand noch weitermachen zu können? Einen Monat? Zwei Monate? Am Ende werdet ihr doch krepieren." Er machte eine Pause, damit die Stücke über seine Worte nachdenken konnten. Dann fuhr er fort: „Wer redet denn davon, daß ihr für den Krieg arbeiten sollt. Diese Herren hier (er zeigte auf die Zivilisten) sind Privatpersonen, Landbesitzer und Maurermeister. Sie suchen Saisonarbeiter und Hilfsarbeiter auf dem Bau. Ich habe ihnen versprochen, daß sie welche bekommen werden."

„Wieviel zahlen sie dir denn pro Mann?"

„Das geht dich überhaupt nichts an", antwortete der Vertrauensmann abfällig. „Kümmere dich besser darum, wie du zu mehr Essen kommst und menschenwürdiger leben kannst!"

Nun explodierte die lange zurückgehaltene Wut der Stücke. Alle schrien „Judas, Handlanger der Deutschen, Verräter der eigenen Rasse, Menschenhändler"; einige unter ihnen riefen: „Es lebe Badoglio! Es lebe der König!"

Die Soldaten rannten herbei. Sie schwangen die Gewehre wie Keulen und schlugen heftig auf die Stücke ein: „Weg hier! Los! Wird's bald!" Im Handumdrehen leerte sich der große Platz, und der Vertrauensmann der Faschisten blieb allein zurück, um sich das mannhafte Profil von der Spucke, die es besudelt hatte, zu reinigen. Er war wütend und dachte: „Die Deutschen geben ihnen viel zu viel zu essen! Wenn sie sie so halten würden, wie ich es mir vorstelle, dann würden sie diejenigen, die ihnen eine Hand reichen, mehr schätzen!“

Im Januar 1945 fuhr mein Vater zum letzten Mal „geschäftlich" nach Deutschland. Bei der Abreise sagte er zu meiner Mutter, daß er noch Ende der Woche zurück wäre; er kam Ende des Jahres, nach achtmonatiger Abwesenheit, zurück und war fast völlig taub, denn während eines Bombenangriffes auf eine deutsche Stadt (Nürnberg? Dresden? Frankfurt?) hatte er zwar seine Knochen, nicht aber seine Trommelfelle gerettet. Für jeden anderen wäre ein ähnliches Gebrechen eine Katastrophe gewesen, für den Infamen keineswegs. Ganz im Gegenteil, es lieferte ihm den sicheren und endgültigen Beweis, daß auf dieser Welt nur eine einzige Wahrheit existierte, seine; eine einzige Denkungsart, seine; ein einziges Wort, seines. Die Welt schwieg, und er sprach, in zunehmendem Maße emphatischer: in Apoftegmen, in Sprichwörtern, in unvergänglichen Weisheiten. (Er blähte den Brustkorb auf und brüllte: „Der Mann ist ein Jäger!", „Wer Frauen sagt, meint Ärger!", „Wer nicht hören will, muß fühlen!" und andere Erbaulichkeiten.) Aus einem „Vertrauensmann der Faschisten" und „Manipelführer" wurde er Vertrauensmann seiner selbst und ein Führer seiner Opfer. Auch er ließ den Faschismus hinter sich, aber auf ganz besondere Art: wie ein Bankangestellter, der sein eigenes Kreditbüro eröffnet. Er machte sich selbständig und begann wieder bei Null. Ohne Balkon, ohne Reittiere und ohne Untertanen, sah man von meiner Mutter (solange sie es schaffte, ihn zu ertragen) und mir ab, der das Pech hatte, eines seiner Ejakulate zu sein. Er verfluchte den Rest der Menschheit, der sich nicht von ihm aufs Kreuz legen ließ, und zugleich bedauerte er diese Leute. „Wer mich nicht will, der verdient mich auch nicht!" brüllte er.

Ich erinnere mich, daß mich mein Vater ein- oder zweimal im Jahr im Internat besuchte, immer dann, wenn ich am wenigsten darauf gefaßt war, und mich mit den Worten begrüßte: „Laß uns in die Stadt gehen, Sebastiano! Ich will dir einige Dinge zeigen, die dir später im Leben von Nutzen sein können!" Wir spazierten zuerst auf den Wällen von N., dann führte mich der Infame zu den aufschlußreichsten Plätzen der Stadt: zum Friedhof, zum Markt, zur Entladerampe der Eisenbahn. Zu den öffentlichen Aborten. Überall sah man Menschen undankbare, beschwerliche, niedrige Arbeiten verrichten: außer Gepäckträgern auch Straßenkehrer, Kloputzer, Erdarbeiter und Totengräber. Er, der sein ganzes Leben lang keine manuelle Arbeit verrichtet hatte, spielte nun vor jenen, die sich abschufteten, den Begeisterten und schrie: „Schau, Sebastiano!" (Seit der infame Urheber meiner Tage taub ist, ist er nicht mehr fähig, normal wie alle anderen zu sprechen: Er schreit, wettert, heult, zetert, trompetet, poltert. Er hält Versammlungen auf der Straße ab. Das führt schließlich immer dazu, daß er die Aufmerksamkeit eines Publikums auf sich zieht, das immer zahlreicher ist als jenes, dem der Vortrag eigentlich gelten sollte; das stört ihn aber nicht, ganz im Gegenteil, das stachelt ihn an und stimuliert ihn, sich vor jenem Publikum zu produzieren.) „Man kann sich nichts Nützlicheres vorstellen als die Arbeit dieser Männer. Sie werden durch ihre Anstrengung geadelt!“ Und so weiter. Dann setzten wir unseren Spaziergang fort, er erklärte mir die Welt und das Leben und brüllte: „Heutzutage möchten alle studieren, um etwas Besseres als die anderen zu werden, es herrscht diese Manie, Italien mit Rechtsanwälten, Ärzten und Ingenieuren vollzustopfen, aber in Wirklichkeit gibt es ganz wenige, die tatsächlich die Voraussetzungen für ein Studium mitbringen, Sebastiano! Einer von hundert, einer von tausend! Was man hier braucht, das sind Straßenkehrer, Verladearbeiter, Hilfsarbeiter, Totengräber! Kanalräumer, jawohl! Einen Kanal sauber zu halten, das ist eine nützliche Arbeit für die Gemeinschaft und darüber hinaus eine große Genugtuung für einen rechtschaffenen und fleißigen Kanalräumer!“ Er gestikulierte und prophezeite mir: „Sebastiano, es dauert nicht mehr lange, dann wirst auch du eine dieser Arbeiten machen: Kanalräumer, Totengräber! Oder Hilfsarbeiter, wie wäre es damit? Warum solltest gerade du dich auf das Studium versteifen? Wenn du intelligent wärst, hätte ich volles Verständnis dafür. Aber du, mein armer Junge, bist leider ein wenig, wie soll ich sagen, langsam. Nicht gerade dumm, aber auch nicht...“ Er blieb mitten auf der Straße stehen, erntete die Verwünschungen der Autofahrer (von denen es damals erst wenige gab) und zog die Neugierde der erheiterten Fußgänger (die hingegen sehr zahlreich waren) auf sich. Er hob den Zeigefinger und brüllte: „Ich gebe dir keine Schuld, daß das klar ist! Du kannst nichts dafür! Du bist ganz deiner Mutter, der Familie deiner Mutter, nachgeraten! Das sind Bauern, verstehst du? Eine minderwertige Rasse, und das seit Jahrhunderten! Du hast ja keine Ahnung, Sebastiano... Da haben sich Blutsverwandte untereinander gepaart! Kröpfe hatten die, groß wie Wassermelonen! Und Frösche und Eidechsen haben sie gefressen!“

Ich war damals erst acht Jahre alt, und diese Reden verletzten mich im Innersten der Seele. Ich sagte: „Ich bin der Klassenbeste!“

„Was? Was hast du gesagt? Sprich deutlich!“ Der infame Urheber meiner Tage war stocktaub, und ich mußte ihm jedes einzelne Wort sechs-, siebenmal wiederholen. Ich schrie, ich brüllte. Die Umstehenden lachten, und ich hatte Tränen in den Augen. „Ach so!“ sagte schließlich mein Vater. Er lächelte den Leuten zu, die uns beobachteten; er machte eine Geste in ihre Richtung und gab ihnen durch Zeichen zu verstehen: Der ist beschränkt, der kann einem nur leid tun. Dann wandte er sich zufrieden an mich: „Es freut mich, daß du zugibst, keinen Erfolg in der Schule zu haben! Du bist wenigstens ehrlich, das ist schon viel wert! Du tust wirklich gut daran, dich deinem Vater anzuvertrauen! Und du sollst auch wissen, daß ich dich nie und nimmer zum Weiterlernen am Gymnasium oder gar an der Universität – Gott möge uns davor bewahren! – zwingen würde! Maurerlehrling ist für einen Jungen wie dich schon ein Traumberuf! Es kann auch ein anderer Beruf sein, was dich eben interessiert: Kanalräumer zum Beispiel oder Verladearbeiter! Das, was sich eben finden läßt, Sebastiano! Das Leben ist hart!" und so weiter. Diese Predigten wiederholten sich auf ein und dieselbe Weise bei jedem Besuch und konnten sogar stundenlang dauern; schließlich aber kam es zu einem Vorfall, der die Besuche des Infamen seltener und sehr kurz werden ließ: Sie dauerten einige Minuten, man blieb im Internat, ging nicht mehr weg. Es hatte sich ergeben, daß er vor einer Baustelle stehengeblieben war und mir, wie gewöhnlich, erläuterte, wie herrlich es sei, sich bis zur totalen Erschöpfung abzuschuften, als mir auffiel, daß ein Mann auf dem Gerüst nicht nur zu arbeiten aufgehört hatte, um uns zuzusehen (was ziemlich häufig vorkam), sondern sogar einen Kollegen herbeigerufen und zu ihm, auf meinen Vater zeigend, gesagt hatte: „Ich schwöre dir, ich bin mir sicher. Dieses Schwein würde ich auch unter Tausenden wiedererkennen!" Ich zupfte den Infamen am Jackenärmel und fragte ihn: „Kennst du die?"

„Unterbrich mich nicht beim Sprechen", schrie der Infame. „Flegel! Ungehorsamer Bengel! Halt den Mund!"

Die beiden Männer kletterten vom Gerüst und stellten sich vor uns auf. Sie hatten einen Zimmermannshammer und eine Brechstange in der Hand. „Faschistensau!" sagte der eine, „Menschenschacherer!" der andere. Er hob die Brechstange, um auf meinen Vater einzuschlagen, der aber schlang blitzschnell die Arme um mich, riß mich in die Höhe und schützte sein Gesicht mit meinem Körper. Ich brach in Tränen aus, auch deshalb, weil der Infame so fest zudrückte, als wollte er mich umbringen. Er hingegen brüllte: „Hilfe, Polizei!" und „Man will mir meinen Sohn entführen!" Er erdrückte mich beinahe. Es tat schrecklich weh.

„Schurke, elendes Scheusal!" sagten die Zimmerleute. „Laß das Kind herunter und benimm dich wie ein Mann, wenigstens ein einziges Mal in deinem ganzen lausigen Leben. Faschistensau! Feigling!"

Schließlich ließen sie von uns ab, und wir kehrten ins Internat zurück. Ich blickte heimlich zum Infamen: Er war kreidebleich, und seine Hände zitterten. Er ging so schnell, daß ich laufen mußte, um mithalten zu können. Ich fragte ihn: „Wer sind diese Männer?"

Vielleicht war es ein Wunder Gottes oder pure Angst, jedenfalls hatte er sofort verstanden. „Die da", antwortete er keuchend, „das sind die Kommunisten, die unsere Gesellschaft zerstören wollen." Er blickte um sich, ob uns jemand folgte. Es war niemand zu sehen, und so blieb er stehen, ballte drohend die Faust und spuckte auf den Boden. „Wenn ich einen Revolver bei mir gehabt hätte", schrie er, „dann hätte ich sie alle beide abgeknallt. So wahr mir Gott helfe!"

Den Sommer verbrachte ich immer bei den Großeltern, die schon ziemlich alt waren und so für mich sorgten, wie sie für das Kalb und die Hühner sorgten, die sie im Hof hielten: Sie gaben mir das Futter auf den Teller, zweimal am Tag, und wuschen mich. Niemand in B. meckerte an mir herum. Ich lebte sorglos wie ein Tier: Mit den gleichaltrigen Straßenjungen trieb ich mich in der Gegend herum, um Straßenlaternen zu zerschlagen, angezogen in Gräben zu purzeln und allen möglichen Unfug anzustellen. Von Zeit zu Zeit erhielt ich einen Brief von meiner Mutter, die mir ans Herz legte, erstens immer ein wollenes Unterhemd auf der bloßen Haut zu tragen, zweitens, nichts zu trinken, wenn ich geschwitzt hatte, und drittens, jeden Tag zu Mittag den Lebertran (der damals als Aufbaumittel ersten Grades galt) zu schlucken. Zum Mariä-Himmelfahrts-Fest kam meine Mutter jedes Jahr für eine Woche nach B., und diese Woche war für mich ein Alptraum: wollene Unterhemden auf der bloßen Haut, Lebertran, Trink- und Schwitzkontrollen. Schreie und auch Ohrfeigen, wenn ich völlig verdreckt oder mit zerissenen Kleidern nach Hause kam. Wenn Gott mir gnädig war, kehrte meine Mutter dann dorthin zurück, wo sie hergekommen war, und ich lebte wieder frei und unbeschwert bis zum Ende der Ferien: mit nacktem Oberkörper, schwitzend, trinkend und mich im Schlamm wälzend wie ein Ferkel. Ich war glücklich.

Einmal jedoch (ich hatte gerade die Volksschule beendet) schrieb meine Mutter ihren Eltern, daß sie nicht auf Urlaub ins Dorf kommen würde und ich also zu ihr fahren müsse, mit dem Zug, von O. aus: zu der und der Stunde, an dem und dem Tag. Ich platzte beinahe vor lauter Freude! Eine Reise mit dem Zug! Ganz allein! Meine Großeltern beauftragten einen Melker, mich zum Bahnhof zu bringen, einen gewissen Remigio mit dem Spitznamen „Nervensäge“, ein etwas alberner, aber herzensguter Bursche, der niemandem etwas hätte zuleide tun können. Wir Jungen ärgerten ihn, wo wir nur konnten, und er schimpfte und drohte uns, aber letztendlich ließ er doch alles über sich ergehen. Remigio setzte mich also rittlings auf sein Fahrrad, und als wir in Sichtweite von O. – ein Dorf auf einem kleinen Hügel – kamen, ließ er mich absteigen und sagte: „Geh jetzt allein weiter, Sebastiano.“ Ich verstand nicht, warum er mich auf halber Wegstrecke absetzte, anstatt mich, wie es mit den Großeltern abgemacht worden war, bis zum Bahnhof von O. zu bringen, er aber wiederholte nur: „Los, geh schon!“ Er war völlig verstört und keuchte. Er ließ das Fahrrad fallen, ruderte mit den Armen, so als wollte er wegfliegen, und stürzte dann kopfüber zu Boden. Schaum trat ihm aus dem Mund, er wälzte sich hin und her und winselte. Einige Fuhrmänner, die in der Nähe waren, liefen herbei, um zu sehen, was geschehen war. Ich fragte Remigio: „Was ist denn nur los mit dir?“ aber er hörte mir nicht einmal zu. Er verdrehte die Augen, röchelte, spuckte Speichel und biß sich auf die Zunge. „Lauf weg, mein Junge“, sagten die Fuhrleute. „Lauf nach Hause zu deiner Mama. Um den da kümmern wir uns schon.“ Das ließ ich mir nicht zweimal sagen. Ich lief bis zum Hügel, durch ganz O. hindurch, betrat den Bahnhof und löste die Fahrkarte. Es war die erste Zugfahrt meines Lebens, und der Reiz des Neuen ließ mich nach wenigen Kilometern Remigio vergessen. In den Wiesen standen viele Häuser, mit einem Male tauchte ein Fluß auf, der sich dann wieder in der Ferne verlor, und plötzlich sauste dann der Zug durch viele schwarze, brunnentiefe Löcher – die sogenannten „Tunnel" –, von denen eines unmittelbar auf das andere folgte, bis wir beim See herauskamen. Ich war da. Ich ging zum Zugführer und zum Schaffner, um mich von ihnen zu verabschieden, denn ich mußte, wie ich ihnen sagte, am nächsten Bahnhof aussteigen, gab beiden die Hand und wünschte ihnen eine gute Weiterfahrt. (Damals glaubte ich, das sei so üblich.)

In A. wartete meine Mutter auf mich; in einem grauvioletten Kostüm, einen Regenschirm in der Hand, stand sie auf dem Bahnsteig. Damals wußte ich nur wenig von ihr: nämlich, daß sie im Dienst eines sehr wichtigen und sehr vornehmen Herrn stand; daß jener vornehme Herr in einer Villa in der Nähe des Sees wohnte und daß sie ihn „den Kapitän" nannte, denn er war Marinekapitän gewesen und mit dem Verdienstkreuz ausgezeichnet worden für die Heldentaten, die er im letzten Krieg vollbracht hatte, als er gegen einen Feind kämpfte, der jedoch – wie mir meine Mutter jedesmal erklärte – nicht der richtige Feind war, jener nämlich, der am Anfang vorgegeben hatte, unser Freund zu sein. Es war der andere. Jener, den wir zu Anfang bekämpft und der sich gegen Ende als unser Freund erwiesen hatte. (Und dann fügte sie sofort hinzu, denn niemand von denen, die zuhörten, hatte auch nur die Bohne verstanden: „Die Engländer".) Neben meiner Mutter stand ein schnurrbärtiger Mann in Uniform; er trug eine Art Militärmütze und eine blaue Jacke mit goldenen Knöpfen und, was mich am meisten verblüffte, Handschuhe. (Mitten im Sommer!) „Das", sagte meine Mutter zu ihm, „ist mein Sohn Sebastiano."

Ich war zutiefst verwirrt, einer so bedeutenden Persönlichkeit gegenüberzustehen, und verbeugte mich so tief, daß ich beinahe mit der Nase an das Knie stieß, und stammelte: „Guten Tag, Herr Kapitän." Die beiden brachen in helles Lachen aus. Vor allem meiner Mutter kamen vor lauter Lachen die Tränen, und sie mußte sie sich mit den Fingerspitzen abtupfen, um ihre Schminke nicht zu verwischen. „Du bist wirklich ein Dummkopf", sagte sie schließlich. „Glaubst du tatsächlich, der Kapitän würde sich zum Bahnhof bemühen, um dich zu empfangen? Dieser Herr", erklärte sie, „ist Signor Giacomo, der Chauffeur."

Vor dem Bahnhof stand ein weißblaues Auto, und ich hätte mich gerne neben den Signor Giacomo gesetzt, um zu sehen, wie man ein Auto lenkt, meine Mutter jedoch zwang mich, bei ihr hinten zu sitzen, denn sie mußte mit mir – wie sie sagte – über wichtige Dinge reden. „Dem Kapitän geht es zur Zeit nicht gut", informierte sie mich, „und du wirst ihn wahrscheinlich gar nicht sehen. Solltest du ihm aber in den Gängen oder auf der Treppe begegnen, dann denk daran, den Blick zu senken, die Hände nicht in die Taschen zu stecken und auf seine Fragen nur das Allernötigste zu antworten, kein Wort zuviel oder zuwenig."

„Und genauso", fügte meine Mutter hinzu, „hast du dich zu verhalten, sollten zufällig die Verwandten des Kapitäns in der Villa auftauchen, ja, du mußt dich sogar hüten, etwas von uns und unserer unglückseligen Familie zu erzählen, auch dann, wenn sie dich ausdrücklich darum bitten, denn diese Leute hassen uns und wünschen uns nur Böses." Ich fragte sie naiv, warum uns die Verwandten des Kapitäns haßten, und meine Mutter antwortete: „Aus Neid. Sie sind neidisch, Sebastiano! Der Kapitän hat mich gern, aber seine Verwandten sind neidisch." Sie wurde leiser und sagte: „Du bist noch ein Kind, und gewisse Dinge kannst du nicht verstehen, aber wenn du einmal erwachsen bist, wirst du dir von meiner jetzigen Beziehung zum Kapitän ein Bild machen können." Sie seufzte: „Ich bin alles für ihn: Gouvernante, Krankenschwester, Ehefrau. Ohne mit ihm verheiratet zu sein, leider! Auf dem Papier bin ich noch immer mit deinem Vater verheiratet, diesem Schurken; aber im Leben geschehen oft die seltsamsten Dinge... Wie auch immer, eines Tages wirst du alles verstehen!" Sie zog ein Taschentuch aus der Handtasche und trocknete sich die Augenwinkel. „Das mit den Verwandten", sagte sie dann, „das ist eine andere Geschichte. Die Verwandten... Mein lieber Sebastiano, Tatsache ist, daß der Kapitän viel zu gut zu den Rospigliosi, seinen Verwandten, ist, und sich nicht entschließen kann, diese Hungerleider ein für alle Male vor die Tür zu setzen, und so kommen sie einem ständig in die Quere, um zu kritisieren, zu spionieren, den einen gegen den anderen aufzuhetzen; dabei warten die doch nur, daß er endlich stirbt und... ihnen sein Geld hinterläßt. Aber das Testament“, sie beugte sich zu mir herab, um mir ins Ohr zu flüstern, „habe ich schon gesehen.“ Sie führte drei- oder viermal ihre Hand an ihre Brust und flüsterte dann mir zu: „Das Testament...ist zu meinen Gunsten!“

Die Villa des Kapitäns („Villa Italia“) stand nicht direkt am Seeufer, sondern in den dahinterliegenden Hügeln; von den Fenstern der obersten Zimmer aus sah man in der Ferne den See. Sie war eigentlich mehr Gedenkstätte als Villa: Zimmer und Salons waren voller Vitrinen, die Fahnen, Säbel, Sporen, Verbrämungen von Gala-Uniformen, Orden und Erinnerungsstücke aus Dutzenden von Kriegen enthielten, in denen die Großväter und Ururgroßväter des Kapitäns gekämpft hatten. Große, düstere Gemälde an den Wänden zeigten die Vorfahren des Hauses und die Könige Savoyens: Vittorio Emmanuele I., II. und III., Carlo Felice, Carlo Alberto, Umberto I. und II. Auch die italienische Fahne, die an dem

Fahnenmast im Park flatterte, war noch jene der Savoyer, mit der Krone und dem Schild in der Mitte. Ich verbrachte die meiste Zeit in einem Zimmerchen im dritten Stock, einer Dachstube mit Blick auf den See, und langweilte mich. Während der zehn Tage in der Villa las ich, da ich nichts anderes zu tun hatte, mindestens viermal das Büchlein eines gewissen „Vamba", *Die Kinder Italiens heißen Balilla,* das mir der Kapitän – wie meine Mutter sagte – persönlich neben das Bett gelegt hatte, nachdem er sich über mein Alter und meine Schulbildung erkundigt hatte. Ich lernte eine Strophe Ballilas auswendig, dieses heldenmütigen Knaben, der in Genua einen Stein gegen die österreichischen Invasoren geschleudert und so das Fundament für ihre Vertreibung gelegt hatte:

Denn, wenn ein Volk sich erhebt,
Gott sich an seine Spitze stellt
und seinen Blitz ihm reicht.

Ich las auch das *Wörterbuch der italienischen Sprache*, verfaßt von Nicola Zingarelli, von Anfang bis Ende durch; noch heute weiß ich ganze Absätze davon auswendig – egal, bei welchem Buchstaben – und könnte sie fehlerlos hersagen. Wenn ich keine Lust mehr hatte, in den beiden Büchern – den einzigen, die mir zur Verfügung standen – zu lesen, lief ich die Dienstbotentreppe hinab in den Park, spazierte dort herum oder plauderte lange mit Signor Ribaldelli, dem Gärtner und Pförtner, dessen Vornamen ich nie erfahren habe. Signor Ribaldelli erzählte mir alles über den Kapitän und seine Heldentaten. Ich erfuhr, daß der Kapitän einem sehr alten Adelsgeschlecht aus der Zeit Karls des Großen entstammte, das also schon vor den Kreuzzügen existiert hatte; daß seit mindestens drei Generationen diese Familie Italien und seinen Herrschern heldenhafte Seeleute geschenkt hatte; daß er selbst, Ribaldelli, ein treuer Ergebener seines Kapitäns und des Königs, vor seiner Tätigkeit als Gärtner Matrose gewesen war und tapfer auf den vier Meeren gekämpft hatte (dem Adriatischen, dem Tyrrhenischen, dem Ionischen und dem Roten Meer; letzteres liegt leider nicht mehr in unserem Einflußbereich, seit wir das Imperium verloren haben); daß der Kapitän ein Kapitän zur See gewesen und von den Engländern in der berühmten Schlacht von „Kap Matapan" verletzt worden war. Wenn er von der Verletzung des Kapitäns sprach, wurde Ribaldelli leiser. „Ihm ist ein Splitter in den Magen eingedrungen", flüsterte er. „Man hat ihm den halben Magen und fast den ganzen Darm entfernt. Und statt der Speiseröhre hat man ihm einen Schlauch eingesetzt.“ Was der Kapitän aß, war ihm, Ribaldelli, unbekannt, aber er wußte, daß das Überleben des Helden an einem Faden hing und daß meine Mutter diesen Faden in Händen hielt. „Wenn deine Mutter nicht hier wäre“, sagte er zu mir, „würde der Kapitän sterben!“ Die Art und Weise, wie er über meine Mutter sprach, zeigte mir, daß er ein aufrichtiger Bewunderer und treuer Verbündeter von ihr in jener Art unerbittlichem Krieg hinter den Kulissen war, den sie gegen die Rospigliosi, die rechtmäßigen Verwandten des Kapitäns, führte. Wenn Ribaldelli auf diese zu sprechen kam, schien es, als spuckte er aus. Er sprach abgehackt, in Satzfetzen. „Eine Nebenlinie...Leute, die durch den Faschismus kompromittiert sind...der Kapitän kann sie nicht ausstehen...für ihn würden die keinen Finger rühren...die denken nur an sein Geld“ und so weiter. Ribadelli war ein einfacher Mann. Wenn er hingegen von meiner Mutter sprach, blühte er auf. „Sie schon“, sagte er, „sie hat ihn gern!“

Wenn man die zufälligen Begegnungen auf der Treppe oder im Park nicht rechnet, dann sah ich meine Mutter nur bei den Mahlzeiten, die wir immer gemeinsam begannen und die ich dann allein beendete, denn unausbleiblich begann ein Glöckchen zu läuten, und sie stand auf: „Er ruft nach mir. Ich muß dich allein lassen, Sebastiano.“ Überall, wo sich meine Mutter aufhielt, gab es Glöckchen, und überall begannen sie gerade dann zu läuten, wenn sie sich hinsetzte, um eine Arbeit in Angriff zu nehmen. Das konnte man nicht einmal mehr Quälerei nennen: Das war ein Alptraum. Obwohl ich noch ein Kind war (ich war erst elf Jahre alt), wurde mir doch bewußt, daß meine Mutter in jener Villa am See ein entsetzliches Leben führte, und ich konnte, ehrlich gesagt, diese Hingabe an ihr Kapitänsgespenst nicht verstehen; ich stellte Hypothesen und Vermutungen auf. „Vielleicht“, dachte ich, „ist er trotz seiner Verstümmelungen noch ein faszinierender Mann, vielleicht ist es wegen der Erbschaft.“ Da ich aber den Charakter meiner Mutter kannte, konnte ich den Verdacht nicht loswerden, daß sie dieses Leben, teilweise oder auch ganz, aus Sturheit auf sich nahm. Um nicht das Feld den Rospigliosi, den rechtmäßigen Verwandten des Gespenstes, zu überlassen. Diese tauchten eines Tages auf, als ich gerade Ribaldelli half, die Blätter aus den Beeten zu entfernen. Direkt vor uns blieb ein Wagen stehen (ein „Lancia Appia" aus Varese), und eine hochgewachsene, üppige, ganz in Schwarz gekleidete Frau mit verschleiertem Gesicht stieg aus. Ribaldelli schlug die Hacken zusammen, nahm den Stiel der Harke wie einen Gewehrlauf in die Hand und sagte: „Guten Tag, Frau Gräfin." Im Wagen erblickte ich noch drei Personen: einen alten, bereits ergrauten Mann am Steuer und auf dem Rücksitz zwei Jungen in Matrosenanzügen, die etwas älter waren als ich. „Wer ist diese Rotznase?" fragte die Gräfin Ribaldelli, indem sie auf einen unbestimmten Punkt am Boden, direkt vor meinen Füßen, hindeutete.

„Das ist der Sohn der Signora Lavinia", antwortete der Gärtner.

„Der Sohn der Dienstmagd, meinst du wohl", korrigierte die Gräfin. Sie lüftete den Schleier und blickte mich an, als ob ich das Exkrement eines sehr seltenen Tieres wäre. Dann fragte sie Ribaldelli: „Was macht der Sohn der Dienstmagd hier in unserer Villa?"

Ribaldellis Antwort war einfach und genial. Er sagte, indem er die Harke vorzeigte: „Er hilft mir, die Blätter aus den Beeten zu entfernen!"

Am Morgen des darauffolgenden Tages brachte man mich wieder zum Zug; um genau zu sein, Signor Giacomo brachte mich mit dem Wagen dorthin. Von meiner Mutter verabschiedete ich mich auf der Treppe, sie hatte Tränen in den Augen, sagte aber, daß sie das Gespenst, dessen Zustand sich in diesen Tagen scheinbar verschlechtert hatte, auf keinen Fall allein lassen könne. „Und zu allem Überdruß treiben sich noch diese Hyänen im Haus herum! Und dieses böse Luder, das nur versucht, mich zu verleumden!" Und: „Sebastiano: vergiß bitte nicht, ein wollenes Unterhemd zu tragen" und so weiter. So fuhr ich schließlich ab, ohne ein einziges Mal den Gegenstand von so viel Rivalität und so viel Pflege gesehen zu haben: den Kapitän zur See, den Helden der vier Meere und so weiter. Wo hielt er sich verborgen? Womit beschäftigte er sich? (Ich versuchte manchmal, ihn mir vorzustellen, und mir kam ein knochenloses Wesen in den Sinn: eine Riesenschnecke, ein Weichtier, irgendwo abgesondert in der hintersten Ecke seiner Museumsvilla. Alt, speichelbekleckert und immer regungslos.) Ich kehrte zu den Großeltern ins Dorf zurück.

Mein Vater lebte in Mailand, zur Untermiete in irgendwelchen Zimmern, die er ständig wechselte. Wie er seinen Lebensunterhalt verdiente, war zu jener Zeit für mich und auch für alle anderen ein Rätsel. Schmuggel? Spionage? Falschgeld? Jede noch so märchenhafte Hypothese schien plausibel, da er – das glaubten zumindest alle – ohne Arbeit war. In Wirklichkeit aber arbeitete der Infame. Er inserierte in Zeitungen, korrespondierte (postlagernd), eilte von einer Verabredung zur anderen, flocht ein dichtes Netz von Beziehungen, um seine Machenschaften besser betreiben zu können. Der Krieg hatte Tausende von Witwen hinterlassen: schöne, häßliche, arme, wohlhabende, und mein Vater war unermüdlich damit beschäftigt, dieses Reservoir zu durchkämmen und unter diesen leidenden, gelangweilten Wesen seine Henne mit den goldenen Eiern, seine Melusine, sein Eldorado zu suchen. Er feilschte und schacherte, soviel er konnte. Nachdem die Zeit der in Deutschland internierten italienischen Soldaten und auch das Geschäft mit den Zwangsarbeitern vorbei war, blieben als verfügbare Menschenware nur mehr die Frauen übrig, und der Infame widmete sich ihnen leidenschaftlich und aufopfernd und – wie ich meine – mit einem Funken von Genialität, was seine Verkörperung jener Figur betraf, die so alt ist wie die Menschheit selbst, die des „häuslichen Duce" (ein Großteil des weiblichen Geschlechts kann einfach nicht auf einen Duce verzichten). Dutzende, Hunderte von Frauen jeden Alters, jeden Aussehens, jeder Herkunft und jeder Bildung teilten mit meinem Vater die Wohnung, das Bett, die Geschäfte, die Verwandtschaft, die Freunde. Einfach alles. Besonders war er aber an großen Familien interessiert, die ausschließlich aus Frauen bestanden. Dort intrigierte er und versuchte, Fuß zu fassen. Es ist mir nicht bekannt, ob es ihm jemals gelungen ist, eine solche Familie zumindest für längere Zeit zu unterwerfen; nichtsdestotrotz versuchte er immer wieder, sich einen Harem anzulegen. Von einem Witwen-Alkoven wechselte er in den einer Greisin, von einem Eßzimmer zog er zum nächsten, immer mit dem gleichen finsteren Ausdruck, der gleichen düsteren Taubheit, die ihn unnahbar und endgültig wie Gott selbst machten, immer mit derselben Verehrung für sich selbst, derselben ewig gültigen Weisheit, die in unsterblichen Wahrheiten zum Ausdruck kam: „Gut Ding braucht Weile!", „Vorbei ist vorbei!", „Die Kutte macht noch keinen Mönch!" und so weiter. Er bestieg sie, eine nach der anderen, wie ein Hahn seine Hennen besteigt, professionell und gekonnt, sein Kikeriki am Ende jeder Paarung hinauskrähend; düster und feierlich: er zelebrierte. Er war ein Witwen-Fachmann, ein Vagina-Techniker, ein Ziegenbock-Duce der vielen Frauen, die er beherrschte, bestieg, beruhigte, mit Vorträgen bombardierte, befriedigte oder zumindest tröstete, indem er ihnen aufs Kreuz sprang: hopp, hopp!

Der Umstand, taub zu sein, war kein geringer Vorteil in seinen Beziehungen zu den Frauen, da es ihn in der Anfangs- oder Umwerbungsphase unwiderstehlich, danach jedoch, in der Phase des Zusammenlebens, unerreichbar machte. Er war wie ein Buddha, ein

Zeus auf dem Gipfel des Olymp. Bei seinen Annäherungsversuchen gab es keine Möglichkeit, ihn zu bremsen, außer der, einen Stuhl auf seinem Kopf zu zertrümmern (aber normalerweiser ging keine seiner Witwen so weit). Er zog alle Register: er verführte, widerstand der Verführung so lange, wie er es für vernünftig hielt, und gab sich dann – schweren Herzens – geschlagen. Die meisten Frauen waren begeistert: Was für ein Mann! Wenn er erst einmal im Haus war, dann nistete er sich als Gebieter ein: Er verrückte die Möbel, hängte die Bilder um, paßte die ganze Einrichtung seinen Bedürfnissen an, legte den Tagesablauf, die Mahlzeiten und die Gewohnheiten fest. Sanft, aber auch unnachgiebig lehrte er die Witwen, wie man ihn zu bedienen hatte, indem er geschickt abwechselnd Zärtlichkeiten und Beschimpfungen, Ermutigungen und kräftige Ohrfeigen austeilte. Er hatte immer Erfolg. Ob die Frauen nun blond oder braun, groß oder klein, mager oder dick, dumm oder gebildet, verwitwet oder ledig waren, sie fielen vor ihrem Duce in die Knie, verehrten ihn, liebten ihn: Er war das Alpha und Omega, die Quelle ihrer Freuden und Leiden. Der einzige Haken an diesen Triumphen war, daß sie für gewöhnlich nicht lange anhielten. Es kam zu Zerwürfnissen, Verwandte mischten sich ein und manchmal sogar die Polizei. Es kam zu Klagen und Prozessen. Jedesmal, wenn der infame Urheber meiner Tage aus einem Ehegemach ausquartiert wurde, schüttelte er sich den Staub von den Füßen, indem er nach hinten austrat wie ein Hund. Er schäumte, wetterte, verfluchte den Tag, an dem er das Haus betreten hatte, und schrie der Unwürdigen ins Gesicht: „Versuche ja nicht, mir noch einmal nachzurennen, verdammte Nutte!“, „Wer mich nicht haben will, der verdient mich nicht!“ und andere Sentenzen aus seinem unerschöpflichen Repertoire.

Im Internat zwang man uns, jede Woche einen Brief an den Vater oder die Mutter zu schreiben, und so schrieb ich meinem Vater lächerliche Briefe, die immer mit dem Satz „Mir geht es gut, und ich hoffe, daß es auch Dir gut geht“ begannen, worauf der Infame mir dann mit „Ich wende mich heute in diesem Brief an Dich“ antwortete (und dies Woche um Woche, Monat um Monat, Jahr um Jahr). Diese Briefchen – allesamt nur wenige Zeilen lang – waren regelrechte Anhäufungen von Dummheiten und Banalitäten; in meinen Briefen kam zum Beispiel immer vor: Das Wetter ist schön, die Lehrer sind nett, das Internatsessen ist ausgezeichnet, in der Schule komme ich gut voran und so weiter. Einmal aber wagte ich es, meinen Vater zu fragen, womit er sein Geld verdiene, und der Briefwechsel brach abrupt ab; einige Wochen danach antwortete mir der infame Urheber meiner Tage, daß ich ein Gauner sei, ein undankbarer Bengel, daß er bisher mit mir zu viel Nachsicht geübt hätte und daß er, sollte ich es noch einmal wagen, es ihm gegenüber an Respekt fehlen zu lassen, mich in eine Erziehungsanstalt einsperren lassen würde. Er schloß seinen Brief mit dem Satz: „Ich fordere Dich auf, in Dich zu gehen!“

Ich besuchte damals das dritte und letzte Jahr einer vorbereitenden Schule für bedürftige Kinder, die es heute nicht mehr gibt, und die, wenn ich mich richtig erinnere, „Einführungsschule“ hieß. (Einführung in ein Leben voller Arbeit und anständiger, mit Würde getragener Armut.) Eines Vormittags sagte man mir in der Schule, ich solle in das Besuchszimmer gehen, es warte dort jemand auf mich. Ich betrat das Zimmer, überzeugt, den Infamen anzutreffen. Statt dessen wartete dort ein anderer Mann, den ich beinahe nicht wiedererkannt hätte. Er stand auf, umarmte mich und sagte: „Sebastiano, ich bin's, Alvaro!“

Ich hatte ihn seit acht Jahren nicht mehr gesehen. Er war dick geworden, hatte graue Haare und einen krummen Rücken bekommen. Wir gingen in eine nahe gelegene Trattoria, die „Cannon d'Oro" hieß, Mittagessen, und dort informierte mich Onkel Alvaro über den Anlaß seines Besuches. Die Großeltern waren gestorben, beide innerhalb weniger Wochen, ohne viel leiden zu müssen, sie waren ganz sanft eingeschlafen. „Sie sind praktisch an Altersschwäche gestorben." Ich dachte an die langen Sommerferien meiner Kindheit, und Tränen traten mir in die Augen. Aber es kam noch schlimmer. „Bedauerlicherweise waren es die Großeltern", fügte Onkel Alvaro hinzu, „die für die Schule aufgekommen sind und die das Geld für das Internat bezahlt haben, wußtest du das nicht? Dein Vater ist ein Herumtreiber, der in den Tag hineinlebt und noch keine einzige Lira für deinen Unterhalt herausgerückt hat, und deine Mutter hat kein Geld, sie ist eine arme Träumerin, Sebastiano!" Er erzählte mir von meiner Mutter, die, wie er sagte, ihren heldenhaften Kapitän gratis betreute. Sie kümmerte sich um ihn wie um einen Säugling, fütterte ihn, wischte ihm auch den Arsch ab, wenn es ihm schlecht ging, und all das als Gegenleistung für ein vages Versprechen, das das Gespenst ab und zu wiederholte, nämlich das Testament zu ihren Gunsten abzufassen. „Ich habe alles versucht, um sie dort wegzuholen", sagte Onkel Alvaro. „Ich habe ihr geschrieben, ich habe sie auch in der Villa am See besucht und auf den Knien angefleht: „Komm doch mit! Vergiß diesen Mann und sein Geld. Denk lieber an deinen Sohn, an dich selbst, an deine Zukunft. Alles zwecklos!" Er machte eine traurige Geste und seufzte: „Sie läßt sich von niemandem etwas sagen, was soll man da machen!" Wir verließen die Trattoria und spazierten auf den Wällen von N. Die fernen, schneebedeckten Alpen funkelten in der lauen Frühlingssonne. „Du solltest deinem Vater schreiben", sagte Onkel Alvaro. „Damit er sich endlich einmal dazu durchringt, sich um dich und deine Zukunft zu kümmern. Er soll sich etwas einfallen lassen, aber schnell! Für die restlichen Monate bis zum Ende des Schuljahres werde ich das Internat bezahlen; aber dann muß sich jemand anders ernsthaft um deine Zukunft kümmern. Und das ist, zu deinem Unglück, die Aufgabe deines Vaters. Erinnere ihn daran." Wir gingen eine Weile schweigend weiter. „Wenn er dann trotzdem nichts für dich tut", fügte Onkel Alvaro hinzu (und aus dem Tonfall seiner Stimme hörte man heraus, daß man sehr wahrscheinlich damit rechnen mußte), „dann kommst du zu mir, wenigstens auf einige Zeit! Dann hilfst du mir bei der Arbeit."

Ich hätte ihn gerne gefragt, was er arbeitete, da ich mich aber an die Entrüstung des Infamen erinnerte, als ich ihm diese Frage gestellt hatte, sagte ich nichts, um es gegenüber Onkel Alvaro nicht auch „an Respekt fehlen zu lassen". Er sagte mir dann von sich aus, daß er Goldsucher sei. „Das ist eine Arbeit wie jede andere. Einige denken bei diesem Wort an die seltsamsten Dinge: an Romane, Reisen, Abenteuer. In Wirklichkeit ist es eine mühsame Arbeit, anstrengend und ohne sichere Aussicht auf Erfolg." Er schwieg einen Augenblick lang. „Ich habe aus Verzweiflung damit begonnen, nachdem ich aus dem Krieg zurückgekehrt war, weil damals nichts anderes aufzutreiben war und weil Francesco, ein alter Freund und Kriegskamerad, den Steinbruch gepachtet hatte. Mit der Zeit hat mir die Arbeit dann Spaß gemacht. Ich bin allein, arbeite in der frischen Luft, und niemand kommandiert mich herum. Ich habe keinen Chef. Immerhin, das ist doch schon etwas!"

Wir spazierten in der Sonne. „Aber jede Medaille hat zwei Seiten", ergänzte Onkel Alvaro, „über die Kehrseite der Medaille gibt es nicht viel zu sagen: keinen Chef, keine feste Arbeitszeit. Man arbeitet immer. Bei schönem Wetter bleibt ein Goldsucher sogar zwölf oder vierzehn Stunden am Fluß, um Sand zu schaufeln und zu sieben und ihn auf das Brett zu schütten. Es gibt keine Glücksfälle an unseren Flüssen. Die Ausbeute an Gold hängt von der Sandmenge ab. Ein, zwei Gramm pro Tag. Natürlich arbeitet man auch sonntags. Und auch am Mariä-Himmelfahrts-Fest und zu Weihnachten. Wenn du genug Gold beisammen hast, sagen wir mal, fünfzig, hundert Gramm, dann gönnst du dir endlich eine Pause und fährst in die Stadt, um das Gold zu verkaufen, triffst dich mit deiner Freundin, wenn du eine hast..."

„Alle zwei, drei Jahre mache ich Urlaub", sagte Onkel Alvaro noch. „Ich mache eine Reise, schau mir die Welt an, aber nicht immer gefällt sie mir." Dann erzählte er mir, daß er im Sommer des vorhergehenden Jahres mit einigen anderen Heimkehrern auf die Insel zurückgekehrt war, auf der die Deutschen sie im September 1943 an die Wand gestellt hatten. Kephallonia war voller Touristen gewesen: Engländer, Amerikaner, Deutsche. Vor allem Deutsche. An manchen Häusern sah man Schilder mit der deutschen Aufschrift „Zimmer“, es gab auch Campingplätze und kleine Pensionen. Die Schlächter von damals hatten den Ort lieb gewonnen und fuhren jedes Jahr dorthin auf Urlaub: mit der Frau, den Eltern, den Schwiegereltern, den frechen Gören, mit der ganzen Familie. Für die italienischen Touristen hingegen hatte sich die Reise als völliger Reinfall entpuppt. In Patras hatte sie ein Hotelbesitzer bestohlen und in Argostoli ein Wirt beinahe vergiftet. Die örtlichen Behörden hatten zugelassen, daß sie von skrupellosen Individuen entlang einer wahllosen Route auf der Insel hin- und hergekarrt wurden. (Nach dem Erdbeben sei die Route sowieso egal, war ihnen gegenüber gesagt worden. Alles, an das sich die Heimkehrer erinnerten, existierte nicht mehr oder war neu aufgebaut worden. Sogar die Landschaft hatte sich seit damals verändert!) Als dann der Motor des alten Autobusses den Geist aufgegeben hatte, mußten sie in der prallen Augustsonne zu Fuß weitergehen. In der Gruppe war auch ein Priester, und das Programm der sogenannten Reise sah auch eine Seelenmesse in dem berühmten „Roten Haus“ vor, wo mehr als dreihundert italienische Offiziere, beinahe alle aus der „Acqui-Division“, hingerichtet worden waren und wo Leutnant Petruccelli gestorben war, ein Carabinieri-Offizier, an den sich Onkel Alvaro voller Liebe erinnerte, weil dieser ihn – wie er sagte – gemocht und auch bei einem Zwischenfall, als er ungerechterweise von einem Kameraden beschuldigt worden war, für ihn Partei ergriffen hatte. Das „Rote Haus“ stand noch, es war vom Erdbeben verschont worden. Aber als sich die Heimkehrer ihm näherten, wurden sie von Gestank und einer Wolke von Fliegen zurückgestoßen. Sie betraten das Haus mit Taschentüchern vor dem Gesicht und gaben acht, wohin sie ihre Füße setzten. Und es wurde ihnen klar, daß es sinnlos war, weiter auf der Seelenmesse zu beharren. Das Erdgeschoß war voll von riesigen, bestialisch stinkenden Kothaufen. An den Wänden huldigten Wörter und Zeichnungen der ewigen Glorie des Schwanzes, der Möse und des Arsches in ihren vielfältigen Kombinationen und Verbindungen. Die griechischen Wörter waren nur schwer verständlich, die Zeichnungen sprachen aber eine deutliche Sprache.

Ein Scheißhaus. Sie verzichteten auf die Seelenmesse.

Kephallonia, September 1943

Der Carabinieri-Leutnant Orazio Petruccelli lehnte an einem Zaunpfosten und war weder mit Angst erfüllt noch erschrocken, daß er so sterben mußte, mit neunundzwanzig Jahren, an diesem klaren Septembermorgen. Er war nur etwas unruhig, wie ein Kranker im Vorzimmer des Arztes oder ein Schlafender, der sich fragt: „Werde ich denn aufwachen? Ist das, was jetzt geschieht, wirklich ein Traum?“ Er betrachtete den Golf von Argostoli und die Stadt Lixouri auf der anderen Seite des Golfes und die flachen, ockergelben Berge der Halbinsel Paliki. Er betrachtete die Klippen mit dem roten, einstöckigen Haus und die italienischen Offiziere, die auf ihren Aufruf zum Sterben warteten und miteinander flüsterten oder sich um den Priester drängten, um ihm eine letzte Nachricht für die Familie in Italien anzuvertrauen: „Vergessen Sie das nicht, Don Formato!“

„Sprechen Sie mit meiner Mutter, sagen Sie es ihr!“

„Geben Sie diese Uhr meinem Töchterchen!“

Der Kaplan segnete alle, sagte immer nur ja, nahm alles, was ihm gegeben wurde, und steckte es in eine Schultasche aus derbem Leder. Er schien wie in Trance. Der Boden um ihn herum war bis zur Mauer mit Geld bedeckt: diejenigen, die dem Priester ihre Brieftaschen gaben, damit er sie ihren Frauen überbringe, warfen die Geldscheine weg oder zerrissen sie sogar. Viele streiften auch den Ehering vom Finger: „Bringen sie ihn meiner Frau, Don Formato!“

Ja, nickte der Priester: ja, ja, ja. Aber seine weit aufgerissenen Pupillen schienen niemanden zu sehen. Seine Lippen bewegten sich unaufhörlich und murmelten Gebete und Absolutionen. Er segnete sie alle mit seinen Händen und nickte: ja, ja, ja. Die Exekutionen fanden jenseits der Mauer statt. Man hörte die Stimme des Dolmetschers, der „Acht Mann vor! Zwölf Mann vor!“ schrie, und dann den Knall der Mauser, gefolgt vom dumpfen Knall der Pistolen, der sich wie der eines Sektkorkens anhörte. Wie lange dauerte das schon? Und wie lange würde es noch dauern? Aus Argostoli kamen weitere Lastwagen und luden neue Gefangene ab, die sich angstvoll umblickten. Die Deutschen riefen „Schweine, Verräter, Badoglio“ und trieben sie mit dem Gewehrkolben ins Innere des Hofes. „Kaputt, kaputt. Alle Italiener kaputt!“

„Vier Mann vor! Acht Mann vor! Zwölf Mann vor!“

Manchmal war die Zahl der Schlafwandler, die sich von der Mauer lösten, geringer als verlangt worden war, und die Deutschen wurden wütend: „Zwei Mann noch! Einer noch!“ Öfter jedoch meldeten sich zu viele Freiwillige, und die Wachen schickten sie zurück. Einige gingen völlig in sich versunken, einige machten sich weinend auf den Weg, andere wieder sangen das Piave-Lied. Nur einer, ein junger Oberleutnant, begann wie verrückt zu lachen und mußte gewaltsam an den Ort der Hinrichtung gezerrt werden. Er starb lachend.

„Vier Mann vor! Acht Mann vor! Zwölf Mann vor!“

„Es ist Zeit“, sagte sich Petruccelli. Er trat auf das Exekutionskommando zu, und es kam ihm gar nicht so vor, als würde er nun dem Tod entgegengehen. „Es stimmt nicht, daß man tiefe Gedanken hat, wenn der Tod unmittelbar bevorsteht, daß man das eigene Leben wie einen Film ablaufen sieht, daß man die Verwandten, die Freunde, die liebsten Menschen noch einmal vor sich sieht. Man denkt an sich selbst oder an gar nichts. Dieser Schmetterling, diese Möwe werden in zehn Minuten noch am Leben sein. Ich werde tot sein, das ist alles.“

„Ich werde als Carabiniere sterben“, dachte Leutnant Petruccelli, als er gemeinsam mit den anderen in die Grube hinabstieg, „auch wenn es im Grunde keinen Sinn hat. Aber hat jene Wolke einen Sinn? Oder jener Vogel über dem Meer? Oder wir?“

Er entblößte seine Brust und schrie: „Es lebe Italien! Es lebe der König!“

Ich schrieb meinem Vater und hielt mich dabei an die Worte Onkel Alvaros. Ich teilte ihm mit, daß die Großeltern gestorben waren, daß ich in Kürze die „Einführungsschule" beenden würde und fast schon fünfzehn Jahre alt war. Und daß ein für alle Mal entschieden werden mußte, was ich im Leben machen sollte. Zwei Tage später war er da. Er ging schnurstracks zum Direktor des Kinderheims „Alba Radiosa", und dieser sagte ihm, daß ich ein sehr tüchtiger Junge sei, ja sogar der Beste des Internats, was die schulischen Leistungen betraf. Daß ich ein ausgezeichnetes Gedächtnis besaß und mit Leichtigkeit einfach alles lernte: Grammatik, Rechnen, Sprachen, Geographie, naturwissenschaftliche Fächer. Daß alle meine Lehrer mit mir zufrieden wären und zum Übertritt in eine höhere Schule oder sogar in das Gymnasium rieten. „Ich habe es geahnt, ich habe es ja gewußt", schrie mein Vater und stürzte sich sofort in eine seiner üblichen, entsetzlichen Philippiken gegen den verdorbenen Stamm meiner mütterlichen Herkunft, der, wie er sich ausdrückte, verantwortlich sei für alle Abnormitäten und perversen Neigungen, wie auch für meine Trägheit beim Lernen, für meine Faulheit und meine Dummheit. Er ließ seine üblichen Sprüche vom Stapel: „Aus einer Rübe kann man keinen Wein pressen!", „Dumm geboren und nichts dazugelernt!", „Esel können nicht fliegen!" und andere denkwürdige Sätze aus seinem unvergänglichen Repertoire. „Aber nein, nein", rief der Direktor, „Sie haben mich völlig falsch verstanden! Ich sagte Ihnen doch, daß Ihr Sohn ein äußerst tüchtiger Junge ist, intelligent, fleißig und von gutem Charakter." Mein Vater, der ausnehmend elegant gekleidet war, zog ein seidenes Taschentuch aus der Brusttasche seines Jacketts und trocknete sich sorgfältig die Augenwinkel. „Was soll man da machen", schluchzte er, „bei dieser degenerierten, verderbten Rasse." Der Direktor läutete nach einem seiner Assistenten, einem Volksschullehrer namens Poggi. Dieser, im Internat vor allem wegen seiner kräftigen Stimme geschätzt, begann meinem Vater in die Ohren zu brüllen, daß es ein Mißverständnis gegeben habe, die Worte des Direktors falsch verstanden worden seien und daß ich – sein Sohn – ein überaus tüchtiger Junge sei, bestens geeignet, eine weiterführende Schule zu besuchen. Der infame Urheber meiner Tage nickte bejahend und wischte sich sorgfältig die trockenen Augenwinkel (seit ich auf der Welt bin und ihn kenne, weiß ich, daß er oft weint, ohne daß Tränen in seine Augen treten. Er weint sozusagen „trocken"). „Ich bitte Sie", schluchzte er, „um alles in Welt, sagen Sie nichts mehr! Ich flehe Sie an! Machen Sie es nicht noch schlimmer!" und so weiter. Jetzt hatte der Direktor, der beileibe kein Dummkopf war, genug und warf ihn hochkant zur Tür hinaus. Daraufhin ließ mich mein Vater in das „Besuchszimmer" rufen. Seine Miene war bedrohlich, mürrischer und düsterer als sonst. „Zieh dir den Mantel an, Sebastiano, wir gehen ein wenig spazieren."

Wir gingen nach rechts, durch die Lauben. Dieser Weg führte in die Stadtmitte von N. Da ich meinen Vater nur allzu gut kannte, ahnte ich einen seiner denkwürdigen Auftritte voraus, der dann auch nicht lange auf sich warten ließ. Es fing damit an, daß mich der infame Urheber meiner Tage ein Scheusal ohne Hirn und ohne Herz nannte und sagte, daß ich nicht einmal die geringste Dankbarkeit dem gegenüber zeigte, der sich seit Jahren in aller Stille für mich aufopferte (Er). Er schrie den Passanten und der ganzen Menschheit zu, daß ich das vollkommene Ebenbild meiner Mutter sei, das letzte gräßliche Produkt einer entarteten und verderbten Rasse, die zu jeder Schandtat fähig und zu jedem Verbrechen bereit sei: sogar zum Vatermord! Er schrie: „Gib zu, du Scheusal, daß du mich am liebsten umbringen möchtest!“ Er knöpfte sich die Jacke und das Hemd auf, entblößte seine beharrte Brust und forderte mich brüllend auf: „Schlag doch zu, Sebastiano! Töte deinen Vater! Sebastiano! Habe den Mut, ihn zu bestrafen, für all das Gute, das er für dich getan hat, für das Leben, das er dir geschenkt hat“ und so weiter. Wir standen mitten auf dem Marktplatz, und von allen Seiten liefen die Leute herbei, stellten sich im Kreis um uns auf, um zuzusehen. Ich sagte: „Papa, kein Aufsehen, bitte!“ (Umsonst! Er genoß es, Aufsehen zu erregen!)

Er gestikulierte, fuchtelte mit den Armen, raufte sich die Haare. Er sah aus wie König Lear in der Gewitterszene aus Shakespeares Tragödie. Er brüllte, daß ich der Ruin seines Lebens sei, der Hauptgrund für all die Übel, von denen er betroffen worden war, und zählte sie auf: Meinetwegen habe er Verdauungsprobleme, könne nicht schlafen und lebte in schrecklichster Armut in Zimmern zur Untermiete, da er gezwungen war, sich das Brot (er machte die Geste) vom Munde abzusparen, um für mein Schulgeld aufzukommen. (Die Leute liefen aus den Geschäften, öffneten die Fenster und applaudierten.) Er trommelte sich mit den Fäusten auf den Kopf und ohrfeigte sich, er sagte zu sich oder besser ausgedrückt, er schrie sich an: „Du Dummkopf! Du Idiot!“ Er brüllte, daß ihm das alles zu Recht geschähe, daß er es nicht anders verdiente, wenn er sich für einen jungen Verbrecher wie mich aufopferte. Und daß es völlig zu Recht geschähe, wenn dieser Verbrecher (ich) es ihm mit Arschtritten dankte. (Er streckte graziös sein Gesäß nach hinten und schlug mit den Handflächen darauf. Die Leute lachten. Ich wäre am liebsten tief im Erdboden versunken, aber ich konnte nichts machen, ich stand nur hilflos da, verdrehte die Augen, schwitzte und schnappte nach Luft.) Nun richtete sich der Infame auf und verkündete, daß er darauf verzichtete, einen ehrlichen Menschen aus mir zu machen. Daß er sich die Hände in Unschuld wasche, ein für alle Male, und nicht mehr verantwortlich sein wolle für einen Sohn, der schon prädestiniert sei, ein Mörder, ein Terrorist, ein Mädchenschänder, ein Unhold zu werden. „In der Familie seiner Mutter", brüllte er, „gibt es jede Sorte von Verbrechern!" (Er goß sich tatsächlich Wasser ein, aus einem imaginären Wasserkrug in ein imaginäres Becken, und wusch sich wie Pilatus die Hände, spülte sie ab und trocknete sie mit dem seidenen Taschentuch, das er dann sorgsam zusammenfaltete und wieder in die Brusttasche seiner Jacke steckte. Aus der Gruppe der Zuschauer war eine Menge geworden, die Kommentare abgab, pfiff und ohne die geringste Zurückhaltung grinste.) Er wandte sich nun direkt an die Menge und sagte, daß er ein armer Mann sei, ein anständiger Familienvater, ein Frontkämpfer und Kriegsversehrter, der von einem niederträchtigen Weibsbild (meiner Mutter) verführt und im Stich gelassen worden war und sich jetzt in der Gewalt eines verbrecherischen Sohnes (ich) befände, der bald schon ein Krimineller werden würde, weil er den Hang zum Verbrechen schon seit seiner Geburt im Blut hatte. Und das wisse doch jeder: Wer als Sohn eines Mörders auf die Welt komme, würde selbst ein Mörder. Rasse bleibt Rasse, da gibt es kein Entkommen. Er zeigte mit dem Finger auf mich und schrie: „Sag du diesen Leuten, welchen Beruf deine Mutter ausübt, seitdem ich sie verlassen mußte, sag ihnen, was diese Hurensau in der Villa am See bei ihrem Kavalier macht!" Ich brach in Schluchzen aus und rannte weg. (Hätte ich eine Waffe gehabt, hätte ich ihn wirklich umgebracht. Leider hatte ich keine.)

Gestern hat der Verleger angerufen. Zwei Monate sind seit dem Kongreß zum Thema „Literatur und Grenzüberschreitung" vergangen, bei dem ich bei einer „Überschreitung", beim Klauen nämlich, überrascht worden war. (Als Folge dieser unglückseligen Episode hat mir ein gewisser Bacialupi aus Genua schon vor einiger Zeit einen aufgebrachten Artikel in der Zeitschrift „Il Confronto" gewidmet, in dem er unter anderem schreibt, daß ich mich als Kleptomane gebärdete, um meine von den *poètes maudits* kopierten, allesamt „trostlos bürgerlichen" Modelle nachzuahmen und so weiter. Sieht man von diesen Schlußfolgerungen ab, so besteht die eigentliche Tragik darin, daß mich die gesamte zeitgenössische italienische Literatur seit dem Tag der Überschreitung vergessen zu haben scheint. Ich werde von niemandem mehr eingeladen, und das macht mir langsam Sorgen, wegen der negativen Auswirkungen auf mein Budget und meine Ernährung. Ich lebe leider nun einmal von Tagungen, und nicht nur davon: auch von Dichterlesungen, Preisen, von „Round-Table-Gesprächen“ und so weiter. Von Präsenzgeldern und warmen Mahlzeiten auf Kosten der öffentlichen Hand.) Der Verleger hat mich gefragt, ob ich arbeitete, ob dieser sonderbare Roman, von dem ich ihm erzählt hatte, Fortschritte mache. Ich habe geantwortet: „Riesenfortschritte“, und erklärend hinzugefügt: „Ich bin gerade dabei, eine erstklassige Dokumentation über die Italiener zusammenzutragen, die auf jede nur erdenkliche Weise den Faschismus hinter sich lassen: zu Pferde! schwimmend! auf einem Motorrad! zu Fuß durch den Balkan! Auf einem Floß durch die Adria! Auf dem Rücken eines Kamels oder eines Maultiers! Von vorn, von der Seite, schräg! Alle dem Schicksal ausgeliefert, die Hinterbacken in der Luft! Kriechend, winselnd, galoppierend, laufend!“ Ich habe eine Pause gemacht, um Atem zu schöpfen. „Ich habe erstklassiges Material! Unglaubliche und bisher unbekannte Tatsachen!“ Am anderen Ende der Leitung blieb es still, deshalb habe ich „Hallo, hallo“ ins Telefon gebrüllt, denn ich dachte, die Verbindung sei unterbrochen. „Ich bin noch da und höre dir zu. Schrei nicht so“, hat der Verleger mit einer Stimme geantwortet, die direkt aus dem Jenseits zu kommen schien und mich gefragt: „Aber kommt in dem Roman auch eine Liebesgeschichte vor?“ was mich einen Augenblick lang sprachlos werden ließ. Die Liebe... „Aber sicher!“ habe ich geantwortet. „Du wirst doch nicht annehmen, daß ich einen Roman schreibe, in dem die Liebe fehlt?“, und während ich sprach, versuchte ich, mir eine ausbaufähige Episode ins Gedächtnis zu rufen, irgendeinen Ansatz, den ich weiterentwickeln konnte... (Weiß ich, warum ein Roman ohne Liebe kein richtiger Roman sein soll!) „Es gibt die unwiderstehliche Leidenschaft des Polizeikommissars Pòlito für die Ehefrau des Cavalier Benito Mussolini, Signora Rachel Mussolini. Eine Liebe auf den ersten Blick. Ein *coup de foudre*...“

Der Verleger hat einen Augenblick gezögert. „Ist das eine wahre Geschichte?“

„Natürlich ist sie wahr!“ habe ich erwidert und ihm sofort die

Geschichte des Kommissars Pòlito erzählt. Kommissar Pòlito ist ein perfekter Vertreter des Faschismus bis zum Tag, an dem das Regime stürzt, und am darauffolgenden Tag ist er glühender und überzeugter Antifaschist, dem der neue Regierungschef, Marschall Badoglio, die Aufgabe überträgt, die Ehegatten Mussolini fortzuschaffen: den Duce auf die Insel Ponza und die Ducessa in die Romagna, wo sie ein Haus besitzt. Er führt den Befehl aus. Er bringt den Duce auf die Insel und daraufhin die Ducessa in ihr Haus nach Forlì: Im Auto befindet sich außer dem Fahrer auch ein Carabinieri-Oberst, dessen Name leider bisher unbekannt blieb. Die Fahrt dauert einen ganzen Tag, immer wieder befiehlt der Kommissar dem Fahrer, anzuhalten, und vergeht sich an Signora Mussolini. (Was währenddessen der unbekannte Oberst macht, bleibt unklar. Vielleicht beteiligt er sich an der Orgie, vielleicht vergnügt er sich mit dem Fahrer, vielleicht masturbiert er. Wer weiß. In ihren 1948 erschienenen Memoiren erwähnt Signora Mussolini nur ein einziges Detail, nämlich, daß die Übergriffe Pòlitos der Aufmerksamkeit des Obersten „nicht entgangen" seien. Dieser war also völlig im Bilde, was sich auf dem Autositz abspielte, neben dem er gerade noch gesessen und Wache gehalten hatte. Nach zahlreichen Übergriffen kommen die vier schließlich in der Romagna an. Jeder ist erschöpft und hat auch seine ganz persönlichen Gründe dafür; dann geht ein jeder seiner Wege, während in der Welt ganz andere Dinge geschehen: Die Deutschen besetzen Italien, der Duce kommt wieder an die Macht, der König und Badoglio fliehen nach Brindisi. Pòlito, der Liebhaber der Ducessa, wird von den Faschisten festgenommen. In Verona wird ihm hinter verschlossenen Türen, im geheimen, der Prozeß gemacht. Niemand außer den Richtern kennt die Anklagepunkte, die gegen ihn vorgebracht werden. Pòlito wird zu vierundzwanzig Jahren, also praktisch zu lebenslänglicher Haft verurteilt (unser Held ist zur Zeit des Geschehens bereits in den Fünfzigern), erscheint aber im April 1945 wieder auf der Bildfläche und wird zu einem Helden des antifaschistischen Kampfes, zu einem Märtyrer der Tyrannei Mussolinis, der für alles erlittene Unrecht entschädigt werden muß. Seine Karriere ist fulminant: Er wird Polizeichef, Präfekt der Stadt Rom, ein hoher Funktionär des Innenministeriums...

„Ja, ja, ist schon gut", hat der Verleger eingeworfen. „Aber diese Liebesgeschichte, von der du erzählt hast, wo steckt die? Ich kann sie, ehrlich gesagt, nirgends entdecken."

„Sie spielt sich im Auto ab!" habe ich ihm versichert. „In jenem Auto, das am Straßenrand steht und in dem sich unsere Vier befinden: der Oberst, der Wache hält, der Fahrer, der versucht, sich abzulenken, die Ducessa, die unterliegt, und der Kommissar, der dem Ruhm entgegengaloppiert: hopp, hopp..." Um seiner Phantasie auf die Sprünge zu helfen, habe ich noch hinzugefügt: „Versuche doch, dir dieses Auto dort unter den Pinien vorzustellen: Es wakkelt, quietscht, fährt los und bleibt nach einigen Dutzend Kilometern wieder stehen: hopp, hopp! Es wackelt, quietscht, fährt wieder los..."

„Jetzt reicht es aber", hat der Verleger gesagt und mich gefragt, was ich, abgesehen von der Arbeit am Roman, machte und wie ich mein Geld verdiente. Ob ich für irgendeine Tageszeitung arbeitete („Du könntest ‚Krokodile', Nachrufe, verfassen, das weißt du doch, Sebastiano! Bereite dich schon vor, solange der Betreffende noch lebt.") Ob ich irgendeine Unterstützung, privat oder vom Staat, erhielte. „Nein. Ich mache nichts. Ich habe kein Geld und auch keine Zukunftsaussichten. Alles ist fest in der Hand der Autorenvereinigung, der Rezensenten-Bruderschaft, der Karriere-Professoren. Alles, bis zur letzten Lira: die Subventionen, die Pensionen, die Preise. ‚Krokodile'! Das fehlte gerade noch!" („‚Krokodile' zu schreiben, das ist doch gerade ihre Lieblingsbeschäftigung! Kaum hat jemand das Licht der Welt erblickt, verpassen sie ihm schon einen Nachruf!" und so weiter.) „Ich gehöre nicht zu dieser Clique, ich könnte da auch nichts machen, selbst wenn ich wollte." „Blödsinn", hat der Verleger gemeint. „Du mußt dich eben anstrengen, Sebastiano, deine Ellbogen einsetzen, so wie die anderen!" Und: „Hör auf, dich selbst zu bemitleiden und tu etwas, sonst verhungerst du mir noch." Ich wollte noch mit ihm über den Roman sprechen, aber er hatte schon aufgelegt. Der Roman...

Die „Osteria del Genio con Locanda" betrat ich zum ersten Mal im nun schon weit zurückliegenden Frühsommer 1956. Ich war fast fünfzehn Jahre alt, hatte einen Koffer aus Pappe bei mir und war sehr stolz darauf, der Welt zum ersten Mal allein gegenüberzutreten. Ich war überzeugt, schön zu sein. Ich hatte abstehende Ohren (sogenannte Segelfliegerohren), kurze, im Genick ausrasierte Haare (bis zum Hinterhauptsknochen) und trug enge Röhrenhosen, die urplötzlich, einige Zentimeter über den Knöcheln, zu Ende waren. Ich wurde von Tag zu Tag größer und schwerer, man konnte mir beim Wachsen zusehen. In meinem Gesicht blühten die Pickel, ich war ein Hormongewitter in einem häßlichen, unproportionierten

Körper. Meine Hände waren groß wie Schaufeln, und es gelang mir nicht, sie irgendwo zu verstecken, die Zehen meiner riesigen Füße äugten aus häßlichen Plüsch-Latschen, die ich unterwegs an einem Stand gekauft hatte. Ich trug einen Regenmantel in der damaligen Modefarbe veilchenblau, den der infame Urheber meiner Tage angeblich mir zuliebe abgelegt hatte, obwohl er, wie er mir versicherte, noch „sehr passabel" war. (Er hatte sich einen neuen gekauft.) So ausgerüstet stieg ich am Bahnhof von O. aus und legte einige Kilometer zu Fuß zurück, bis ich zum Fluß kam. Ich sah den Gedenkstein am Ende der Steigung, auf den die Namen der Opfer eines „Nazigreuels" geschrieben waren, das sich vor ungefähr einem Dutzend Jahren genau dort ereignet haben mußte. Am Sockel brannten Öllämpchen und lagen Blumen. Ich sah die Wälder, die bis zum Horizont das Tal bedeckten, das breite Kiesbett des Flusses und die weißen Haufen im Steinbruch, die wie die Knochen eines prähistorischen Tieres aussahen, das sich dort unten, zwischen dem Wasser und den Wäldern, zum Sterben niedergelegt hatte. Ich sah das Gebäude der „Osteria del Genio con Locanda", die Häuschen, die es umgaben und die sogenannte Autobahnbrücke, die die Landschaft zum Tal hin abschloß. (Die Autobahn war zu jener Zeit eine asphaltierte Straße wie die heutigen Landstraßen, und das einzig Besondere an ihr war die Tatsache, daß sie für Ackerwagen, Radfahrer und Fußgänger gesperrt war.) Und mit einem Mal, während ich die Landschaft betrachtete, traten mir Tränen in die Augen: Was hatte ich denn verbrochen, fragte ich mich schluchzend, daß ich an einem solchen, von der Welt abgeschnittenen Ort enden mußte? Wie alle jungen Leute von damals hätte ich gerne in einer großen Stadt gewohnt, am liebsten in Mailand; aber in Mailand lebte mein Vater, und der Gedanke, mit meinem Vater zusammenzuleben, war nicht nur unrealistisch, sondern schlicht und einfach undenkbar. Ich wischte die Tränen weg und sagte mir: „Du hast keine andere Wahl. Du mußt dorthin!" Schließlich kam ich bei der Osteria an. Ich trat ein, sah die Tische mit den rotweißkarierten Tischtüchern und einen glatzköpfigen Mann mit offenem Mund und baumelnden Armen in einem Rollstuhl, der mich gar nicht freundlich anstarrte. Nachdem ich die anfängliche Bestürzung überwunden hatte, grüßte ich ihn: „Guten Abend", und machte den Versuch, mich vorzustellen: „Ich bin..."

„Krepier doch“, antwortete der Mann im Rollstuhl. „Wer auch immer du bist. Verdammtes Pickelgesicht. Zieh den Schwanz ein und verschwinde.“

Die Wirtin kam angeschlurft. Sie mochte vierzig Jahre alt sein, war hochgewachsen und kräftig, sie hatte noch schwarze, im Nakken zusammengebundene Haare. Ein grünrotes Pulloverchen stützte zwei Brüste, die die unbarmherzige Schwerkraft nach unten, Richtung Knie, zog. „Du mußt Sebastiano sein“, sagte sie. „Wir haben dich schon erwartet. Ich bin Rosa.“ Dann rief sie: „Francesco, der Junge ist da.“

Das menschliche Wrack im Rollstuhl starrte mich unentwegt an und murmelte: „Pickelgesicht. Wichser. Du gondelst in der Welt herum, während ich in diesem Loch auf diesem Stuhl dahinfaule. Verdammter Kerl. Was hast Du denn im Vergleich zu mir Tolles gemacht, daß du dieses Scheißleben genießen darfst? Fahr doch zur Hölle!“ und so weiter.

„Das ist Alvaros Neffe“, erklärte Rosa. „Er ist hier, um seinem Onkel am Fluß zu helfen.“

„Fahrt doch alle zur Hölle“, sagte das Wrack. „Wenn doch endlich eine Überschwemmung käme, um euch wie die Ratten zu ersäufen!“

Signor Francesco, der Wirt, nahm mich am Arm und führte mich in die Küche. „Dein Onkel und ich, wir sind wie Brüder“, sagte er, während er ein Stück Brot auseinanderschnitt, es mit Salami vollstopfte und mir gab. („Iß!“) „Wir waren gemeinsam im Krieg. Im selben Regiment, er ist aus Deutschland, ich bin aus Griechenland heimgekehrt. Wir haben viele grauenhafte Dinge gesehen!“ Er war ein bärtiger Riese mit einem rotgeblümten Hemd und Gummistiefeln an den Füßen. Als Pächter des Steinbruchs war er der Arbeitgeber von uns allen, von den Schiffern, die in den Häuschen um die „Osteria“ wohnten, und auch von mir und meinem Onkel. Er sprach aber nicht über die Arbeit. „Es wird dir gut gehen. Wir werden es dir an nichts fehlen lassen. Du wirst zufrieden sein bei uns hier.“ Er sprach leiser. „Habe Geduld mit dem Mann“, sagte er mit einer Andeutung auf den Invaliden. „Es ist mein Schwager. Er stammt aus Lecce, aus dem anderen Teil Italiens. Seine Frau ist nach dem Krieg gestorben. Ihm ist ein von den Bomben beschädigtes Haus auf den Kopf gefallen und hat ihn zu dem gemacht, was er jetzt ist: Unfähig, auch nur für die geringsten Dinge selbst zu sorgen, gelähmt, mutterseelenallein. Ein völliges Wrack: Du hast ihn ja gesehen! Wir haben es aber nicht übers Herz gebracht, ihn allein zu lassen... Bei uns hat er wenigstens eine Familie gefunden; auch wenn er manchmal daherfaselt und zu beißen versucht. Was das betrifft: Komm ihm nicht zu nahe, denn er beißt. Das ist der einzige Schaden, den er dir zufügen kann. Seine Glieder wird er nie wieder gebrauchen können." Er ging weg, um sich ein Gläschen Marsala einzuschenken, und kam wieder zurück. „Weißt du", sagte er, „wenn man ihn so sieht, fällt es einem schwer zu glauben, daß er zu seiner Zeit ein Rechtsanwalt mit einem gewissen Namen war. Keine Berühmtheit, aber immerhin... Man holte ihn auch aus anderen Städten zu Prozessen, er schrieb für Zeitungen, nahm an Versammlungen teil, war Vertreter einer Partei, die es jetzt nicht mehr gibt, der Aktionspartei... Wenn ihm nicht das Unglück zugestoßen wäre, wäre er mit Leichtigkeit ins Parlament gekommen. Das mußt du mir glauben, Sebastiano!" Er schüttelte den Kopf und seufzte: „So ist das Leben! In einem Augenblick kann es dir alles geben und alles nehmen..."

Fernanda habe ich gegen Abend gesehen, als sie aus der Fabrik zurückkam, und sie war so schön, daß ich sie beinahe nicht anzusehen wagte. Ich glaube, daß sie mich für einen Schwachkopf hielt. Aber vielleicht irre ich mich, wer weiß. (Es ist so schwierig, die Gedanken zu erraten, die den Leuten durch den Kopf gehen!) Ich habe zu ihr gesagt: „Ich bin Sebastiano, Alvaros Neffe." Ich hätte wirklich nicht gedacht, daß ich dort unten am Fluß ein Mädchen antreffen würde. Ich hatte bis zu jenem Augenblick nicht einmal überlegt, ob die Eigentümer des „Genio con Locanda" eine Tochter in meinem Alter haben könnten. Wenn Fernanda, wie ich glaube, noch am Leben ist, dann ist sie jetzt sicher eine etwas verblühte

Frau mit glanzlosen Augen und einem Haufen Problemen: Cellulitis, Wechseljahre, blöde Kinder, Ehekrach, Todesfälle unter den alten Verwandten, kranke Haustiere, Banalitäten, Obszönitäten. Um nichts auf der Welt möchte ich Fernanda so wiedersehen, wie sie jetzt aussieht; und selbstverständlich möchte ich mich auch nicht vor ihr blicken lassen: mit diesem Idiotengesicht, das das Leben mir verpaßt hat, und dem widerlichen Bauch, der mit den Jahren von selbst gewachsen ist. Mit dem Toupet und dem falschen Gebiß. Eine ekelhafte Erscheinung.

(Ich ekle mich vor mir, wenn ich mich im Spiegel sehe!)

In der Erinnerung und im Traum muß alles unverändert bleiben, vor allem aber Fernanda; denn sie ist die Königin meiner Träume. Sie erschien mir schön und sie war es auch; aber nicht schön im üblichen Sinn wie eine Frau, von der man sagt, daß sie „schön" sei. Dafür war sie zu unreif, mit ihren langen dünnen Mädchenarmen und den kaum angedeuteten Rundungen. Ihre Haare waren zu einem ebenholzschwarzen Zopf geflochten, ihre Haut war dunkel wie die einer Zigeunerin; sie hatte volle, sinnliche Lippen und schwarze Augen. Damals erkannte ich noch nicht, was auf dem Grund ihrer Augen lag, jener geheimnisvolle Schimmer, der in ihrem Blick aufleuchtete, bis ich es schließlich begriff: Es war... Gold! Es war derselbe Staub, der sich im Sommer unten am Fluß am Boden der Eisenschüssel absetzte. Die Sonne war schon hinter dem Horizont verschwunden und Onkel Alvaro zu einem Schatten geworden, der sich langsam vor dem Hintergrund des Lichtstreifens bewegte. Er rief mich: „Sebastiano!" Ich ging zu ihm hin. Schulter an Schulter beugten wir uns über die Schüssel. Lange standen wir über unseren kleinen Schatz gebeugt, versunken in jenes funkelnde und glitzernde Firmament, das sich, von Eigenleben zitternd und aus sich leuchtend, weit entfernt zwischen seinen Händen bewegte. Dort unten, im Herzen der Finsternis...

(Wenn man fünfundvierzig Jahre alt ist, so wie Fernanda und ich, braucht man keinen Spiegel mehr, um die Verwüstungen der Zeit an sich zu bemerken. Die Haare bleiben im Kamm zurück, die Blase hält das Wasser nicht mehr, die Erinnerung wird lückenhaft. Um uns und unter uns ist eine Generation von Scheusalen herangewachsen: eine Mördergrube von Verwandten, Bekannten, wahren oder scheinbar wahren Freunden, sicheren Feinden. Wir selbst sind

Scheusale inmitten von Scheusalen. In einem Wirrwarr von Neid, Erpressungen, Betrügereien, Armseligkeiten und Schande. Mit jenem bißchen Klarblick, der uns bleibt, betrachten wir die Zeit, die uns in ihre Windungen zieht, uns langsam erdrückt und verschlingt. Jetzt gibt es uns noch; wenn wir nicht mehr sein werden, wird niemand um uns trauern, es werden keine leeren Räume zurückbleiben, die auf eine Abwesenheit, auf unsere Abwesenheit hindeuten. Es wird sich nur wieder ein fauler Apfel vom Baum des Lebens gelöst haben und zu Boden gefallen sein, um Humus zu bilden, damit der Baum sich ständig in der Zeit erneuern kann. Lebe wohl, Fernanda; lebe wohl, Sebastiano; lebe wohl, Onkel Alvaro.)

Ich bin in O. gewesen, in Onkel Alvaros Zimmer, um seine Sachen, das heißt das Goldgräberwerkzeug und ein Päckchen Briefe aus seiner langen Beziehung mit Signora Roberta, abzuholen. Onkel Alvaro hat mir nichts anderes hinterlassen, er besaß nichts. Nicht einmal das Bett, in dem er schlief, gehörte ihm. Ich habe das Werkzeug in der Garage verstaut und mich dann einfach so, zum Zeitvertreib, mit dem Ordnen der Briefe aufgehalten. Ohne die Briefe zu öffnen und ohne sie zu lesen. (Ich habe beschlossen, sie nicht zu lesen.) Ich habe die Umschläge nach dem Datum der Poststempel geordnet und gezählt. Es sind insgesamt hundertsechs, vom 3. September 1938 bis zum 10. März 1957. Darunter sind die Briefe aus dem Krieg, jene „portofreien", die keine Adresse tragen. („An den Artilleristen Alvaro S., Kriegsgebiet. Portofrei.") Und dann gibt es eine große Lücke, ein Schweigen, das zwölf Jahre dauert, von 1944 bis 1956. (Signora Roberta wurde im Sommer des Jahres 1956 Witwe.) Nach dem 10. März 1957 finden sich nur mehr Glückwunschkarten, zum Geburtstag und zu anderen Anlässen, und Ansichtskarten (aus Rom, Moskau, Padua, Korfu), aber keine Briefe mehr. Warum, habe ich mich gefragt, bricht der Briefwechsel ausgerechnet in jenem Jahr ab, da doch die Beziehung zwischen Signora Roberta und Onkel Alvaro bis zu dessen Tod, also bis Oktober 1985 dauerte? Ich habe angestrengt nachgedacht, was in jenem längst vergangenen März des Jahres 1957 dort unten am Fluß geschehen ist. Und plötzlich schoß mir ein Gedanke durch den Kopf, ein Wort: das Telefon.

In den drei Jahren in der „Osteria del Genio con Locanda“ erlebte ich zwei Modernisierungen, die zu verschiedenen Zeitpunkten stattfanden und unterschiedlicher Natur waren. Die erste fand zwischen dem Winter 1956 und dem Frühling 1957 statt und brachte uns in erster Linie Telefon und Fernsehen. Sie war von Vorteil. Das Telefon befreite Onkel Alvaro von der für ihn lästigen Notwendigkeit, jedesmal, wenn er Signora Roberta etwas mitzuteilen hatte, zur Feder (und zu Wörterbuch und Grammatik) greifen zu müssen. Onkel Alvaro tat sich beim Schreiben schwer, und die Briefe, die damals üblich waren („Es geht mir gut, und ich hoffe, daß es auch Dir gut geht“, „Bleibe mir immer treu, so wie auch ich Dir immer treu sein werde“ und so weiter), waren für ihn eine Qual. Er hatte sich sogar ein Büchlein mit bereits fertigen Briefen zum Abschreiben gekauft, aber jedesmal, wenn er am Schreibtisch saß und es von Anfang bis Ende durchgeblättert hatte, fing er wieder fluchend von vorne an. Umsonst: Sein Brief fehlte! Mit dem Telefon wurde alles anders. Man mußte nur den Hörer abheben, die Nummer wählen, und schon sprach man mit der gewünschten Person, als ob sie wirklich im Zimmer sei. Es gab weder Schwierigkeiten noch Komplikationen, und die Gespräche hinterließen keine Spuren: ein Wunder! Ein wahres Wunder! Das Fernsehen brachte uns die weite Welt ins Haus dort unten auf dem Flußkies und bewirkte ein anderes, kleines, aber nicht unbedeutendes Wunder: Es füllte das Leben des Invaliden mehr oder weniger wie eine Flüssigkeit eine Flasche füllt. Für das menschliche Wrack (ich glaube, daß er Ernesto B. hieß, aber in dieser Geschichte ist sein Name bedeutungslos) begann eine neue Lebensphase, die völlig von der Fernsehkiste abhing. Er schlief davor, starrte sie an, ließ seine Wut an ihr aus und spuckte sie an. Er beschimpfte jede Ansagerin, die auf dem Bildschirm erschien, mit „Hure“ und „Nutte“ und rief ihr zu: „Du hast dich heute Nacht wieder bumsen lassen, du geile Sau!“, „Du hast es wohl mit zehn nacheinander getrieben, verfickte Nutte!“ und so weiter. Es entging ihm nicht die kleinste Kleinigkeit: eine zerzauste Haarlocke, eine unscheinbare Falte, und schon stellte er sich übermenschliche, apokalyptische Orgien, unbeschreibliche und monströse Perversionen, stundenlange, bestialische Paarungen vor. Die einzige Möglichkeit, ihn zur Ruhe zu bringen, war die Drohung, die Kiste auszuschalten. Dann wurde er schlagartig still, zitterte am ganzen Körper und jammerte: „Nein, bitte nicht! Nicht ausschalten!“ Manchmal waren seine Wutanfälle so heftig, daß wir fürchteten, er würde explodieren; dazu kam es vor allem, wenn er einen Komiker auf dem Bildschirm sah, den damals berühmten Mario Riva zum Beispiel oder den sogenannten Totò: Vor lauter Wut lief er blau im Gesicht an und spie Gift und Galle.

„Warum sitze ich im Rollstuhl und nicht er? Warum lebt er, spaziert herum und vergnügt sich, und ich nicht?“ Oder: „Warum ist das Haus auf mich gestürzt und nicht auf diese Riesenarschlöcher?“ „Wer war ich denn, etwa der Dorftrottel?“ Und so weiter. Alle drei, vier Tage wurde der Invalide völlig unerträglich. Er brüllte pausenlos, jaulte, spuckte und versuchte, jeden zu beißen, der in die Nähe seines Gefährts kam, rollte die Augen und geiferte, und dann mußte man ihn „erleichtern“, sonst hätte er auch noch in der Nacht geschrien, und niemand in der „Osteria del Genio con Locanda“ und in der Umgebung hätte ein Auge zugetan. Dazu kam es normalerweise abends, während der Nachrichten. Wir saßen beim Essen, und nach kurzer Zeit stand Signora Rosa seufzend auf, blickte zum Himmel (das heißt zur Decke), als wollte sie sagen: „Lieber Gott, hilf mir!“ Dann ging sie zum Gefährt des Invaliden, der in der Zwischenzeit die Tonart gewechselt hatte: Er zwitscherte, trällerte, quiekte vor Wohlgefallen. Sie schob ihn in eine Rumpelkammer hinter der Küche, und schloß sich mit ihm dort ein. Sie blieben unterschiedlich lange dort, fünf bis zwanzig Minuten (je nach Jahreszeit, Luftdruck und Blutdruck des Invaliden, Erregungsgrad desselben und irgendwelchen anderen Imponderabilien). Während Rosa im Abstellkämmerchen war, war Signor Francesco unruhig. Er blickte ständig auf die Uhr, putzte sich die Nase, schnaubte. Wenn sich die Angelegenheit in die Länge zog, schrie er: „Rosa, so mach doch schneller.“ Aus der Rumpelkammer drang inzwischen bestialisches Gebrüll, Grunzen und Röcheln. Im Speisesaal konnte man alles, auch die Anfeuerungsrufe, ausgezeichnet hören, obwohl der Fernseher in voller Lautstärke dröhnte. „Los, los, du Nutte, mach schneller!“ brüllte das Wrack Rosa an. „Drück fester, du geile Sau!“ Wenn er zu jaulen anfing, so war dies das Zeichen, daß die Angelegenheit nun in Schwung kam und sich dem Epilog näherte. Er machte „u-u, u-uuu“ (und von beiden Ufern des Flusses antworteten die Hunde „u-uu, u-uuu“), und schließlich mündete alles in ein befreiendes Jaulen: „uuuuuuuuuu“. (Auf dieses Heulen folgten: zwei oder drei Schluchzer, ein langes Röcheln, schlurfende Schritte, die sich zum Bad entfernten, Wasserrauschen, Wasserglucksen. Signora Rosa wusch sich die Hände.)

Der Tagesablauf des Invaliden sah folgendermaßen aus: Jeden Morgen um sieben Uhr wurde er vom Fernseher weggeholt und zum Luftschnappen vor die Tür gebracht. Dort beschimpfte er die Passanten, die Schiffer, die in den Häuschen um die Osteria wohnten, und die Feldhüter, die am Morgen kamen, um „ein Schlückchen zu trinken“. („Einen kleinen Grappa“, „einen kleinen Anisschnaps“, „einen Marsala“ und andere, härtere Sachen.) Allen wünschte der Invalide, daß sie auf entsetzliche Weise und unter Riesenschmerzen krepieren sollten. Einige Männer antworteten ihm „Krepier doch selbst“, die anderen gingen weg, ohne etwas zu sagen. Nach einiger Zeit, so gegen neun, halb zehn holte ihn Signora Rosa von seinem Platz vor der Türe weg und setzte ihn wieder vor seine Kiste, auf der inzwischen das Testbild der RAI zu sehen war. Er ließ sich davon verzaubern. Er blieb dort und starrte stundenlang auf dieses Testbild, ohne ein einziges Mal mit der Wimper zu zucken. Erst wenn sich die Bilder zu bewegen begannen, kam Leben in das Wrack: Er winselte, geiferte und spuckte, wenn besonders wohlgeformte Frauen auftauchten, beschimpfte die Ansagerinnen und verfluchte die Komiker, die sich einbildeten, ihn zum Lachen bringen zu können, und die selbst lachten. (Er geriet in Rage: „Warum lacht der eigentlich? Was gibt es auf dieser Welt schon zu lachen?“) Besonders schlecht zu sprechen war er auf Togliatti. Der damalige Sekretär der kommunistischen Partei brauchte nur auf dem Bildschirm zu erscheinen, egal zu welcher Tageszeit und in welcher Sendung, und schon wurde der Invalide von Wutkrämpfen geschüttelt, an denen er zu ersticken drohte, da er versuchte, gleichzeitig zu brüllen und zu spucken. Er rollte die Augen und röchelte, bellte, hustete. Die Gründe für den Haß, den der Invalide gegen Palmiro Togliatti hegte, wurden nie völlig klar, alle vermuteten, daß sie in sein Leben als Unversehrter, also in die Zeit vor seinem Unfall, zurückreichten und einen vermeintlichen Verrat Togliattis betrafen. Wie Onkel Alvaro mir erklärte, hatte Togliatti tatsächlich im Frühjahr 1944 alle anderen Parteien, insbesondere die Aktionspartei, enttäuscht, als er sich mit König Vittorio Emanuele III. und der Monarchie zusammengetan hatte...

Die zweite Modernisierung ging über die „Osteria del Genio con Locanda“ mit Frühlingsbeginn des Jahres 1959 nieder und bedeutete das Ende von allem: eine gigantische Zementmasse, die den Fluß kilometerlang eindämmte und ihn in eine wasserarme, nach Jauche stinkende Kloake verwandelte. (Aber das ist eine andere Geschichte.)

Allmählich lernte ich das Leben am Fluß kennen. (Damals waren die Flüsse noch lebendig.) Da waren die Schiffer mit ihren eisernen Lastkähnen, die die weißen Steine aufluden und nach Pavia brachten, wo man ihnen – so hatte es mir wenigstens Onkel Alvaro gesagt – „viertausend Lire pro Doppelzentner zahlte". Dann gab es die sogenannten „Wilddiebe", die einmal in der Woche, immer dienstags, zum „Genio con Locanda" kamen. Seelenruhig warfen sie ihre langen, *tramagli* genannten Netze aus, holten sie voller Weißfische und anderer kleiner Fische wieder ein, leerten sie und verschwanden. Dann gab es die Feldhüter, unerbittlich im Hinunterkippen ihrer morgendlichen Grappas und Anisschnäpschen und furchteinflößend, wenn sie miteinander Karten spielten, „Scopa" oder „Briskola". Sie kamen immer donnerstags, in Abteilungsstärke, und suchten den Fluß mit Schlauchbooten ab. Sie kontrollierten auch die beiden Ufer: die Zufahrtswege, die Dämme und die sumpfigen Gebiete. Sie suchten nach den „Wilddieben", die sich natürlich nicht blicken ließen (während der ganzen Zeit, die ich am Fluß war, sind Feldhüter und „Wilddiebe" einander nie begegnet). Schließlich begnügten sie sich damit, harmlosen Leuten gegenüber den wilden Mann zu spielen. Da hatte sich doch tatsächlich einer ein Plätzchen im Wald gesucht, um seine Notdurft zu verrichten; ein anderer war im Sommer zum Baden an den Fluß gekommen; und wieder ein anderer streifte im Herbst auf der Suche nach Pilzen im Wald herum. Sie verfaßten seitenlange „Protokolle", in denen festgehalten wurde, daß der und der an dem und dem Tag an dem und dem Ort angetroffen worden sei und, an Ort und Stelle nach dem Grund seiner Anwesenheit befragt, keine ausreichenden Entlastungsgründe habe anführen können; daß über ihn noch genaue Nachforschungen anzustellen seien, um Klarheit über seine Identität, seinen Beruf zu erlangen und so weiter. Zu den Menschen, die am Fluß lebten, zog es eine Reihe von Betrügern und Geschäftemachern: Schmierendarsteller, Scharlatane, fahrende Händler. In der „Osteria del Genio con Locanda" wurden die Fremden in dem einzigen Dreibettzimmer im ersten Stock untergebracht. Neben jedem Bett stand Nachtkästchen mit einem Nachttopf und ein zusammenklappbares Bidet aus Eisen; an der Wand über dem Kopf des Schläfers hing ein Öldruck des „Heiligen Herzens unseres Herrn Jesus Christus". Frauen wurden nicht beherbergt, aber es war ohnehin nie der Fall eingetreten, daß sich Personen weiblichen Geschlechtes ohne Begleitung nach einer Übernachtungsmöglichkeit erkundigt hätten. Der Schrank mit den Schiebetüren wurde von allen drei Zimmerbewohnern gemeinsam benützt und ebenso das Klo im Freien, ein sogenanntes „Plumpsklo", das sich am Ende des Ganges befand und alles direkt in den Fluß leitete.

Cico (Francesco) Trombetti war ein fahrender Händler. Er kam jedes Jahr zu Frühlingsbeginn zur „Osteria del Genio con Locanda" an den Fluß, in einem Auto der Marke „Aprilia", das auf nahezu unglaubliche Weise mit jenem „Artikel" oder jener Ware beladen war, mit der er gerade handelte und die er, solange der

Vorrat reichte, wo auch immer, weiterverkaufen würde. Auf seinem Auto war ein Lautsprecher angebracht, der in voller Lautstärke dröhnte, wenn er die Straße herunterkam: „Zwei für eins!" (Das war sowohl der Name seiner Firma als auch sein Verkaufsslogan.) Und: „Hinterwäldler, aufgepaßt! Zahlt eins, nehmt zwei!" In einem Jahr waren es Besen, Putzlappen, Küchenschürzen, und sie wurden gekauft. Im nächsten Damenmäntel und unbequeme, kreuzhäßliche Gummistiefel. Cico rüstete das ganze Tal damit aus, vom See bis zur Mündung des Flusses in den Po. Auch ich kaufte zwei Paar und war dann auch gezwungen, sie zu tragen, trotz zahlreicher Schmerzen und Blasen. In einem denkwürdigen Jahr schließlich (vielleicht 1958 oder 1959, ich weiß nicht mehr genau wann, mein Gedächtnis beginnt nachzulassen) tauchte Cico mit einer Ladung von Dampfkochtöpfen bei uns auf, einer „Weltpremiere", wie er sagte. Und es war ein Erfolg ohnegleichen, im wahrsten Sinne des Wortes ein Triumph.

Die Hinterwäldler kamen von weit her zur Vorführung des Kochtopfes, die an einem Sonntagmorgen auf dem Platz vor der „Osteria" im Freien stattfinden sollte. Es waren hundert, vielleicht sogar zweihundert Leute gekommen. Cico war großartig. Er postierte in der Mitte des Platzes zwei Spirituskocher, Restbestände aus dem Krieg; auf einen der beiden Kocher stellte er einen normalen Aluminiumtopf samt Deckel, auf den anderen einen seiner Dampfkochtöpfe. Er kochte in beiden Kochtöpfen gleichzeitig Nudeln, und es war leicht für ihn, mit der Uhr in der Hand zu beweisen, daß die Spaghetti im Dampfkochtopf in der halben Zeit gar waren. Die Schiffer staunten mit offenem Mund und herabhängenden Armen und sagten: „Einfach unglaublich", lobten den Fortschritt und so weiter. Einige fragten: „Und wenn er explodiert?" (Und sie meinten den Kochtopf.) Da nahm Cico das Mikrophon vom Auto und hängte es sich, nachdem er es sorgfältig in ein Taschentuch gewickelt hatte, um den Hals, schloß es an einen Draht an, den er in das Armaturenbrett der „Aprilia" steckte, und schrie den Hinterwäldlern zu, daß sie sich eine unumstößliche Tatsache hinter die ungewaschenen Ohren schreiben sollten, nämlich, daß die Dampfkochtöpfe von Natur aus nicht explodieren würden und gar nicht könnten, selbst wenn sie es wollten. (Er drückte sich genauso aus.) Dann erklärte er, warum das nicht möglich war. In erster Linie deshalb, weil die Dampfkochtöpfe nach einem neuen und revolutionären Verfahren aus gehärtetem Stahl gemacht waren und jeder Art von Stößen und Korrosion widerständen und praktisch nicht umzubringen seien. Außerdem garantierte er, daß der patentierte Verschluß „Ermetica", mit dem jeder Topf ausgestattet war, dreimal mehr Druck als bei einem einfachen Kochvorgang aushalten würde. (Das hatten Labortests bewiesen.) Und außerdem, so schloß er, sei jeder von der Firma „Zwei für eins" zum Verkauf angebotene Dampfkochtopf mit einem Druckventil versehen, das sich weder verklemmen noch verstopfen würde, in keiner Situation: Niemals! (Wie dieses Druckventil gemacht war, sei ein Fabrikgeheimnis, das – wie Cico schwor – die Japaner unbedingt herausfinden wollten. Aber den Ärmsten gelang es nicht! Und auch die Deutschen zerbrachen sich den Kopf, wie sie den Kochtopf in Deutschland herstellen konnten.) Er zählte alle Vorteile des Dampfkochtopfes auf: Er sei von einer Jury von Wissenschaftlern als die „revolutionärste Entdeckung des zwanzigsten Jahrhunderts" nach der Atomenergie und als die „mit Abstand nützlichste" bezeichnet worden. Er schrie, daß die Hausfrauen Italiens an einem historischen Scheideweg stünden und daß ihre Entscheidung für das Schicksal des Vaterlandes in den kommenden Jahrhunderten unabdingbar von Bedeutung sei. Wofür wollten sie sich denn nun entscheiden? „Auf der einen Seite", schrie er, „steht die Zivilisation, die Technik, der Fortschritt. Auf der anderen die Barbarei!" Und fügte noch hinzu: „Ihr Hausfrauen seid aufgerufen, über die Zukunft unseres Landes zu entscheiden. Fortschritt oder Rückschritt? Sparsamkeit oder Verschwendung? Entscheidet euch!" Nachdem er seinen Wortschwall beendet hatte, wickelte er das Taschentuch vom Mikrophon, trocknete sich Hals und Stirn, ging zur „Aprilia" und verkaufte, während er von Zeit zu Zeit seine üblichen Slogans („Zwei für eins, meine Damen!" oder „Zahl eins, kauf zwei!") wiederholte, an einem einzigen Vormittag alle Dampfkochtöpfe, die er mitgebracht hatte. (Zum Glück hatte die Zivilisation gesiegt. Italien war von den Hausfrauen gerettet worden und so weiter).

Ein anderer Stammgast des „Genio con Locanda“ war ein gewisser Gillo Trevisini mit Künstlernamen „Piva“, von Beruf Varietékünstler. Dieser Piva traf pünktlich jedes Jahr Anfang August ein, nahm im Zimmer im ersten Stock Quartier, wo er dann acht Tage lang vom bösen Blick befreite, die Zukunft aus den Karten las und Liebes- und andere Zaubertränke zusammenmischte, für irgendwelche zerlumpten Frauen, die zu Fuß oder mit dem Fahrrad aus irgendwelchen Ortschaften des Tales kamen und sofort nach ihrem Eintreten fragten, wo denn der „Zauberer“ oder „Signor Piva“ sei. Er war ein magerer, knochiger, häßlicher Alter mit gipsweißem Gesicht, da er sich jeden Tag schminkte, gleichgültig, ob er nun auftrat oder nicht. Vom frühen Morgen bis in die Nacht trank er und zwar alles: Marsala, Wodka mit Wermut, Bitter mit Wodka, Wodka mit Marsala, Bitter und Gin, Rum und Alchermes und darüber hinaus alles, was ihm die anderen anboten: Cognac zum Beispiel, Whisky, Anisschnaps, Grappa, Bier. Er brachte neben der Tür ein Plakat an, das so alt war wie er selbst und einen Mann im Frack mit gipsweißem Gesicht und einem Stöckchen in der Hand zeigte, der sich im Licht zweier Scheinwerfer drehte. Am unteren Rand stand geschrieben: „Internationale Attraktion – Vorführung des großen Zauberers und Varietékünstlers PIVA". (Das letzte Wort in Großbuchstaben gedruckt.) Einzige Vorstellung, am (...), um (...) Uhr." Seit man sich erinnern konnte (vielleicht seit zwanzig oder auch schon dreißig Jahren), gab Piva jedes Jahr am letzten Abend vor seiner Abreise im Erdgeschoß der Trattoria eine Vorstellung mit verschiedenen Zauberkunststücken. Er zeigte Kartentricks, hypnotisierte das Publikum, aß Spiegel und Glas, spuckte Feuer und zog über das Publikum her. Die Eingangstür des Lokals war an diesem Abend geschlossen, man zahlte hundert Lire Eintritt, und aus O. kam der Polizeimeister Esposito. Piva sah gespenstischer aus als sonst, da er seit dem Morgen nichts getrunken hatte und sich deswegen schlecht fühlte. Er war schrecklich reizbar und ärgerte sich über die Zuschauer: Er behandelte sie erbarmungslos, aber das gehörte seit Jahren zur Vorstellung; die einfachen Leute vom Fluß lachten und nahmen das in Kauf. Bis eines Jahres...

Am Abend des 14. August 1957 hatte Piva gerade ein Glas gekippt und um Ruhe im Saal gebeten oder vielmehr befohlen, daß es im Saal still sei, da er sich konzentrieren müsse, um in „Trance" zu geraten. Die Schiffer aber hörten nicht auf zu reden, kommentierten das Geschehen, lachten und riefen einander beim Namen. Er wiederholte: „Ruhe, bitte!", dann wurde er wütend. Er hatte sich seine Opfer immer unter denjenigen ausgesucht, die sich für eine gewisse Rolle besonders gut eigneten, und auch diesmal wählte er den Richtigen aus. In der ersten Reihe saß ein gewisser Nani (sein richtiger Name stand danach in der Zeitung, aber ich erinnere mich nicht an ihn), ein großer und starker Schiffer von angsteinflößendem Äußeren, der innerlich aber sehr unsicher und einem Mann wie Piva völlig ausgeliefert war. „Was gibt es da zu lachen", fragte ihn der Zauberer. „Ich lache doch gar nicht", antwortete Nani, der bis dahin tatsächlich nur mit offenem Mund und hängenden Armen die Vorstellung verfolgt hatte. „Dir werde ich es schon noch zeigen", sagte Piva, hielt eine Hand vor Nanis Gesicht und bewegte sie zwei- oder dreimal hin und her, von links nach rechts und von oben nach unten. Nani verdrehte plötzlich die Augen, und das Weiße wurde sichtbar. „Hundesohn", schrie Piva. „Zeig doch den Herrschaften, daß du ein Hund bist." Er wurde deutlicher: „Bell schon, du Hund!" Und Nani machte: „Wuff! Wuff! Wuff!" Nun war Piva in Fahrt geraten und schrie: „Noch einmal! Noch mal! Lauter!" (Etwas abseits, in seinem Rollstuhl, wurde das Wrack vor lauter Freude beinahe verrückt. Er zwitscherte, jaulte, trällerte.) „Wuff! Wuff! Wuff!" bellte Nani von Neuem. Da begann der Invalide zu heulen, und alle Hunde am Fluß fielen ein. „Und jetzt nehmen wir einmal an, daß du ein Schwein wärst", sagte Piva, der bei diesem gemeinen Schauspiel endlich in seinem Element war. Er hob die Hand: „Grunze!"

„Grrr! Grrr! Grrr!" grunzte Nani. „Grrr! Grrr! Grrr!" Der arme Teufel war mit seiner Verlobten, einer gewissen Annalisa oder Annachiara (ich erinnere mich leider nicht mehr genau an den Namen) zur Vorstellung gekommen. Hätte sie nicht begonnen, Piva zu beschimpfen und zu schreien, daß er kein Recht habe, sich so zu benehmen und man ihn zum Aufhören zwingen müsse, wäre die Vorstellung des Schiffer-Schweins noch lange weitergegangen, zur einhelligen Belustigung aller Anwesenden. Der Polizeimeister Esposito, der sich beinahe zu Tode gelacht und sich wie alle anderen auch köstlich amüsiert hatte, wurde wieder ernst. Er erhob sich. „Im Namen des Gesetzes", schüchterte er Piva ein, „ich fordere dich auf, diesen Unfug zu beenden und bis morgen früh acht Uhr die Herberge zu verlassen."

„Verdammte Hinterwäldler", schrie Piva. „Für Grobiane wie euch habe ich mein Leben und meine Kunst vergeudet." Mit einem Fußtritt stieß er das Tischchen um, auf dem sich die Utensilien für seine Vorstellung befanden: Spielkarten, Taschentücher, Gläser. Er nahm irgendeine Flasche (Wodka oder Gin) aus der Bar und ging in sein Zimmer. Am Ende der Treppe drehte er sich um und schrie uns noch zu: „Primitives Pack!"

Damit waren die Darbietungen Pivas in der „Osteria del Genio con Locanda" zu Ende, wir aber blieben noch sitzen und starrten auf den in ein Schwein verwandelten Mann, der herumging und aus Leibeskräften grunzte („Grrr! Grrr! Grrr!"); wir riefen ihn beim Namen: „Nani! Nani! Wach auf!" „Wir könnten ihm ein Glas Wasser ins Gesicht schütten", schlug jemand vor. „Nur das nicht", antwortete Polizeimeister Esposito. „Oder wollt ihr, daß er einen Herzinfarkt bekommt?" Schließlich brachten Annalisa und der Polizeimeister das Schwein nach Haus, entkleideten es und legten es ins Bett. Als ihm die Kollegen am nächsten Tag erzählten, was mit ihm geschehen war, ging er in den Wald und hängte sich vor lauter Scham am erstbesten Baum auf. Da er aber, wie ich schon erwähnte, groß und schwer war, brach der Ast unter seinem Gewicht ab: Nani fiel zu Boden und verstauchte sich einen Knöchel. Daraufhin verzichtete er auf das Sterben.

In meinem ersten Winter am Fluß setzte man sich in der „Osteria del Genio con Locanda“ nach dem Abendessen noch vor den Kamin und plauderte. Der Invalide döste in seinem Rollstuhl, Onkel Alvaro nahm von Zeit zu Zeit ein Holzscheit aus dem Korb und warf es ins Feuer. Manchmal verzichteten die Schiffer auf ihre Partie „Briskola“ oder „Scopa“ und setzten sich zu uns auf die Bänke, in die Nähe des Feuers, und erzählten Geschichten vom Leben am Fluß und vom Krieg. Heute noch, nach dreißig Jahren, erinnere ich mich an einen gewissen Giacomuzzi, Heimkehrer aus Albanien, der eine Geschichte von einem zerstreuten Regiment erzählte, von zwei Soldaten – ihm und einem anderen –, die bei einem Großgrundbesitzer als Sklaven gehalten wurden und dort anstelle der Ochsen den Pflug und den Karren ziehen mußten. Das trug sich in einem albanischen Flußtal (dem Tal von Dévoli) zu, in dem die Erde auf einer Seite rot, auf der anderen hingegen schwarz war. Auch Signor Francesco erzählte, daß in Griechenland, ein Jahr nach dem Waffenstillstand, italienische Soldaten auf den Märkten wie Vieh verkauft wurden, für die Arbeit in der Landwirtschaft: Man schaute ihnen in den Mund, betastete ihre Muskeln, hieß sie die Hosen runterlassen und kontrollierten, ob sie nicht die Krätze hatten. Ich war über diese Erzählungen so verblüfft, daß ich einmal – ich erinnere mich noch genau – fragte, was denn mit dem eigentlichen Vieh, den Pferden, Eseln, Ochsen geschehen sei. („Was machten denn die Ochsen, während die Männer den Pflug zogen?") Signor Francesco lächelte und machte eine Handbewegung, als wollte er sagen: Wenn es nur Ochsen gegeben hätte! Und dann erklärte er mir, daß in Griechenland alle Haustiere außer den Hunden (aber nicht alle) in den ersten Kriegsjahren von ihren Eigentümern oder von den Soldaten der verschiedenen, im Land eingefallenen Okkupationstruppen geschlachtet und verzehrt worden waren. Ab und zu erwachte der Invalide und begann zu schreien, daß wir alle so schnell wie möglich und auf die fieseste Weise krepieren sollten; daß die in Rußland und Amerika in sogenannten „Experimenten" vergeudeten Atombomben von hundert bis tausend Megatonnen besser über dem Fluß abgeworfen würden, um die Welt von unserer Anwesenheit zu befreien. Dann stand Signor Alfredo auf, nahm die Grappaflasche aus der Bar und stülpte einen Gummisauger darüber, wie man ihn für Babyflaschen verwendet (andernfalls wäre der Invalide erstickt), und steckte sie ihm wie einem Säugling in den Mund: „Ich bitte Sie, Herr Rechtsanwalt, trinken Sie langsam. Sie ersticken sonst. Keine Angst, ich lauf schon nicht weg." Er hätte sich aber die Mühe ersparen können, denn seine Worte waren völlig nutzlos. Der Invalide rollte die Augen, zitterte von Kopf bis Fuß und zog so gewaltig an der Flasche, daß es wirklich ein Wunder war, daß er nicht erstickte. Im Handumdrehen leerte er die Flasche, sah uns dann mit schrägem Blick an, fing wieder an zu atmen, während langsam das Weiße seiner Augäpfel sichtbar wurde. Er murmelte noch eine letzte Beleidigung, rülpste und schlief auf der Stelle ein. Er schnarchte so laut, daß man ihn in die Speisekammer hinter der Küche einsperren mußte, um ihn nicht mehr zu hören. Er röchelte, pfiff, gurgelte.

All das endete mit dem Einzug des Fernsehers: die Erzählungen vor dem Kamin, das Kartenspielen, sogar das Grappasaugen des Invaliden. In der „Osteria del Genio con Locanda" änderten sich von einem Tag auf den anderen die Gewohnheiten, der Horizont wurde größer, man blickte nun in die weite Welt. Es kamen die Musikfestivals, Quizsendungen, Serien (*Odyssee*, *Äneas* und *Die Mühle am Po*). So kam es zur Symbiose zwischen dem Invaliden und dem Fernseher: Der Mann, der von der Zauberkiste gelebt wurde, schaltete sich nun gleichzeitig, in perfekter Abstimmung, mit ihr ein und aus.

Ich schlief in einer Dachkammer mit einem kleinen Klappfenster, durch das ich die Wolken oder den Sternenhimmel über meinem Kopf betrachten konnte. Diese Abstellkammer hatte auch noch die Besonderheit, daß sie an das Schlafzimmer der Besitzer angrenzte. Ich verstand jedes Wort. Ob ich nun wollte oder nicht, ich mußte mir ihre Gespräche über die immer spärlicher ausfallenden Einnahmen der „Osteria", über die Gäste und über mich anhören. („Ich glaube, er ist ein guter Junge", sagte manchmal Signora Rosa, worauf ihr Mann erwiderte: „Er ist mir sogar etwas zu brav." Und kommentierte: „Den Ärmsten haben sie im Internat ganz durcheinander gebracht.") Sie sprachen über Fernanda, die, obwohl sie noch so jung war, bereits mit einem gewissen Angelo aus B., dem Sohn eines bekannten Gorgonzolaherstellers und selbst Gorgonzolaverkäufer, verlobt war. Ich hörte auch, was sie, nicht jede Nacht, aber doch ziemlich häufig, machten: das Quietschen der Bettfedern des großen Ehebettes, das Schnalzen, das Stöhnen und eine Reihe anderer Geräusche. Die ersten Male war ich davon so verwirrt, daß ich schließlich eines Tages am Fluß mit Onkel Alvaro darüber sprach. Er hatte gelacht: „Die treiben es ganz schön wild, was?" Und dann hatte er mir erklärt, daß ich mein Zimmer nicht wechseln konnte, da jene Kammer der einzige verfügbare Raum war, und daß ich Geduld haben solle. Außerdem sei das alles nicht so schlimm, wie ich meinte. „In deinem Alter kommen einem diese Sachen seltsam und rätselhaft vor, und dabei gehören sie zum Leben wie Atmen und Essen. Sie sind völlig normal." Ich war etwas überrascht, denn im Internat hatte man uns genau das Gegenteil gesagt: daß man nur an gewisse Dinge denken brauche, um den Verstand aufs Spiel zu setzen; daß die Sehkraft nachließe, wenn man sich „anfaßte“ und daß schon ein Blick auf die Geschlechtsteile unangenehme Folgen haben könne, plötzlichen Haarausfall zum Beispiel... Ich hatte das Thema gewechselt. Ich sprach von etwas anderem und gewöhnte mich in den darauffolgenden Tagen auf meine Weise an die Geräusche der Zimmernachbarn. (Ich blieb mit offenen Augen im Dunkeln liegen und wartete, bis sie fertig waren. Dann masturbierte ich und schlief ein.)

Neochori, August 1944

Die Bauern kamen zu Fuß aus den Dörfern des Pinios-Tales oder auch von jenseits der Hügel, in schaukelnden Bussen, die bei jeder Beschleunigung ihren Geist mit der letzten Auspuffwolke auszuhauchen schienen. Sie bewegten sich langsam und feierlich, vor allem die Alten. Sie trugen ihre charakteristische Tracht mit den weiten, bestickten Ärmeln und dem Rock, den Gamaschen, den an der Fußspitze eingerollten Pantoffeln und dem Fez. Sie betraten denselben Pferch, in dem sie schon oft die Tiere ihres Bauernhofes, Ochsen, Pferde, Esel, Schweine gekauft oder verkauft hatten. Sie gingen zwischen den italienischen Soldaten umher, betasteten ihre Muskeln, ohne befangen zu sein, dies bei Menschen zu machen, schauten ihnen in den Mund oder sahen sich manchmal auch die Genitalien an und ließen sich die „Esòruka" (die zweite Garnitur Unterwäsche) zeigen, um sicher zu sein, daß sie welche bei sich hatten. Wenn sie das geeignete Exemplar gefunden hatten, machten sie ihm ein Zeichen, ihnen zu folgen, und brachten es in das Büro am Eingang zum Pferch, wo ein Grieche mit Bügelbrille und schwarzen Ärmelschonern die Übergabeformalitäten erledigte und allen ein Papier mit zwei Stempeln, vom Kommando der ELAS (Volksbefreiungsarmee) und von der britischen Militärmission aushändigte. Die Szene auf dem Markt hatte etwas Irreales an sich. Wären da nicht einige Details gewesen, wie zum Beispiel die alten Autobusse, die Gamaschen und der Fez der Bauern oder die Reihe der Telegraphenmasten, die zum Horizont hin verlief, dann hätte man an eine andere, um tausend oder dreitausend Jahre ältere Episode denken können: an eine Episode aus der Zeit, in der Thessalien von Euaimon regiert wurde, dem Vater jenes Euripilos, der dann für die Trojaner kämpfen und von einem Pfeil des Paris verletzt werden sollte. (Und etwas weiter südlich lebten die Myrmidonen, über die Peleus herrschte, der Vater des Achill und König von Ftia.) „Wer weiß, an welchem Punkt der Krieg jetzt angelangt ist", dachte der Infanterist Francesco Cremaschi, während ihm ein Thessalier den Arm betastete, dann mit beiden Händen den Mund öffnete und ihm grob den Kopf nach hinten stieß, um hineinschauen zu können. „Wer weiß, ob am Ende nicht eine Revolution ausbricht und alles so wie vorher wird, wie auch immer der Sieger heißen mag, Deutschland oder England, wen schert das schon!"

Man hörte Italienisch sprechen. Links und rechts der Einzäunung begrüßten einander Alpini und Infanteristen („Die Kapuze ist da!", „Hallo Blechnapf!") oder tauschten mit vorgetäuschter Fröhlichkeit Ratschläge aus. Manche unter ihnen sagten noch immer: „Es dauert nicht mehr lange." Andere verfluchten den Kommiß. Alle waren verdreckt und unterernährt und betrachteten besorgt die Hirten, die, in ihre flatternden Mäntel gehüllt, auf dem Platz umhergingen. In Neochori waren die Hirten bei weitem gefürchteter als die Bauern. „Bei den Bauern", so sagte ein Soldat mit dem Spitznamen ‚Radio', „weiß man wenigstens, was einen erwartet:

der Pflug oder, wenn du wirklich Schwein hast, ein steiniges Feld voller Disteln, das man mit der Spitzhacke auflockern muß. Du bleibst jedenfalls in der Nähe von Italienern, und wenn dir etwas zustößt, dann spricht sich das herum. Mit den Hirten verläßt du die zivilisierte Welt, streunst in unzugänglichen Berggegenden herum und bist allein mit deinem Schicksal.

Der Sklavenmarkt fand immer montags statt, und der Soldat Francesco Cremaschi, der zum zweiten Mal hierher kam, befand sich in jenem Teil des Pferches, der den „Zurückgewiesenen" vorbehalten war, den Männern also, die auf den Markt zurückgebracht wurden, nicht etwa, weil sie nicht ihre Arbeit getan hatten, sondern weil sie die Griechen, die sie genommen hatten, für unfähig oder unpassend für ihr familiäres Klima hielten. Wenn er nicht einen neuen Herrn finden würde, das wußte Francesco, würde er in das Lazarett von Saika kommen, wo man genauso schnell an Entbehrung starb wie in einem deutschen Lager. Er blickte den Soldaten zu seiner Rechten an, einen kleinen Mann von unscheinbarem Aussehen. Niemand hatte bisher Interesse für ihn gezeigt. Er fragte ihn: „Und warum haben sie dich noch nicht genommen?"

„Ich bin zu schwach, um einen Pflug zu ziehen", sagte der Soldat. „Es geht mir schlecht. Ich habe Zustände, die einer Ohnmacht ähneln, und beiße mir in die Zunge."

„Du hast dir die Epilepsie geholt", sagte Francesco. „Ich hingegen bin wegen einer Frauensache hier, stell dir das mal vor. Ich bin in ein Haus mit zwei häßlichen, alten Jungfern gekommen, die den lieben langen Tag nur gestritten haben und die mich dann dazu benutzten, um sich gegenseitig zu ärgern. Wenn die eine mir ein Stück Brot gab, dann behauptete die andere, ich hätte es ihr gestohlen und schlug mich mit dem Stock. Deshalb hat man mich wieder hierher nach Neochori gebracht, und da bin ich nun. Infanterist Francesco Cremaschi: zum Verkauf feilgeboten!"

„Kann man Epilepsie heilen?" fragte der Soldat, der keinen Pflug ziehen konnte.

„Ich weiß es nicht", antwortete Francesco. „Es gibt viele, die sie haben. Hör dich doch mal um."

Ich habe den Verleger angerufen. Er war nicht da. Ich habe daher den Verlagsleiter verlangt, und nach kurzem Warten hat man mich zu ihm durchgestellt. „Hallo, wie geht es?“ hat er mich mit seiner unverwechselbaren nasalen Baritonstimme begrüßt, und ich habe ihm geantwortet: „Ich bin in Geldschwierigkeiten.“ Er hat theatralisch geseufzt und gemurmelt: „Das tut mir leid.“ Es ist aber klar, daß meine Schwierigkeiten ihn nicht betreffen und ihn überhaupt nicht interessieren. (Warum sollten sie es auch?) „Was können wir denn für dich tun“, hat er dann gefragt, um das Gespräch in Gang zu halten, und aus dem Klang seiner Stimme konnte ich schließen, daß die Sekretärin in seiner Nähe war. (Der Verlagsleiter hat eine ausnehmend attraktive Sekretärin, und seine Stimme klingt ziemlich unterschiedlich, je nachdem, ob die Sekretärin in seinem Büro ist oder sich woanders im Verlagsgebäude aufhält.) „Ich habe euch einige Seiten eines historischen Romans geschickt, an dem ich arbeite, und bräuchte jetzt einen Vorschuß, sonst bin ich nicht in der Lage, ihn fertig zu schreiben." Um ihm Zeit zu geben, über den Vorschuß nachzudenken, habe ich angefangen, über den Roman und seine Figuren zu reden: über König Vittorio Emanuele, den Polizeikommissar Pòlito und seine Liebesgeschichte mit der Ducessa: „Eine Liebe auf den ersten Blick, ein coup de foudre! Im Auto! Hallo!" Am anderen Ende der Leitung war es totenstill, und so habe ich „Hallo! Vermittlung!" in den Hörer geschrien, da ich dachte, die Verbindung wäre unterbrochen worden. Es war aber alles in Ordnung, und der Verlagsleiter hat geantwortet: „Ich höre dir zu. Schrei bitte nicht so." Aus dem Klang seiner Stimme konnte ich entnehmen, daß die Sekretärin das Büro verlassen hatte und daß er sich kratzte, wie das seine Art ist, wenn er im Büro allein ist. Sogar durch das Telefon war der unverkennbare Tonfall zu hören, der typisch ist, wenn sich jemand kratzt. (Um den Körper zu fühlen, um lästige Juckreize zu vertreiben, um anstehende Fragen zu klären.) „Wieviel hast du dir denn vorgestellt?" Ich habe einen Augenblick gezögert: „Ein paar Millionen..."

„Du bist wohl nicht recht bei Trost", hat der Verlagsleiter geantwortet und mich anschließend gefragt (sogar er!), warum ich nicht versuchte, mir mein Brot so wie alle zu verdienen: bei den Zeitungen. Mit Rezensionen zum Beispiel. Und hat aufmunternd gemeint: „Was ist denn schon dabei? Die Buchrezensionen werden ja sowieso nur von den Autoren dieser Bücher gelesen, und das sind Leute, die sich mit wenig zufriedengeben, denen genügt eine Handvoll schöner Adjektive. Du brauchst ihre blöden Bücher nicht einmal zu lesen! Lob sie einfach über den grünen Klee, so wie es gerade kommt, mit überschwenglichen und übersteigerten Worten. So verdienst du dir, was du zum Leben brauchst, und machst dir gleichzeitig Freunde, die, wenn du etwas veröffentlichst, sich dann an dich erinnern und in den Zeitungen schreiben, daß dein Werk unsterblich sei und eine kulturelle Wende darstelle... Aber komm doch! Du weißt doch ganz genau, Sebastiano, was gespielt wird! Spiel das Spiel eben mit! Es gibt keinen unbekannten Dichter oder verhinderten Romancier, der nicht von mindestens zehn Rezensenten als historisches Ereignis betrachtet wird. Die Werke? Wer schert sich schon um die Werke. Es gibt wirklich wichtigere Dinge auf der Welt!"

Ich habe nach Luft geschnappt: „Der Roman. Mein Roman, verstehst du..."

„Wenn dich aber die Rezensionen anwidern", fuhr der Verlagsleiter fort, „kannst du immer noch Stücke schreiben. Nein, nicht für das Theater. Für das Radio. Du kannst schreiben, was du willst, es liest ja doch niemand Stücke von Autoren wie dir. Sie enden in den Archiven, wo sie zentnerweise gestapelt werden, sogar tonnenweise... Ja, sicher, man braucht nur irgendeine Empfehlung." Und dann im Flüsterton: „Bevor ich hier in diesem Narrenkäfig zu arbeiten anfing, habe ich auch Hörspiele geschrieben: drei, sogar vier pro Jahr. Und dann, dann habe ich Rezensionen geschrieben. Ich habe über alle nur Gutes gesagt: über Autoren, Verleger, Kritiker, Journalisten, Schreiberlinge... Wir sind im Grund doch alles arme Schweine, und warum sollte ich mich denn mit den anderen streiten, sie gegen mich aufbringen, he? Warum denn?"

Ich habe ihn angefleht: „Bitte, versuche doch, mich zu verstehen. Ich arbeite an einem wichtigen Werk, voller Geschichte und Pathos, und du kannst mich nicht einfach abspeisen, mit deinen Hörspielen und deinen Rezensionen!" Ich habe noch einmal deutlicher betont: „Die Italiener, die den Faschismus hinter sich lassen, das ist ein Abschnitt unserer Geschichte; außerdem steckt noch ein Roman im Roman, nämlich die hinreißende Lovestory des Polizeikommissars Salvatore Pòlito." Ich habe fast geschrien: „Eine große Liebesgeschichte, die auf der Straße spielt, *on the road*! Ein Auto, das schaukelt, ächzt, losfährt, nach dreißig oder vierzig Kilometern wieder stehen bleibt: hopp, hopp! Es schaukelt, fährt wieder los..."

Ich war in Fahrt geraten und schwitzte. Ich habe einen leidenschaftlichen Schlußpunkt gesetzt: „Unser Nationalheld! Der Kommissar Pòlito!"

Es war einen Augenblick lang still. „Weißt du, Sebastiano, wir haben gerade vorgestern davon gesprochen, der Verleger und ich, und ich muß dir sagen, daß wir dir diesmal überhaupt nicht folgen können in deinem Gefasel über den König, über den Kommissar Pòlito, über die Italiener, die den Faschismus hinter sich lassen. Wo ist denn da der Roman: Kannst du uns das mal erklären? Unserer Meinung nach gibt es da weit und breit keinen Roman. Du hast dich da in etwas verrannt, das dir über den Kopf wächst, Sebastiano. Etwas zu Umfangreiches und zu Komplexes, als daß es in einem Roman untergebracht werden könnte. Und auch die Figuren, ja...da komme ich jetzt noch dazu. Auch die Figuren überzeugen uns nicht besonders. Dieser abscheuliche Polizeikommissar. Der lächerliche König. Worauf willst du eigentlich hinaus? Was willst du damit sagen? Darum geht es doch!"

„Ja, ja, ich verstehe. Wie du meinst." (Die Sekretärin war mit der Post zurückgekommen, und daher veränderte sich die Stimme des Verlagsleiters wieder, denn jetzt sprach er mit mir wie jemand, dessen Sekretärin im Zimmer ist und der das Telefon mit der linken Hand hält, weil die andere Hand mit Unterschreiben beschäftigt ist.) „Du bist hier der Schriftsteller. Es ist dein Risiko. Du mußt selber sehen. Ich habe dir meine, vielmehr unsere Eindrücke übermittelt, denn der Verleger ist meiner Meinung, und da du ihn ja kennst, weißt du, daß er einen Roman, in dem keine Liebe vorkommt, gar nicht beachtet. Wahre Liebe, Sebastiano! Aber nicht diese klägliche Geschichte des Kommissars Pòlito, der im Auto mit Mussolinis Frau hopp, hopp, nein, ganz im Ernst... Eine große Liebe, mit allem Drum und Dran; mit Gefühlen, Verwicklungen, und auch mit einem schönen Paar Hörnern? Bei wahrer Liebe werden auch Hörner verpaßt." Hier habe ich versucht, ihn zu unterbrechen, um ihm klarzumachen, daß es außerhalb dieses Autos, das am Straßenrand schaukelt, mit den vier Insassen, die ganz ruhig sind: dem Kommissar, der Ducessa, dem Oberst und dem Fahrer, irgendwo auf der Welt auch einen gehörnten Ehemann gibt. Aber der Verlagsleiter hatte es eilig: „Ciao, Sebastiano." Und hat aufgelegt. (Einfach so, ohne mir Zeit für eine Antwort zu lassen. So, als wäre ganz plötzlich in seinem Büro etwas Unvorhergesehenes passiert: zum Beispiel ein Überfall von Mitgliedern der „Autorenvereinigung" oder eine positive Entwicklung an der Sekretärinnenfront. „Adieu!")

Fernandas Verlobter Angelo war nur zwei Jahre älter als ich, aber schon erwachsen: ein richtiger Mann, sowohl in seinem Aussehen als auch in seinem Benehmen. Er war eher klein von Statur, untersetzt, und an den Schläfen begannen sich bereits die Haare zu lichten. Er war ungemein behaart, ein richtiger Affe. Er arbeitete in der Firma seines Vaters, fuhr mit einem Dreiradwagen durch die Gegend und hatte immer einen „Kopierstift" hinter dem linken Ohr (er war Linkshänder) und einen „Durchschreibe-Auftragsblock" in einer Tasche seiner Lederjacke. Er kam immer donnerstags zur „Trattoria", um den Gorgonzola zu bringen und fuhr anschließend weiter auf seiner Liefertour, zur „Osteria del Ponte", dem „Mulino Nuovo“, dem „Mulino Vecchio“ und zu den Höfen des Tales. Von ihm wußte ich nur das Wenige, das sich die Schiffer, wenn Signor Francesco und Signora Rosa es nicht hören konnten, erzählten: so zum Beispiel, daß er ein noch größerer Geizhals war als sein Vater. (Ein bekannter Halsabschneider, der sich in den Kriegsjahren bereichert hatte, indem er Häuser und Schmuck von Leuten erwarb, die verkaufen mußten, um zu überleben.) Daß er, trotz seiner Jugend, bereits Stammkunde in den „Freudenhäusern“ war. (Schon mit siebzehn – dafür verbürgten sich die Schiffer – hatte Schimmelkäs-Angelo ungehindert Zutritt zum „Freudenhaus“ von B. erhalten und war nun jeden Sonntag dort anzutreffen, abends, nachdem er sich von Fernanda verabschiedet hatte.) Alle fanden ihn unsympathisch und widerwärtig und fragten sich: „Was findet Fernanda nur an so einer Mißgeburt?“ Und unterstellten ihr: „Sie heiratet ihn wohl wegen seines Geldes.“

Auch ich fand Schimmelkäs-Angelo häßlich; besonders häßlich aber kam er mir in Fernandas Gegenwart vor, denn ihre Schönheit machte den Kontrast noch deutlicher. Auch die Charaktere der beiden Verlobten erschienen mir völlig gegensätzlich und nicht miteinander vereinbar. Jedesmal, wenn ich sie zusammen sah, überraschte ich mich bei folgendem Gedanken: „Was haben sich die beiden wohl zu sagen?“; „Auch wenn sie eines Tages tatsächlich heiraten sollten, wird sie je im Leben irgend etwas wirklich verbinden?“

In seiner Rolle als offizieller Verlobter Fernandas kam Schimmelkäs-Angelo jeden Sonntag zum „Genio“, auf einer feuerroten Lambretta und festlich gekleidet, was in der warmen Jahreszeit bedeutete, daß er Knickerbocker, ein kariertes Flanellhemd, eine Wollmütze mit Ohrenschützern und eine gelbe Motorradbrille trug. Fernanda wartete schon auf ihn. Sie nahm auf dem Rücksitz der Lambretta Platz, dann fuhren sie gemeinsam „zum Tanzen“. Das geschah am frühen Nachmittag. So gegen sieben Uhr abends, spätestens halb acht, waren die beiden Verlobten wieder zurück. Schimmelkäs-Angelo nahm die Brille ab, stieg vom Motorroller und ging in die „Osteria“ hinein, um sich von Fernandas Eltern zu verabschieden, und Signor Francesco lud ihn zum Bleiben ein: „Iß doch mit uns zu Abend, Angelo!“ Manchmal bestand er ausdrücklich darauf: „Du würdest uns eine große Freude machen! Nicht wahr,

Rosa?“ Schimmelkäs-Angelo lehnte immer ab: „Ich muß noch im Lager vorbeifahren und die Lieferungen für morgen zusammenstellen!“; „Ich muß den Wagen noch volladen!“; „Entschuldigt mich bitte, aber ich bin sehr in Eile!“ Fernanda begleitete ihn bis vor die Tür, und er küßte sie noch auf den Mund, bevor er wegfuhr: „Ciao, Fernanda!“

„Ciao, Angelo!“ Die Eltern waren enttäuscht. Später, im Bett, sprachen sie darüber: „Der Junge hat immer was zu tun!“ Manchmal seufzte Rosa, und dann rutschte es ihr heraus: „Wer weiß, ob das der richtige Mann für Fernanda ist!“; „Ob sie mit ihm glücklich ist?!“

Er schimpfte mit ihr: „Was du immer hast? Ja, siehst du denn nicht, wie gut sie sich verstehen?“

Sie wälzten sich im Bett von einer Seite auf die andere. (An solchen Abenden machten sie nichts.) Man hörte, wie er das Licht aus- und kurz darauf wieder anknipste. „Ja, glaubst du denn, daß ich meine Tochter opfern würde, wenn sie nicht einverstanden wäre? Glaubst du das wirklich?“

„Fernanda ist so seltsam!“ antwortete Rosa. Fernanda war tatsächlich seltsam. Auch in ihrer Beziehung zu mir, soweit man das überhaupt „Beziehung“ nennen konnte. Zwischen mir und Fernanda gab es keine Beziehung. Wir atmeten zwar dieselbe Luft, schliefen unter demselben Dach, saßen beim Essen am selben Tisch, sahen dieselben Bilder im Fernsehen; sonst jedoch war ich nicht vorhanden. Ich befand mich abseits. Ich träumte, denn Träume kosten nichts, und niemand hätte je die Träume in meinem Kopf erraten können. Ich träumte aufregende Szenen, stürmisches Verlangen, Schwüre, tollkühne Fluchten. Im Traum gestattete ich mir jedes Abenteuer. In der Wirklichkeit jedoch tat ich nichts, und was hätte ich auch schon tun können, mit Angelo als Rivalen? Wohin hätte ich denn Fernanda einladen sollen? Was hätte ich ihr schon bieten können? Und so weiter. (Wo war denn mein Gorgonzola, meine „Lambretta“, meine Zukunft?) Wir begegneten einander auf der Treppe oder in der Bar, und immer tauchte in ihren Augen ein kaum wahrnehmbares Leuchten, ein Anflug von einem Lächeln auf: Sie machte sich über mich lustig! Wenn sie sprach, lachte sie ganz offen, was auch immer der Gegenstand dieser kurzen Wortwechsel war. Sie sagte zum Beispiel: „Du wirst unten gesucht,

Sebastiano!“ oder: „Dein Onkel ist schon draußen und wartet auf dich“ und lachte dann, einfach so, ohne irgendeinen Grund. Sie lachte einfach. (Und ich dachte: „Was habe ich ihr nur getan? Warum lacht sie?“)

Ich weiß nicht, ob ich in Fernanda verliebt war. Ich weiß nicht, ob der Begriff „Liebe“ auf diese komische und absurde Situation paßt. Im übrigen, so sonderbar das auch klingen mag, war ich nicht auf Angelo eifersüchtig. Nicht einmal dann, wenn er mit Fernanda tanzen ging, und auch nicht, wenn er sie küßte. Ich habe mir niemals wirklich vorstellen können, daß zwischen Fernanda und dem Gorgonzola etwas Ernsthaftes, eine Freundschaft, eine Zuneigung entstehen könnte. Sie waren einander so fremd, und das genügte mir völlig. Außerdem hatte ich ja meine Träume. Da war ich allein mit Fernanda, an ganz gewissen Plätzchen, von deren Existenz er, Schimmelkäs-Angelo, nicht einmal etwas ahnte... Vor jeder Enttäuschung geschützt, allen unbekannt. (Alles nahm ein gutes Ende in meinen Träumen!) Warum hätte ich also eifersüchtig sein sollen?

Anfang 1957 – ich glaube, es war im Februar – besuchte ich meine Mutter, die ich seit drei Jahren nicht mehr gesehen hatte. Ihr Haar war ergraut, sie ging gebückt, mit einem Wort: Sie war alt geworden. Sie tat mir leid. Die ersten Neuigkeiten, die sie mir am Bahnhof mitteilte, betrafen nicht ihre eigene Gesundheit, sondern die des Kapitängespenstes. Man könne zusehen, wie es ihm von Tag zu Tag besser ginge. Er sei – so sagte mir meine Mutter, kaum daß ich den Bahnsteig mit dem Fuß berührt hatte – im vergangenen Jahr operiert worden, sogar zweimal. Man hatte seinen Darm verlängert und ihm ein Säckchen als Magen eingesetzt. Er aß jetzt fast alles. Und verdaute alles. Wir keuchten, als wir die Straße hochgingen; Signor

Giacomo (der Chauffeur) hatte die Gräfin Rospigliosi mit ihren Bälgern in irgendeinen Winterkurort bringen müssen. Es hatte kurz zuvor geregnet, und die nicht asphaltierte Straße hatte sich in einen Morast, einen Sumpf verwandelt; wir waren von Kopf bis Fuß voll Schlamm, meine Mutter hörte nicht auf, über das Kapitängespenst zu sprechen: daß er alle Glöckchen in der Villa läute, und zwar zu jeder Tageszeit, und daß sie oft zehnmal in der Nacht aufstehen müsse, daß er sie dafür aber sehr gerne hätte. Sie blieb mitten auf der Straße stehen und sagte errötend: „Wie eine richtige Ehefrau." Und dann erzählte sie, daß sie ihr Kapitängespenst im letzten Sommer an die adriatische Riviera, nach Riccione, mitgenommen hatte und daß sie sich prächig amüsiert hatten: o Gott, und wie sie sich amüsiert hatten! Ihre Stimme zitterte. Ich sah ihre Falten, die wie ein Spinnennetz von den Augenwinkeln bis zu den Schläfen reichten, und die grünlichen und violetten Äderchen auf den Wangen, und ich wußte nicht, was ich sagen sollte; aber es war nicht nötig, daß ich etwas sagte, denn das besorgte sie für uns beide. Sie stellte die Fragen und beantwortete sie auch. Hin und wieder blieb sie stehen, um so die wichtigsten Passagen ihres Selbstgesprächs hervorzuheben. Der Kapitän habe nur mehr ein einziges Problem, wenn er aufs Klo gehen mußte. Nein, nein, Pipi machen war nicht das Problem. Dieser Teil des Körpers funktionierte bestens. Es ging um das andere, das große Geschäft. „Wenn du das sehen würdest, Sebastiano! Jedes Mal, wenn er sich aufs Klosett setzt, rechne ich mit dem Schlimmsten, wirklich! Er schwitzt am ganzen Körper, schreit und braucht eine halbe Stunde oder auch Stunden, um ein Würstchen hervorzubringen, das in etwa so groß ist wie der kleine Finger..." In der frischen Morgenluft drehte sich mir bei diesen Erzählungen vom Alten und seinen Exkrementen der Magen um, aber schließlich wechselte meine Mutter das Thema und kam auf die Verwandten, die Rospigliosi, zu sprechen. Diese Rospigliosi! Wenn man ihr so zuhörte, widerten diese Hungerleider von Verwandten den Kapitän buchstäblich an. Sie trieben sich in seinem Haus herum, und er hätte alles daran gegeben, sie loszuwerden. Aber er, der arme Mann, war einfach zu gutmütig, und die anderen nützten das aus, und wer stand dazwischen? Meine Mutter. Sie, immer sie: „Wenn du wüßtest, Sebastiano, was ich alles aushalten muß! Wenn es meinetwegen wäre, hätte ich schon längst alle zum Teufel geschickt; überhaupt, für das bißchen, das ich dafür bekomme... Aber du weißt ja, ich habe es dir ja schon gesagt, ich tue alles für dich! Um deine Zukunft zu sichern“ und so weiter. Ich stapfte durch den Schlamm und hielt den Mund. Was hätte ich denn schon darauf sagen sollen? Was wußte ich denn schon vom Kapitän, den Rospigliosi, von der Zukunft?

Ganz starr vor Kälte kamen wir zur Villa, wo uns ein junger, unsympathischer Kerl mit ausnehmend breiten Schultern die Tür öffnete. Meine Mutter grüßte ihn mit übertriebener Höflichkeit: „Guten Tag, Signor Maurizio!“ („Ich möchte Ihnen meinen Sohn Sebastiano vorstellen! Er ist auf Besuch hier!“ und so weiter.) Er betrachtete mich angeekelt, von fast zwei Metern Größe herab, und gab keine Antwort. Ich fragte: „Was ist denn mit Ribaldelli passiert?“ Aber meine Mutterr bedeutete mir mit einem finsteren Blick, daß ich ruhig sein sollte. Als wir beide alleine waren, erklärte sie mir alles. Ribaldelli war vorzeitig in Pension geschickt worden, weil die hinterhältigen Rospigliosi, die ihn aus der Villa entfernen und durch eine Person ihres Vertrauens ersetzen wollten, darauf bestanden hatten. Und es war ihnen leider auch gelungen. Der neue Pförtner Maurizio – so erzählte meine Mutter – war der Liebhaber der Gräfin Clarice Rospigliosi, der Nichte des Kapitäns, welche die Gutgläubigkeit ihres Onkels, dieser unschuldigen Seele, die unfähig war, sich solche Schweinereien vorzustellen, ausnützte und seinen Wohnsitz für ihre Machenschaften benutzte. Natürlich hatte meine Mutter mit allen Mitteln versucht, dem Gespenst die Augen zu öffnen, sie hatte ihm sogar hinterbracht, daß sie die Gräfin Rospigliosi – von ihr nur „Kröte“ genannt – in obszönen Stellungen mit Maurizio überrascht hatte, und das sowohl in der Villa als auch im Park. Sie hatte ihm auch erklärt, daß die schon erwähnte Kröte Maurizio zwang – oder er sie, aber das tat nichts zur Sache –, widernatürliche Handlungen auszuführen. Denn eines stand fest: „Die ist wirklich nicht normal!“ Ich unterbrach meine Mutter, um sie zu fragen, was denn widernatürliche Handlungen seien, worauf sie mich ganz verlegen anblickte und dann kurz angebunden sagte: „Also, weißt du, Sebastiano! Wenn du erwachsen bist, wirst du das verstehen!“ Aus dem Rest des Gespräches konnte ich jedoch entnehmen, daß der Kapitän, obwohl er schon seit geraumer Zeit erwachsen war, nicht die Bohne von den widernatürlichen Handlungen, die die Kröte in seinem Haus ausführte, kapiert hatte, und daß es, ganz allgemein, nicht angebracht war, ihm gegenüber von den Schandtaten zu sprechen, die in der Welt passierten, da man riskierte, mißverstanden zu werden. „Es hat wenig gefehlt", flüsterte meine Mutter, „und der Kapitän hätte mich beschuldigt, kannst du dir das vorstellen, Sebastiano? Daß ich krankhafte Phantasien hätte, eine Intrigantin sei, ein klatschsüchtiges und niederträchtiges Weib..." Sie sprach sich selbst Trost zu: „Da kann man nun mal nichts machen! Er ist schon immer so gewesen: ein Heiliger! Ganz seinen Studien verschrieben, seinen historischen Forschungen, seinen hohen Idealen von Ehre, Heldentum, Vaterland... Du wirst noch mit ihm sprechen, ihn zu Gesicht bekommen. Du wirst selbst feststellen können, daß er ein höheres, körperloses Wesen ist: reiner Geist! Eine höchst edle Natur! Wenn er nur seine Nichte Rospigliosi mit seinen eigenen Augen so sehen könnte, wie ich sie gesehen habe, wenn sie sich den Allerwertesten von diesem Schuft aufspießen läßt... Nun gut. Ich glaube, es ist besser, wenn ich nichts mehr sage. Er würde es ja doch nicht verstehen. Er würde es einfach nicht glauben. Er ist eben ein Engel."

Am nächsten Tag im Park sah ich das Gespenst zum ersten Mal. Ich ging gerade eine Allee hinauf, als ich einen hochgewachsenen, spindeldürren Mann mit völlig ergrautem Haar erblickte, der mich zu sich winkte. Ich ging also hin. Er hielt eine Zeitung in der Hand und stützte sich beim Gehen auf einen Bambusstock. „Du mußt der Sohn meiner Gouvernante Lavinia sein", sagte er und betrachtete mich, besser gesagt: Er musterte mich durch eine Art Linse, die er aus seiner Jackentasche hervorkramte, so wie man Insekten unter dem Mikroskop betrachtet. Er unterzog mich einem regelrechten Verhör: „Wo bist du geboren? In welchem Jahr? Welche Schulen hast du besucht?" und so weiter. Ich beantwortete alle seine Fragen, verschwieg ihm allerdings, daß ich in einer Osteria wohnte und als Goldsucher arbeitete, denn damals schämte ich mich dessen. Ich hätte wer weiß was dafür gegeben, sagen zu können, daß ich Gorgonzola verkaufte wie Fernandas Verlobter Angelo oder daß ich zur Schule ging. Ich sagte ihm, daß ich die Schule hatte aufgeben müssen, weil mein Vater das Schulgeld nicht aufbringen konnte, und daß ich bei Onkel Alvaro wohnte. „Deine Mutter", sagte das Gespenst, „erzählt mir immerfort von dir. Willst du meine Fotosammlung sehen?" „Ich würde mich sehr freuen, das wäre eine große Ehre für mich", erwiderte ich und war natürlich darauf gefaßt, ein unerträgliches Geschwafel über mich ergehen lassen zu müssen, bei dem eine Schildkröte vor Langeweile eingeht und ein Nilpferd auf der Stelle tot umfällt. Wenn ich geantwortet hätte: „Nein, keine Lust", was hätte dann meine Mutter gesagt? Das Kapitänsgespenst führte mich also in seine Privatgemächer und öffnete einen zweitürigen Schrank, der mit Kartons vollgestopft war, die von 1 bis 400 numeriert waren. Jeder Karton war randvoll mit Fotos, und es hätte nicht viel gefehlt und ich wäre in Ohnmacht gefallen, als die Vogelscheuche mit Großmut, aber auch mit Bestimmtheit den Vorschlag machte, sie mir alle – eins nach dem anderen – zu zeigen. Ich bat ihn, sich doch meinetwegen nicht solche Umstände zu machen, und sagte ihm, daß ich ein Dummkopf wäre, ein Lümmel, ein Bauerntölpel vom Land, der es nicht wert war, daß man seinetwegen kostbare Zeit vergeudete... Er lächelte. Um nichts in der Welt hätte er von seinem Opfer abgelassen. Dann begann er, vergilbte und unscharfe Fotos hervorzukramen, von seinem Großvater, der auch schon Marinegespenst gewesen war, und dann von seinem Vater, dem Admiral. So durchkämmten wir langsam hundert Jahre italienischer Geschichte: Custoza, Lissa, das Rote Meer, Libyen... Ich weiß nicht mehr, ob es der Staub oder etwas anderes war, jedenfalls hatte ich nach einiger Zeit eine Art Schwindelanfall, alles drehte sich, ich schwankte, die Bilder verschwanden im Nebel, und ich mußte mich irgendwo, am Schrank, am Tisch, festhalten. „Das ist nicht weiter schlimm", meinte der Kapitän, „in deinem Alter hatte ich das auch." Er klingelte. Meine Mutter erschien in der Tür und traute fast ihren Augen nicht, als sie mich halb unter den Fotos des Kapitäns begraben sah. Sie konnte es aber nicht lassen, mir erneut zu wiederholen: „Paß gut auf, Sebastiano, ich bitte dich darum! Lerne alles! Behalte alles im Gedächtnis, was dir der Herr Kapitän sagt! Beherzige seine Ratschläge!" Und so weiter. „Lavinia, bring uns den Tee", sagte das Gespenst. Meine Mutter entfernte sich mit einem Lächeln auf den Lippen. Ich wäre am liebsten weggerannt. Karton um Karton, in den zwei oder drei darauffolgenden Tagen zeigte mir das Gespenst sein ganzes Leben: Kadett in der Marineakademie in Livorno, dann Leutnant zur See im ersten Weltkrieg, in Asmara, am Roten Meer, als Kapitän zur See in Taranto, als Italien in den Krieg eingetreten war, seiner Meinung nach auf seiten der falschen Verbündeten... Verwundungen, Belobigungen, Ehrungen. Ich faselte, plapperte, schwafelte: „Wie schön!" „Was für ein wunderschönes Bild!" „Sie Glücklicher!" Als man mir schließlich gestattete, mich zu entfernen, taumelte ich gegen die Wände und die Türen. Meine Mutter war außer sich vor Freude: „Jetzt ist es soweit, Sebastiano! Jetzt hat er dich ins Herz geschlossen! Du bist für ihn wie ein Sohn!" Und dann erzählte sie mir, daß das Gespenst schon einmal den Versuch unternommen hatte, seine legitimen Nichten und Neffen einzufangen, daß aber die Sache mit den Fotos bei denen kein gutes Ende genommen hatte. „Sie waren ganz mies zu ihm! Sie haben zu ihm gesagt: was meinst du, wie egal uns deine Fotos sind. Wir haben anderes im Kopf. Wir gehören einer anderen Generation an!"

Eines Nachts, als ich bereits schlief, weckte mich meine Mutter, denn der Kapitän phantasierte, tobte, kurzum, war mitten in einer seiner regelmäßigen Kack-Krisen. Er wurde ohnmächtig. Wir trugen ihn aufs Klo, und meine Mutter keuchte: „Zum Glück bist du diesmal da, Sebastiano, und hilfst mir, ihn zu tragen! Ich werde langsam alt, und es kostet mich große Mühe, alles allein zu machen." Dem Kapitän trat der kalte Schweiß aus allen Poren, er zitterte und jammerte: „Au! Aaah! Ich sterbe, helft mir doch." Ich ging Eiswürfel für seine Birne holen, und als ich zurückkam, traf ich meine Mutter übers Klo gebeugt an, wie sie das Kapitänsgespenst in ihren Armen hielt, es abküßte, ihm gut zuredete: „Streng dich nur noch ein bißchen an. Tu es für mich, für deine Lavinia." Er wiederholte nur ächzend: „Ich sterbe, ich sterbe", und so verharrten sie in einer Position, die mich an die „Pietà" von Michelangelo erinnerte, bis man eine Art Rascheln, ein kaum wahrnehmbares Geräusch hörte, auf das sofort ein „plopp" folgte, das etwas Metallisches an sich hatte, so als ob statt des kleinen Stückchens Scheiße ein Kaffeelöffel in die Muschel gefallen wäre oder, was weiß ich, eine bronzene Tapferkeitsmedaille oder ein silberner Sporn. Der Kapitän fiel daraufhin schlaff wie ein Sack nach vorne, und wir mußten ihn aufrichten, ihn abwischen, ihn ins Bett zurücktragen, ihn massieren und ihm Riechsalze geben. Als der Alte wieder zu sich kam, ging es ihm gut, denn inzwischen hatte er sich ja von dem befreit, was ihn innerlich verstopft hatte, und er legte meiner Mutter gegenüber große Zuneigung an den Tag. „Arme Lavinia." (Er nahm ihre Hand und drückte sie fest.) „Denke bitte nicht, daß ich mir nicht bewußt bin, was du alles für mich tust. Jahre opferst du für mich alten Mann, der am Ende seines Lebens steht und dir nichts mehr geben kann, wie du nur zu gut weißt. Zu sagen, daß ich anerkenne, was du für mich tust, ist viel zu wenig, denn ohne dich wäre ich längst im Grab, und außerdem kann man gewisse Dinge nicht mit Geld vergüten. Ich gehöre ganz dir, Lavinia!" Hier begann meine Mutter, die schon vor Freude über seine Worte weinte, schrecklich zu schluchzen, und er hob seine Hand, streckte seinen abgemagerten Arm aus und deutete auf ein Schränkchen: „Für alle Fälle, mein Testament ist dort drinnen!" (Er strich mir übers Haar und flüsterte mir ins Ohr: „Auch an dich habe ich gedacht, mein armer Junge!") „Geht jetzt", schloß er. „Ich fühle mich wieder besser. Ruht euch aus."

Am nächsten Morgen, so gegen sechs Uhr, wache ich plötzlich auf, weil jemand an meine Tür klopft, schreit und meinen Namen ruft: „Sebastiano! Wach auf! Es ist schon Tag!" Vom Schlaf noch ganz benommen und in Unterhosen öffne ich die Tür, und vor mir steht das Kapitänsgespenst in Paradeuniform mit Kordeln und Schulterstücken und silbernem Offiziersdolch und bedeutet mir, ohne mich eines Blickes zu würdigen, ihm zu folgen. Was ist denn jetzt schon wieder los? Ich folge ihm also in sein Arbeitszimmer, und er zeigt mir einen großen Packen vergilbter Zettel auf seinem Schreibtisch und brüllt: „Zehn Jahre Arbeit! Meine Memoiren! Für dich!" Ich gähne ihm unverhohlen in die Visage, aber das Gespenst ist nicht zu bremsen: „Für die jungen Leute, damit sie die Wahrheit erfahren, Sebastiano!" Er läuft zur Tür und schiebt den Riegel vor. Jetzt fange ich langsam an, mir Sorgen zu machen, mich zu fragen, ob das Kapitänsgespenst nicht vielleicht widernatürliche Neigungen hat wie die Gräfin Rospigliosi, die ja seine Nichte ist, und er wispert mir tatsächlich ins Ohr: „Wir sind verraten worden, verstehst du?" Jetzt habe ich logischerweise nur zwei Möglichkeiten: ihm einen Stuhl auf dem Kopf zu zertrümmern oder ihm Recht zu geben, wie man das bei Verrückten tut, und Interesse und Begeisterung zu heucheln. Ich sage leidenschaftlich: „Wirklich? Wir sind verraten worden?" und er umarmt mich ganz plötzlich, schluchzt, schreit: „Ja, ja! An die Engländer verkauft! In diesen Papieren...ist der Beweis!"

Ich frage ihn, ob das heute nacht, während wir alle schliefen, passiert sei? Wer uns verkauft habe? Und warum? (Was wollen denn diese Engländer von einem alten Invaliden und einem Jungen? Und so weiter.)

Er rollt die Augen und brüllt: „Die Flotte, Sebastiano! Die gesamte italienische Flotte in Bausch und Bogen an den Feind verkauft! Unehrenhaft den Engländern übergeben, von diesem Verräter Badoglio! Von diesem wortbrüchigen, schamlosen Sansonetti! Und diesem elenden De Courten!"

Er geifert, spuckt, wühlt in den Schubladen. Und holt Bündel von Briefen hervor, die mit Gummiringen zusammengehalten werden, löst diese, reißt alles auseinander und sagt zu mir: „Lies, lies doch! Mach dir ein Bild von der Gemeinheit, die uns angetan wurde, Sebastiano! Die uns auf Jahrhunderte hinaus besudelt hat! Nie zuvor hat es einen ähnlichen Vorfall gegeben, niemals! In der langen Geschichte der Seefahrt, seit den Zeiten des Trojanischen Krieges und auch zuvor, niemals! Eine Flotte von Kriegsschiffen, die sich kampflos dem Feind ergibt: in voller Kampfkraft und in heimischen Gewässern! Die Engländer selbst trauten ihren Augen nicht, das haben sie mir gesagt, das haben sie mir geschrieben! Da, in diesen Briefen, habe ich es schwarz auf weiß. Wie sie mir mitgeteilt haben, war es auch für sie *very embarassing*, das heißt wirklich peinlich, all diese Schiffe zu beobachten, die nach Malta kamen, um sich zu ergeben. Sie haben mir gestanden: Wir haben gar nicht gewußt, wo wir sie hintun sollten!"

Er rauft sich die wenigen Haare und schreit: „Schande! Schande über Italien!“

Er schreit so laut, daß man ihn im ganzen Haus hört. Meine Mutter rüttelt an der Türklinke, ruft vom Gang aus: „Leopoldo!“ (So hieß das Kapitänsgespenst mit Vornamen.) Sie fleht: „Ich bitte euch, macht auf!“

Ich rühre mich natürlich nicht vom Fleck. Leopoldo, das Kapitänsgespenst, setzt sich: „Über den Verrat an unserer Flotte habe ich bereits ein Memorandum an unseren König gesandt, an Umberto von Savoyen, aber er befindet sich im Exil in Portugal, wie du ja weißt. Er hat keine Macht mehr! Und ist dazu verdammt, von den Erinnerungen zu leben! Er hat mir in seiner Antwort nur die Anregung gegeben, Licht in diese Angelegenheit zu bringen, und auf diese erlauchte Anregung hin habe ich beschlossen, mein Buch zu verfassen: damit du Bescheid weißt, Sebastiano! Damit die jungen Leute die Wahrheit erfahren und niemals vergessen, wer sie verraten hat: Badoglio! Sansonetti! De Courten! Die ganze infame Bande, die uns alle auf Jahrhunderte hinaus entehrt hat!“

Er erhebt sich, zieht den Offiziersdolch heraus. Das ist der Höhepunkt dieses Affentheaters; plötzlich sehe ich bei einem Blick aus dem Fenster ein Auto, das auf dem Vorplatz parkt, einen „Lancia Appia“ aus Varese: die Gräfin Clarice Rospigliosi ist bereits eingetroffen, sie ist hier in der Villa! (Während ich hier diesem Irrwitz beiwohne, befindet sie sich vielleicht in irgendeinem dunklen Winkel und treibt mit Maurizio widernatürliche Sachen, und mich überfällt ein hemmungsloses Verlangen, zu verschwinden, abzuhauen aus diesem Zimmer voller Fahnen, Büsten, Portraits, Papierkram, Briefen und Staub. Was schert mich denn die auf Jahrhunderte hinaus entehrte italienische Marine! Oder die infamen Verräter Sansonetti und De Courten! Ich pfeife auf sie! Sie sind mir scheißegal! Und der Verrat... eine Lappalie! Ich will die Kröte auf allen vieren sehen, mit ausgestreckten Arschbacken, und den Verwalter, der sie widernatürlich aufspießt. Ich will hier raus!)

„Steh auf“, befiehlt mir das Kapitänsgespenst, und ich stehe auf, in Unterhosen, mache alles, was er sagt, denn je schneller wir das hinter uns bringen, desto besser. „Leg deine rechte Hand auf diese Klinge, die mein Vorfahr Soundso mit dem Blut seines Feindes gestählt hat, in der ruhmreichen Schlacht von Ich-weiß-nicht-mehrwo." (Nach so vielen Jahren weiß ich leider nicht mehr, wo diese Schlacht stattfand und wie der Vorfahr des Kapitäns hieß. Er hat mir diese Namen jedoch genannt.) „Sprich mir diesen Schwur nach: Ich schwöre, daß ich die Ehre der italienischen Marine rächen werde, die auf unwürdige Weise von den niederträchtigen Schurken Sansonetti und De Courten und ihrem infamen Helfershelfer Badoglio verraten wurde!"

(Ich höre Geräusche im Korridor: Lachen, rasche und verstohlene Schritte. Ob das die beiden sind? Ich schwöre alles, was er will.)

Ich bin nach S. gefahren, dem „lieblichen Städtchen" (wie es immer so schön heißt) in den Hügeln Piemonts, zu einem Kongreß über das Thema „Neue Perspektiven des Romans". Dieser Kongreß war für mich ein wahrer Glücksfall, denn seit jenem über „Literatur und Grenzüberschreitung" hatte man mich nirgendwohin mehr eingeladen, und ich bin natürlich hingefahren, um zu essen oder besser gesagt, um mir so richtig den Bauch vollzuschlagen. Ich habe den Zug genommen und mich somit genau an die Bedingungen gehalten, die auf der Rückseite der Einladung vermerkt und für die Rückerstattung verbindlich waren: Anreise per Bahn, Fahrkarte zweiter Klasse ohne Zuschlag. Ich bin in das zuständige Büro im

Rathaus gegangen und habe mir dort die strohgelben Essensmarken (sechs) geholt, die in den Trattorien „Grappolo d'Uva" und „Ferro di Cavallo" einzulösen waren. Ich wurde auch auf das Hotel „Posta" verwiesen, wo Leute wie ich absteigen, solche, die weder von sich reden machen noch sich in Szene setzen, die lediglich das Publikum bilden, jedoch zum guten Gelingen der Kongresse erforderlich sind. (Das glauben zumindest die Organisatoren.) Die wichtigen Teilnehmer waren hingegen woanders, im „Excelsior", untergebracht und hatten fuchsiafarbene Essensmarken, für das „Rana Secca", ein Fünfsternerestaurant, vielleicht sogar das beste der Stadt. Sie waren auf den Kongreßplakaten namentlich angekündigt, während wir auf dem „Posta" im Zusatz „und andere" zusammengefaßt waren. Ich habe später erfahren, daß aufgrund dieser Diskriminierung einige besonders empfindliche Kongreßteilnehmer ihre Koffer gepackt hatten, abgereist waren, und mit Gegen-Tagungen und Briefen an die Zeitungen gedroht haben. Aber mich interessieren Diskriminierungen nicht, wenn es ums Essen geht. Ich bin hungrig. Wenn ich etwas zu essen bekomme, bin ich zu jeder Gemeinheit bereit, und es ist einfach nicht wahr, was der Verleger sagt, nämlich, daß ich faul sei. Ganz im Gegenteil: Ich tue, was ich kann. Ich rufe Zeitungsverleger und Verlagsangestellte an, praktisch alle, die ich kenne und auch die, die ich nicht kenne, und biete meine Dienste für ein Butterbrot an, auch wenn es sich um unschickliche oder gemeine Sachen handelt: von Rezensionen bis Denunziationen, von „Briefen an den Herausgeber" bis zu Italienisch- und Mathematiknachhilfestunden für ihre Kinder und falschen Zeugenaussagen vor Gericht und so weiter. Sie tun dann so, als ob ihnen mein Sinn für Humor Spaß machte: „Immer gut in Form, unser Sebastiano!" Dann antworten sie aber: „Vergiß es. Wir leben in schwierigen Zeiten, in Krisenzeiten, das weißt du doch selbst." Lediglich der Herausgeber der „Gazzetta von O." wollte mich nicht völlig mutlos machen: „Am Monatsende wäre vielleicht eine Umfrage über alte Leute zu machen. Könnte dich das interessieren?" Ich habe gerufen: „Aber natürlich! Sehr sogar. Ich bin ganz wild auf alte Leute!"

(Dabei sind sie mir völlig egal.)

Ich habe A. wiedergesehen. Wir sehen uns immer wieder, schon seit zwanzig Jahren und Hunderten von Tagungen. (Seit den Zeiten der sogenannten Neo-Avantgarde, als man sich traf, um über den „Null-Grad“ des Romans und über die „mentale Arbeit“ zu reden.) Er war aufgedunsen, völlig fertig, hatte gebleichte Haare wie die allerletzte Tunte.

Mir persönlich war A. nicht unsympathisch, im Gegenteil, er ist für mich der achtbarste Mensch unter all denen, die ich auf dieser Sorte Veranstaltungen treffe; er ist wie ich ein armes Schwein, einer, der sich um seine Angelegenheiten kümmert und wider Willen gezwungen ist, die Besessenen des Romans, der Dichtung und der sogenannten Kritik zu ertragen. Der einzige Unterschied zwischen uns beiden ist, daß ich wegen des Essens zu den Kongressen fahre, er aber, um sich irgendwelche Jungen aufzureißen, die er sich dann im Klo reinzieht oder ins Hotel mitnimmt. Aber ich habe den begründeten Verdacht, daß er schon seit einer Ewigkeit keinen mehr abgeschleppt hat. Wer interessiert sich schon für eine Mumie wie ihn? Er stinkt aus dem Mund, sabbert und hat kein Talent, sich Sympathien zu erwerben; im Gegenteil, wenn man sich mit ihm unterhält, findet man ihn ziemlich schleimig und unangenehm. Früher einmal, zur Zeit der bereits erwähnten Neo-Avantgarde, als man bei Kongressen über den Roman auch junge Leute und sogar Jugendliche antreffen konnte, gelang es A. hin und wieder, nach nervenaufreibenden Diskussionen über die zentrale Rolle der Arbeiterklasse und den Rückgang der Gewinnspanne, jemanden ins Klo zu schleifen, indem er ihn mit „Che“ Guevara und dem antiimperialistischen Krieg betäubte und es ihm im Namen Ho Chi Mins und des von den Yankees befreiten Vietnam „besorgte“. Jetzt ist es aber mit diesen Glücksfällen vorbei, er ist ein gräßlicher, alter Kerl geworden, von den Jahren verunstaltet und verrunzelt wie ein welker Apfel.

Die zentrale Rolle der Arbeiterklasse taugt nicht mehr zum Aufreißen, Vietnam interessiert niemand mehr, und A. kann nur mehr auf widerliche und entwürdigende Art und Weise die miesesten Typen anbetteln, die ihn aber von oben herab zurückweisen. Wie der Romancier M. zum Beispiel, ein Möchtegern-Jugendlicher, den die inkompetentesten Mafiakritiker als „Entdeckung des Jahres“ gefeiert haben. In S. war A. wie ein Schatten hinter ihm her, lächelte ihm auf eine ganz gewisse Art zu, die einem den Magen umdrehte, und schickte ihm schmierige Küßchen, mit gespitzten Lippen und mit den Fingerspitzen. M. hingegen ignorierte ihn. Erst als A. dann versucht hat, ihn mit einem läppischen Vorwand anzureden, hat er ihm zugezischt: „Hau ab!"

(„Kaputte Tunte! Warmer Bruder! Schwulensau!")

Über die kulinarische Seite des Kongresses, das heißt die Einlösung der strohgelben Essensmarken, ist schnell berichtet. Freitag mittags gab es Schnitzel mit Pilzen, zum Abendessen Gemüsesuppe mit Bohnen (exquisit). Samstag mittags: Schmorbraten in Barolo, oder, nach Wahl, Perlhuhn (beides sehr zu empfehlen). Abends: Forelle. Sonntag mittags, Abschiedsessen: Lasagne (ausgezeichnet), gekochter Kalbskopf und verschiedene gekochte Fleischsorten, Käse, hausgemachte Nachspeise. Zum Abendessen, für arme Schlucker wie mich, die noch den letzten Bissen mitnehmen: Gemüsesuppe. (Gut, aber nicht zu vergleichen mit der vom Freitag.)

Was den Roman betrifft, so hat der Kongreß drei von der Presse besonders gelobte Beiträge hervorgebracht. Den des Neo-Romanciers U., der, kurz zusammengefaßt, geäußert hat: „Der Roman existiert nicht." Dann den des Null-Romanciers G., der, zusammengefaßt, gesagt hat: „Der Schriftsteller braucht die Realität nicht. Ihm genügt das Vokabular." Schließlich noch der Beitrag von M., dem unverdorbenen und unbestechlichen Möchtegern-Jugendlichen, der sich, im Gegensatz zu den älteren und etablierteren Kollegen, gefragt hat: „Wer sind wir? Woher kommen wir? Wohin gehen wir?" (Selbstverständlich habe ich keinen dieser Vorträge persönlich gehört. Ich bin im Hotel geblieben und habe an allen drei Vormittagen bis zwölf Uhr geschlafen und dann an allen drei Nachmittagen einen Spaziergang gemacht. Ich habe mich anhand der Zusammenfassungen der Zeitungen informiert, die dem Ereignis gewichtige Artikel gewidmet haben.)

Bei der Verabschiedung durch den Bürgermeister und die Honoratioren und bei dem anschließenden Empfang war die Überwachung lückenlos, daher habe ich ganz wenig geklaut: zwei Flaschen „Dolcetto", fünf Schinkenbrötchen, drei Packungen Grissini, eine Schachtel Salzgebäck, ein Tischtuch und einen Aschenbecher. (Ich hatte auch einige Handtücher im Hotel eingesteckt, wurde aber von der Putzfrau erwischt und habe sie vor der Abreise zurückgeben müssen.)

Vielleicht war es im April, vielleicht im Mai. Im Mai 1958. Ich war im „Genio“, am Fluß, als ich aus der Schweiz einen Brief ohne Absender erhielt. Ich öffnete ihn: Er war von meinem Vater. Ich kann mich nicht mehr an den genauen Wortlaut erinnern, aber der Sinn war der: Er sei nach Basel, einer Stadt in der deutschsprachigen Schweiz, umgezogen, um etwas für meine Zukunft, also für mich zu tun. Unter persönlichen Opfern und so weiter. „Es vergeht kein Tag, an dem ich nicht an deine Zukunft denke!“ Während er an meine Zukunft dachte, war der infame Urheber meiner Tage auch einer verwandten Seele über den Weg gelaufen, das heißt natürlich einer mit allen Tugenden und Reizen ausgestatteten Witwe, die ich bald schon kennenlernen, nein, sogar „als Mutter anerkennen würde“, wenn ich erst einmal bei ihnen in „einem großen, hellen, luftigen Zimmer“ wohnte. Sobald sie eine Arbeit für mich gefunden hätten und so weiter. Ich würde viele Schweizer Franken verdienen, die ich aber bis zum letzten Heller an den Infamen abzugeben hätte, denn: „Das Leben hier ist sehr teuer.“ In der Zwischenzeit und während man darauf wartete, daß die Dinge ihren Lauf nahmen, forderte mich mein Vater zum Studium der deutschen Sprache und zu einem „mustergültigen“ Lebenswandel auf. (Ich habe nie begriffen, worin selbiger bestand: indem ich ihm nacheiferte? Indem ich ihn geduldig ertrug? Wer weiß.) Der Brief endete mit einer Unterschrift in Großbuchstaben, die beinahe einer Gedenktafel würdig war („DEIN VATER“), und einem Postscriptum: „Fahre bitte nach Mailand in die Via Ciovasso zu den Zimmervermieterinnen Biffetti und laß dir einen Koffer mit Kleidern und anderem persönlichen Hab und Gut aushändigen, den ich dort vor meiner Reise in die Schweiz deponiert habe. Wenn sie dich nach mir fragen, dann sag ihnen, daß es mir gut geht und ich ihnen nichts nachtrage, ja daß ich ihnen verzeihe. Lebwohl.“

Ich fuhr nach Mailand zu der im Brief angegebenen Adresse und fand die Tür mit dem Schild „Biffetti“. Ich läutete, und eine riesige, maßlos dicke Frau, die ältere der beiden Schwestern, öffnete mir. Sie ließ sich sagen, wer ich sei, was ich von ihr wollte, führte mich dann in ein beinahe dunkles Zimmer und hieß mich dort drinnen warten, bis ihre Schwester zurückkäme, denn nur sie würde über den Koffer, den ich suchte, Bescheid wissen. Sie schloß die Tür ab und verschwand. Das Zimmer hatte nur ein Fenster, das auf ein angrenzendes Haus hinausging. Ich fand einen Schalter und machte Licht. Die Wände waren voller Erinnerungsstücke, Fotografien, Fahnen, denn die jüngere der beiden Biffetti-Schwestern hatte, wie ich beim Betrachten der Fotos feststellte, etwas mit dem verstorbenen Dichter Gabriele D'Annunzio und mit einer unglaublichen Menge anderer Lumpen aus dieser Zeit zu tun gehabt, und ich befand mich also im Privatsalon ihrer Reliquien und Erinnerungen. Da gab es zum Beispiel einen kleinen kristallenen Reliquienschrein mit einem braunen, runzligen Stäbchen als Inhalt, das einer halben Zigarre der Marke „Toscano“ glich, in Wirklichkeit aber, wie auf einem Schildchen zu lesen stand, der linke Zeigefinger eines gewissen Oberst Pistone war, den ihm am 2. Februar 1936 in Äthiopien ein äußerst heimtückischer Neger mit einem Biß abgetrennt hatte. In einem Glasgefäß, das man für Eingemachtes und in Essig Eingelegtes benützte, schwamm – jetzt fällt es mir leicht, darüber zu reden, damals war ich davon schockiert – ein echter, grünlicher menschlicher Fötus in Spiritus, und auf einem Schildchen stand: „Rechtmäßiger Sohn des Dichters. Von ihm anerkannt und am 20. Juli 1936 in seiner Residenz in Gardone Ritter Basiliskus benannt. VIII. Jahr der faschistischen Zeitrechnung" und so weiter. Da ich nicht wußte, was ich machen und wie ich mich verhalten sollte, blieb ich drei oder vier Stunden (ich hatte damals keine Uhr) artig in dem Zimmer und sah mir die Erinnerungsstücke an und begann dann, an die Tür zu klopfen und aus vollem Hals zu schreien: „Signorina Biffetti! Signorina Biffetti, machen Sie bitte auf!" Da mir das unwiderstehliche Bedürfnis gekommen war, auf die Toilette zu gehen und ich außerdem nicht mehr eingesperrt sein wollte. Ich wollte raus und nach Hause zurückfahren. Ich schrie, trommelte mit den Fäusten gegen die Wand und gegen die Tür. Niemand antwortete. Nichts rührte sich im ganzen Mietshaus. Nur in der Ferne hörte man den Verkehrslärm, und so kletterte ich auf das Fensterbrett und erledigte meine Bedürfnisse in den Schacht zwischen den beiden Häusern. Niemand beschwerte sich, es passierte überhaupt nichts.

Mitten in der Nacht kehrte dann die jüngere der beiden Schwestern heim. Sie war in Begleitung eines ungefähr fünfzigjährigen kleinen, dicken Mannes mit glänzenden schwarzen Haaren und dünnem Oberlippenbart, wie er in den dreißiger Jahren üblich war. Die Mutter des Ritter Basiliskus hingegen war noch fetter als ihre Schwester, stark geschminkt und sichtlich betrunken. Ich mußte ihr die ganze Geschichte von meinem Vater, seinem Brief und dem Koffer, den ich abholen sollte, noch einmal erzählen. Vor allem der Umstand, daß er ihnen verzieh, ließ sie Tränen lachen. „Hast du das gehört, Ciccino: er verzeiht uns!" schrie die betrunkene Elefantenkuh und schlug dabei dem Mann, der mit ihr gekommen und wahrscheinlich ihr neuer Mieter und der Nachfolger meines Vaters war, kräftig auf Schultern und Rücken. „Er verzeiht uns und schickt uns sein Engelchen, um sich den Koffer aushändigen zu lassen!" Sie hatte ein Glas in der Hand, und mit der anderen Hand ergriff sie den Basilisken. Einen Augenblick lang dachte ich, sie würde die Flüssigkeit, die sich in jenem entsetzlichen Gurkenglas befand, trinken, aber sie bemerkte rechtzeitig den Irrtum und ging die Whiskyflasche holen. Als sie zurückkam, war sie ernst geworden. „Sag deinem Vater, diesem Bastard", zischte sie mir zu, „daß ich ihm den Koffer zurückgebe, wenn er den Mut hat, noch einmal dieses Haus zu betreten. Bevor ich den Koffer aber zumache, lege ich auch die zwei Dingerchen hinein, die ihm zwischen den Beinen baumeln. Du kannst ihm sagen, daß ich ihn erwarte." Sie lachte oder, besser gesagt: Sie brüllte so laut, daß sie den Basilisken und den kleinen Reliqienschrein mit dem Finger des Helden zum Zittern brachte. Sie begann sich auszuziehen, während ich sie entsetzt anstarrte; und auch der andere, der Mieter, machte kein besonders glückliches Gesicht. Sie drückte mir die Whiskyflasche in die Hand, steckte sie mir vielmehr in den Mund und befahl mir: „Trink auch du etwas, mein Täubchen! Damit dein Pimmelchen etwas größer wird!" und so weiter. Sie zog das Baumwollkleid, das Hemd, die Strümpfe, den Büstenhalter und die Unterhosen aus und stand dann splitternackt inmitten ihres Salons, ein riesiger, schwammiger, lachender Fleischberg. Sie schnalzte mit den Lippen und streckte mir einladend die Arme entgegen: „Mein Pimmelchen, mein Engelchen, mein kleiner Liebling. Komm zur Mama!"

Ich streifte im ersten Morgengrauen durch Mailand. Damals gab es weder U-Bahn noch Fußgängerzone, Sommerzeit und Stadtschreiber. Im der Zeit von fünf bis sechs war die Stadt ein riesiger, grauer Friedhof, von Schatten bevölkert, die sich auf den Trams zusammendrängten, auf Fahrrädern vorbeifuhren oder zu Fuß der Arbeit oder der Fabrik zustrebten. Wie in der Vorhölle Dantes bewegten sich die Menschen in Scharen, getrieben von einem unbekannten Geschick, von einem Fluch, der so alt war wie die Welt und immer noch wirksam. Sie sprachen nicht. An diese blutleeren Schemen, an diese Gespenster versuchten sich einige (wenige) Blutsauger anzuhängen; und diese waren, soweit das überhaupt möglich war, noch gespenstischer als ihre Opfer, noch absurder und verrückter. An der Ecke Via Pontaccio und Via Solferino verkaufte eine absurde Gestalt Zitronen, drei Stück auf einmal, einfach so, ohne Stand; er holte sie aus einem Weidenkorb, wie man sie damals noch zum Einkaufen benützte. Er hielt die Passanten am Arm fest und flüsterte ihnen zu: „Herrliche Zitronen. Ich geb die drei für hundert Lire!“ Einige Meter weiter lief mir ein anderer Irrer nach und bot mir eine „Markenuhr“ zum Kauf an. An der Porta Nuova, auf der Piazza, kam ein Männlein aus einer öffentlichen Bedürfnisanstalt und gesellte sich an meine Seite: „Aber wohin denn, schöner Schwarzkopf. Wohin mußt du denn so eilig. Die Welt ist leer und öd, siehst du das nicht? Es gibt nur uns zwei auf der ganzen weiten Welt. Bleib stehen, es dauert nicht lange. Gehen wir in den Hauseingang dort, der ist extra für uns offengeblieben. Oder dort hinter die Büsche. Ach, die Arbeit... Diese idiotische Arbeit ist doch völlig egal!“ Am Bahnhof „Porta Nuova“ stahl man mir das Geld und die Brieftasche. Zum Glück hatte ich die Fahrkarte woandershin, nämlich in die Brusttasche der Jacke, gesteckt...

Ich kehrte zum „Genio“, an den Fluß, zurück. Ich kam dort kurz vor Mittag an, und mich überfiel sofort ein seltsames Gefühl der Leere, es war, als ob etwas Gewohntes fehlte. Aber was? Ich kam nicht dahinter. Die weißen Steinhaufen waren noch immer da, die Eisenkähne ebenfalls, die Pergola, das Schild der Osteria mit dem Profil Napoleons, dessen Pioniere – „genieri“, daher der Name – an dieser Stelle eine riesige Floßbrücke errichtet hatten. Ich ging hinein. Die Tür machte din-don, aber es war niemand zu sehen. Der Fernseher war ausgeschaltet, der Stuhl des Invaliden leer, der Tresen verwaist. Ich lief nach hinten, in die Küche. Signora Rosa war beim Zubereiten der Sauce für die Nudeln; die Tränen liefen ihr übers Gesicht und fielen in den Topf: „Sie haben ihn weggebracht“, sagte sie, während sie sich die Tränen mit der Schürze abwischte. „Die Krankenpfleger der regionalen Irrenanstalt sind gekommen und haben ihn davongeschleppt wie einen Verbrecher.“ Sie meinte natürlich den Invaliden. Signor Francesco, der Wirt, kam herein, mit geschwollenen Augen und verstörtem Gesicht. „Das ist alles die Schuld der Pfarrer. Scheiß Pfaffen!“ sagte er und spuckte aus. Ich hatte keinen speziellen Grund, dem Invaliden besonders zugetan zu sein, der mich beleidigte und jedesmal, wenn ich in seine Nähe geriet, zu beißen versuchte. Aber ich war von dem Abenteuer in Mailand erschöpft, und die Traurigkeit der beiden steckte mich schließlich an. Ich brach in Schluchzen aus. „Aber, aber, wer wird denn gleich...“, sagte Signor Francesco und fuhr mir durch die Haare. „Du brauchst nicht zu weinen. Du wirst schon sehen, den holen wir da raus.“ Und dann schimpfte er noch gegen die Priester. „Wer hat sie denn gerufen, diese Blutsauger!“

Um die Geschichte des Invaliden zu erzählen, muß ich einige Wochen zurückgehen, zu den ersten Apriltagen und dem Osterfest des Jahres 1958, als der Invalide mit einem Biß einen Ministranten ins Krankenhaus befördert hatte. Die Sache ist schnell erzählt. An einem Aprilmorgen hatten ein Priester und zwei Ministranten, die unterwegs waren, um Häuser zu segnen, die „Osteria del Genio“ betreten und das menschliche Relikt, das wie üblich vor dem Fernseher saß, gestört, ja ihm vielleicht sogar den Fernseher ausgeschaltet (die Meinungen über diesen Punkt gingen auseinander), worauf das Relikt begonnen hatte, Jesus Christus, die Mutter Gottes und die liebe, lange Schar der Heiligen zu verfluchen. Er hatte geschrien: „Verflucht sei euer Gott, der mich so zugerichtet hat! Geht doch Arschficken, ihr mit eurer Scheiß-Religion! Am besten, ihr krepiert alle!“ und so weiter. „Ich segne dich“, brüllte der Priester und spritzte mit dem Weihwedel Weihwasser auf den Invaliden. „Ich verzeihe dir. Gott verzeiht dir: Geh in dich!“ Da hatte der Invalide ein großes Stück Spucke auf die Reise geschickt, das sich dann im Gesicht des Priesters niederließ, zwischen dem rechten Auge und dem Mund: paff! Der Priester war verstummt, und der Invalide hatte sofort noch einmal zugeschlagen und sich in die Hand eines Ministranten, der neben ihm stand und wie verrückt lachte, verbissen. Genüßlich und ganz langsam bewegte er seinen Unterkiefer und grunzte vor Genugtuung... Das passierte dem Invaliden nicht jeden Tag, eine Hand so mir nichts dir nichts zu erwischen! Er hatte mit ganzer Inbrunst hineingebissen und nicht lockergelassen, während der unglückliche Ministrant so laut brüllte, daß man ihn sogar auf der anderen Seite des Flusses hörte. Er hatte geheult wie ein Wolf. („U-uuuuuuuuu, u-uuuuuuuuu, u-uuuuuuuuu.“) Und wir trommelten ihm zu dritt auf den Kopf und versuchten, seine Kiefer aufzubekommen (was schließlich Signor Francesco mithilfe eines Spießes gelang), während der Priester „Friede! Friede!“ rief. Ich habe den Invaliden, ehrlich gesagt, nie in einem vergleichbaren Zustand gesehen: Er hatte Schaum vor dem Mund, rollte mit den Augen, winselte, war unglaublich erregt, aber sicher auch glücklich. Der Ministrant wurde ohnmächtig; nachdem man ihn befreit hatte, kam er wieder zu sich und wurde wieder ohnmächtig. Wir luden ihn auf das Moped eines Feldhüters, der in der Bar war, um den üblichen „kleinen Grappa“ zu kippen, und so, über dem Moped hängend, langte er im Krankenhaus von O. an, wo der Arzt, der ihm die Hand wieder zusammenflickte, ein Protokoll verfaßte und an den Amtsrichter weiterleitete, der daraufhin eine Untersuchung anordnete und einstweilen verfügte, daß das bißwütige Individuum an einen Ort zu bringen sei, wo es keinen Schaden anrichten konnte, und das bedeutete: in die Irrenanstalt.

Meine Mutter hat am 20. November des Jahres 1958 durch den Sprung in den See Selbstmord begangen, einen Monat nach dem Tod des Kapitänsgespenstes und zwei oder drei Tage nach der Testamentseröffnung, in dem das Gespenst meiner Mutter eine komplette Garnitur gestickter Servietten, Glasuntersetzer, Flaschenöffner und verschiedenen anderen Krimskrams vermachte, mir hingegen den berühmten, im Krieg mit Feindesblut gestählten Dolch seines Vorfahren Soundso. Die Zeitungen, die die Nachricht vom Selbstmord brachten, schrieben dann, daß „Signora Lavinia S., von Beruf Haushälterin, seit längerer Zeit schon an depressiven Krisen litt", aber das entspricht nicht der Wahrheit. Meine Mutter war zum

Zeitpunkt ihres Selbstmordes geistig gesund und bei klarem Verstand. Vielleicht etwas erschöpft, das ja, denn die Pflege ihres Kapitäns – der die letzten Monate seines Lebens brüllend auf dem Klo zugebracht hatte – hätte jeden geschafft. Sie war jedoch bei klarem Bewußtsein geblieben und hatte in der Zeit nach dem Tod des Kapitäns bis zur Testamentseröffnung ihre Fassung nicht verloren, wie uns dann auch von Signora Edvige (der Köchin) und von Signor Giacomo (dem Fahrer) bestätigt wurde. Sie hatte sich tapfer gegen die Kröte und die anderen Rospigliosi zur Wehr gesetzt, die sie aus der Villa davonjagen wollten, bevor noch der letzte Wille des Verstorbenen öffentlich bekannt gemacht worden war. Mit großer Entschlossenheit hatte sie ihre letzte Schlacht geschlagen. Umsonst! Es hat den Anschein, als ob die Verwandten schon vom ersten Tag an die testamentarischen Verfügungen ihres Kapitänsgespenstes kannten und nur der Form halber, um eine üble Nachrede zu vermeiden, meiner Mutter erlaubten, ihr Zimmer in der Villa bis zu jenem schicksalhaften Novembervormittag zu behalten, an dem der Notar Romoletti aus Varese mit dem Dokument eintraf (mit dem richtigen, nicht jenem inexistenten, von dem er meiner Mutter jedesmal vorschwafelte, wenn sie ihn vom Klo ins Bett oder vom Bett zum Klo brachte). Der Vormittag lief dann so ab: Meine Mutter, kämpferisch wie immer und sich ihrer, in den langen Jahren unentgeltlichen Beistands für ihren Kapitän erworbenen „sakrosankten Rechte“ sicher, setzte sich – so wurde uns wenigstens berichtet – vor Romoletti; links von ihr nahm die Gräfin Rospigliosi Platz und dahinter die restlichen Verwandten. Romoletti verlas das Testament, durch das das Kapitänsgespenst folgendes verfügte: Die Kröte, seine Universalerbin, erhielt die Villa und den ganzen Besitz; die „Kämpfer zur See“ (eine Organisation, deren Existenz vielleicht nur ihm bekannt war) bekamen eine zu jener Zeit ziemlich beachtliche Summe von ungefähr dreißig Millionen Lire; Signora Lavinia das schon erwähnte Tischtuch und ihr Sohn (ich also) das glorreiche Erinnerungsstück.

Als die Testamentsverlesung zu Ende war, stand meine Mutter leichenblaß auf und drehte sich um, in der Absicht, den Raum zu verlassen; hinter ihr stand Maurizio, der Pförtner der Villa, der inzwischen ihren Koffer gepackt hatte und ihn ihr samt Mantel, Regenschirm und einem eleganten Päckchen, in dem schon unsere Erbstücke verpackt waren (das Tischtuch und so weiter) hinhielt.

Sie nahm alles entgegen. Mit einer Würde, die Signora Edvige als „königlich“ bezeichnete, bat sie, daß man ihr ein Taxi rufe; aber Signor Giacomo, der Fahrer, trat ungeachtet der bösen Blicke der Gräfin vor und sagte, daß er, da er trotz der Umgebung noch ein menschliches Wesen geblieben sei, Signora Lavinia überall hinbringen würde, wohin sie wollte und dann sofort zurückkäme, um das Auto zu übergeben und sein Bündel zu schnüren, da er sich von diesem Tag an als gekündigt betrachtete. Alle schwiegen, niemand erwiderte etwas. Signor Giacomo, der uns alles nachher selbst erzählte, ging in die Garage, um das Auto zu holen. Er ließ meine Mutter einsteigen und fuhr weg. Als sie außerhalb des Tores waren, fragte er meine Mutter, wo er sie hinbringen solle, und meine Mutter antwortete: „In ein Hotel, aber zuerst fahren wir zum Friedhof.“

„Wir fuhren zum Friedhof“, erzählte der Chauffeur, „und da ich ihre Absichten nicht kannte und eine ungute Vorahnung hatte, folgte ich ihr in einigem Abstand zwischen den Gräbern, ohne daß sie mich sah. Am Grab des Kapitäns angekommen, legte sie das Paket mit dem Erbe darauf und kehrte zum Auto zurück. Sie sagte kein einziges Wort.“ Vom Friedhof ließ sich meine Mutter nach S., einem pittoresken Städtchen am See, bringen. Sie stieg in einem billigen Hotel (dem „Bella S.“, glaube ich) ab, und dort verließ sie der Fahrer und kehrte in die Kröten-Villa zurück, wo er das getippte Kündigungsschreiben in einem Umschlag vorfand. („Unsinn, ich bin doch kein Held. Ich hatte mit allem gerechnet und hätte in jedem Fall gekündigt. Ich wollte wenigstens am Schluß ein Zeichen setzen, eine schöne Geste: warum nicht? Signora Lavinia hatte es verdient.“)

Im „Bella S.“ blieb meine Mutter zwei Tage, und die Rechnung mußte dann Onkel Alvaro bezahlen, denn, als sie die Villa verließ, hatte sie nur ein paar Münzen in ihrer Geldbörse. Sie schloß sich im Zimmer ein. Sie sprach mit niemandem, rief niemanden an, schrieb keinen Abschiedsbrief. Sie aß regelmäßig, wie die Besitzer später sagten. Vorspeise, Fleisch und Obst zum Mittagessen; eine Gemüsesuppe und etwas Fisch zum Abendessen. Am Morgen trank sie einen Kaffee. Sie rauchte eine unglaubliche Menge Zigaretten, die

Aschenbecher quollen über. Am dritten Tag verließ sie das Hotel, ging zum Landesteg, nahm den Dampfer zu den Inseln. In der Mitte des Sees sprang sie ins Wasser und ging unter wie ein Stein. (Sie konnte übrigens nicht schwimmen.)

Beim Begräbnis meiner Mutter ging ich hinter dem Sarg her, ohne zu weinen. Ich erinnere mich, daß ich wegen meiner Teilnahmslosigkeit verlegen war und mich auch ein wenig schämte, aber da war nichts zu machen, so oft ich mir auch wiederholte, daß man „nur eine Mutter hat" und daß „mich nie mehr jemand so lieben würde wie sie". Denn gleich darauf kam mir in den Sinn: „Das stimmt ja gar nicht! Sie hat vielleicht ihren Kapitän geliebt oder sich selbst: aber mich nicht." Erst später brach ich in Schluchzen aus, als ich wieder zum Sandwaschen an den Fluß mußte. Der Sand..., damals hatte ich ihn über. In S. waren Onkel Alvaro und ich ungefähr zehn Tage geblieben, denn meine Mutter war nicht auffindbar, die Bergung der Leiche zog sich in die Länge, und wir verbrachten die Zeit so gut wir konnten: mit Spaziergängen, Gesprächen, Ausflügen. Mit dem Ausflugsdampfer hatten wir die beiden Inseln (die Isola Maggiore und die Isola Bella) und die Städtchen auf der anderen Uferseite besucht; wir fuhren auch über die Grenze in den Kanton Tessin. Zum ersten Mal in meinem Leben war ich Tourist gewesen und hatte Orte besucht, wo ich nie zuvor gewesen war, hatte Land und Leute gesehen und hätte gerne so weitergemacht, aber leider war nun alles vorbei! Wir mußten zum „Genio con Locanda" zurück. Ich schluchzte, weinte, bis ich nicht mehr konnte, aber dann erinnerte ich mich an Fernanda: Sie war ja auch im „Genio". Ich wischte mir die Tränen ab.

(In den zehn Tagen, die wir im Winter 1958 am See verbrachten, gab es nur ein unangenehmes, ja geradezu dramatisches Ereignis: die Identifizierung des Leichnams meiner Mutter. Im Leichenschauhaus sagte Onkel Alvaro: „Ich gehe hinein. Du wartest hier, Sebastiano." Aber durch die halboffene Türe sah auch ich den Mann im weißen Kittel, der das Laken hochhob, und unter dem Laken lag ein bläuliches und grünliches Ungetüm, ein aufgedunsener Schlauch, der nichts Menschliches mehr an sich hatte. Ich lief auf die Straße hinaus und kotzte.)

Wir hatten ein Zweibettzimmer in der „Locanda dello Scalo", die auf verblüffende Art der „Osteria del Genio con Locanda" glich. Wir gingen auf den Uferpromenaden spazieren und unterhielten uns. Für gewöhnlich war Onkel Alvaro sehr wortkarg; beim Goldsuchen am Fluß kam es vor, daß wir den ganzen Tag über kein einziges Wort wechselten. Er pfiff vor sich hin oder fluchte halblaut, wenn etwas nicht so lief, wie er wollte. Richtige Gespräche gab es wenige. Am See aber gab es keine andere Möglichkeit, sich die Zeit zu vertreiben, und so erklärte mir Onkel Alvaro eines Tages seine Lebensanschauung: Man dürfe das Leben nicht zu leicht, aber auch nicht zu schwer nehmen. („Sonst endet es wie bei deiner armen Mutter, man hat einen falschen Weg eingeschlagen, und wenn der plötzlich zu Ende ist, ist alles zu Ende.") „Das Leben", sagte er ein anderes Mal, „ist nur Zeit, die verrinnt. Kann man ihm eine Form geben? Es planen? Es zwingen, sich irgendwelchen Vorstellungen anzupassen? Viele glauben das, aber sie täuschen sich. Ein bleibendes Zeichen in der Zeit hinterlassen, die Zeit formen... Welch eine

Illusion! Wenn du dich über den See beugst und dich darin spiegelst, bleibt dein Bild nur solange dort, wie du dort bist. Gehst du weg, dann verschwindet das Bild. Und so ist es auch mit der Zeit, Sebastiano! Solange du lebst, existierst du; dann wirst du wieder zu einem Nichts."

(„Wir sind nur ihre Spiegelungen, ihre Illusionen, ihre Nullen!")

Wir schlenderten eine Platanenallee entlang, die Sonne ging hinter den Hügeln unter und tauchte den See in rotes Licht. „Es gibt zwei Möglichkeiten, sich das Leben vorzustellen", sagte Onkel Alvaro, „auch du wirst noch selbst dahinterkommen. Der Großteil der Menschen stellt sich das Leben als ununterbrochene Anstrengung vor, als ein unaufhörliches, betriebsames Arbeiten, um etwas aufzubauen, das dann im Nichts enden wird. Aber nicht alle sehen es so." Er blieb in der Mitte der Allee stehen und sagte zu mir: „Weißt du, wie ich mein Leben sehe?" Er hob die Hand und lächelte. „Eine Handvoll Sand, Sebastiano! Und jedes Sandkorn ist ein Augenblick, der für sich selbst betrachtet werden muß, wenn man glücklich sein will!" Dann erklärte er mir: „Wir sind hier, an einem schönen Ort: Uns ist weder zu heiß noch frieren wir; wir sind satt, denn wir haben zu Mittag gegessen; wir reden über abstrakte Dinge und freuen uns, zusammen zu sein. Nun, also: Wenn man bedenkt, daß den Menschen nur ein bißchen Glück beschieden ist, dann sind wir glücklich. Aber wenn wir, wie fast alle, denken, daß das Leben dazu herhalten soll, damit wir etwas Besonderes werden oder etwas Besonderes aufbauen, dann wird uns dieser glückliche Moment nutzlos, verloren erscheinen, und er wird uns auch tatsächlich verlorengehen. Ohne daß wir bemerken, daß wir so uns selbst, unser Leben verlieren: in einer Vergeudung von Tagen, die im Nichts endet..."

Die Dämmerung brach herein. Am Fluß wäre für uns arme Goldsucher der Augenblick der Wahrheit gewesen. Der Augenblick des Goldes. (Wenn der Tag zu Ende geht, dann beginnt das Waschen der Rückstände, die sich nach und nach am Grund des Siebes angesammelt haben.) Ich fragte, vielleicht ein wenig naiv: „Und was ist mit der Liebe, gibt es sie?"

„Sicherlich gibt es sie", erwiderte Onkel Alvaro und sah mich dabei überrascht und gleichzeitig belustigt an. „Es gibt sie, klar doch, Sebastiano. Aber nicht für alle und nicht für alle gleich. Sie ist eine komplizierte Sache: groß bei den Großen und klein bei den Kleinen." Er faßte mich unters Kinn und sah mich durchdringend an: „Was ist los mit dir? Hast du Probleme?"

„Nein, wieso?" Die Röte stieg mir ins Gesicht. „Wie kommst du denn darauf..."

Tagsüber am Fluß dachte ich oft an Fernanda, an ihr kaum wahrnehmbares Lächeln, über das ich mir nicht klar wurde. Vielleicht – sagte ich mir – macht sie sich über mich lustig; vielleicht tat ich ihr leid. Fernanda arbeitete in einer Fabrik, die sich auf halbem Weg nach B. befand, gleich nach der Steigung, ein kurzes Stück hinter dem „Kriegerdenkmal". In dieser Fabrik wurde Leder verarbeitet: Schuhe, Handtaschen und andere Lederwaren. Sie verpestete das ganze Tal mit gelbem, beißendem Rauch, der überall eindrang, in die Nase, in die Kleider, in jede Pore, sogar in das Essen. Wir sahen einander abends vor dem Fernseher. Das Fernsehen war zu jener Zeit für uns Männer vom Fluß eine Art Zauber, der sich jeden

Abend beim Dunkelwerden erneuerte und durch den wir wie verhext waren. In dieser Kiste war die Welt. Fürsten und Präsidenten, Päpste und berühmte Schauspieler stiegen jeden Tag zu uns herab, in die „Osteria del Genio con Locanda"; und die gigantischen Städte Amerikas und die endlosen Wüsten Australiens waren nur ein wenig weiter weg als das ferne Pavia, wo die Schiffer den weißen Stein (den „Kaolin") hinbrachten, als das fabelhafte Mailand, wo die Züge hinfuhren und die Straßen der Welt zusammenliefen. Wir waren so verzaubert, daß wir schielten.

Was war das Fernsehen damals! Jeden Sonntagabend gab es Folgen, die die größten literarischen Werke aller Zeiten und aller Länder als Vorlage hatten: die *Bibel*, die *Odyssee*, die *Äneis*, *Guerin Meschino* und die *Mühle am Po*. Es gab Reklame für Nudeln und Rasierklingen und andere Waren, an die ich mich jetzt nicht mehr erinnere, es waren kleine, sprühende Komödien mit hervorragenden Dialogen und bravourösen Darstellern. Es gab Sendungen zum Lachen und zum Weinen, und wir lachten fügsam, weinten und lachten wieder, wenn es uns der Programmdirektor erlaubte; wenn nicht, dann schlichen wir völlig niedergeschlagen ins Bett. Jeden Donnerstag gab es ein Fragespiel mit Preisen, auf das die Italiener ganz verrückt waren; zu einer gewissen Stunde am Abend leerten sich die Straßen, Bars und Kinos schlossen, ganz Italien zitterte, hin- und hergerissen zwischen plötzlicher Begeisterung und herzzerreißenden Szenen, die in Fragen gipfelten, wie: „Können Sie sich erinnern, was genau Kaiser Napoleon Bonaparte am 26. Juni 1813 in Dresden, um acht Uhr abends zu Fürst Metternich sagte?" Alle wollten mitmachen. Sie kamen aus Sizilien, Apulien, dem Piemont, aus Venetien: Olivensammler, Postbeamte, Volksschullehrer, Müllmänner, Fuhrleute, und ein junger Blondschopf rief allen zu: „Spitze!" und fragte sie auf Teufel komm raus: „Wieviel Könige gab es am Anfang in Rom?", „In welchem Jahr fand die Schlacht von Poitiers statt?", „Was sind Lepidopteren?", „Wie hoch ist das spezifische Gewicht von Silber?", „Wie heißt die Hauptstadt von Turkmenistan?", „Wer sagte: Doktor Livingstone, wenn ich nicht irre?"

Nun war ich in meinem Element und feierte Triumphe. Während die Volksschullehrer und die Fuhrleute stotterten: „Können Sie mir die Frage wiederholen" und die Uhr unbarmherzig die Sekunden skandierte (tack – tack – tack), antwortete ich, wie aus der Pistole geschossen: „Sieben!", „732 nach Christus!", Insekten, bekannter unter dem Namen Schmetterlinge, mit vier, im ersten Körpersegment verankerten schuppenbedeckten Flügeln, einrollbarem Saugrüssel und vollständiger Metamorphose!", „10,5!", „Aschchabad!", „Sir Henry Stanley, Journalist und englischer Forscher, geboren 1841, gestorben 1904, von der New York Herald Tribune nach Afrika entsandt, um Livingstone zu suchen, mit dem er dann gemeinsam Äquatorialafrika erforschte. Sein richtiger Name war James Rowlands!" und so weiter. Wie ein Lauffeuer verbreitete sich entlang des Flusses die unglaubliche Nachricht, daß es in der „Osteria del Genio con Locanda" einen potentiellen Champion für das Fernseh-Fragespiel gäbe, der dafür gut war, Hunderttausende, ja sogar Millionen von Lire zu gewinnen und den Erfolg der früheren Champions in den Schatten zu stellen. Ein richtiger Champion des „Quiz" (so nannte man mit einem englischen Wort dieses Fragespiel). Fernandas Lächeln wurde intensiver, war nicht mehr so unmerklich wie früher, wenn ich ihr auf der Treppe begegnete; eines Sonntags bemerkte ich mit Staunen, daß sogar Schimmelkäs-Angelo eifersüchtig war... auf mich! (Er fragte mich sarkastisch, ob ich wirklich daran dächte, mit meinem Arschgesicht voller Eiterpickel im Fernsehen aufzutreten, und riet mir: „Bleib zu Hause. So ersparst du dir die Blamage." Ich antwortete: „Ich werde doch hinfahren!") (Und: „Mit dem Arschgesicht meinst du wohl dich selbst!")

Damals träumte ich viel, mit offenen Augen, am Fluß. Ich sah mich schon in der Zauberkiste mit dem Blondschopf, der mir jedesmal „Spitze!" zurief, wenn ich eine Frage beantwortete. Ich gewann Rekordsummen: zehn Millionen, zwanzig Millionen, fünfundvierzig Millionen. Ich wurde reich. Ich träumte davon, ein Motorrad zu haben, das noch schöner und teurer war als das von Schimmelkäs-Angelo, und Fernanda zu einer Fahrt einzuladen. Sie durch mein Wissen und meine Berühmtheit zu beeindrucken. (Mit meinem Geld und meinem Erfolg.) Ich war völlig in meinen Träumen versunken, und Onkel Alvaro sagte mir manchmal: „Geh spazieren, Sebastiano. Du bringst ja doch nichts zustande, du bist mir nur im Weg. Geh nach O."

Ich schrieb nach Mailand, an die Fernsehanstalt. Ich bewarb mich als Kandidat und schlug ihnen zwei Wissensgebiete vor:

entweder „Flüsse der Welt“ oder „Berühmte Aussprüche“. Ich legte ein Paßbild bei, wie es in der Ausschreibung verlangt wurde, und verblieb in Erwartung einer baldigen positiven Nachricht, mit freundlichen Grüßen und so weiter. Er verging ein Monat, dann noch einer. Schließlich antwortete mir ein gewisser Marzi (oder hieß er vielleicht Martini?), der Sekretär des Quizmasters, und schrieb, daß die Wissensgebiete und das Foto in Ordnung seien, daß er aber, da ich minderjährig war, keinen Termin für die Vorprüfung festlegen könne. Er müsse zuerst eine schriftliche Erklärung „des Vaters oder der Person, die die väterliche Gewalt ausübte“, in Händen haben, welche mich zur Teilnahme an der Fernsehsendung „Quiz“ berechtigte. Im Postscriptum fügte er noch hinzu: „Diese Erklärung muß auf Stempelpapier abgefaßt und von einem Notar oder einem öffentlichen Beamten beglaubigt sein.“ Ich war wie versteinert. Diese scheinbar nebensächliche Klausel bedeutete den Bankrott meiner Träume, das Ende meiner Illusionen, den Schiffbruch all meiner Hoffnungen auf Reichtum, Erfolg und Liebe und so weiter. Ich würde nie ein Motorrad haben! Ich würde nie Fernanda den Hof machen können! Ich war erniedrigt, am Boden zerstört. Der infame Urheber meiner Tage hatte sich noch einmal zwischen mich und das Schicksal gestellt, hinderte mich daran zu leben. Ihn ausfindig zu machen, mit ihm zu sprechen, ihn zu überzeugen, eine Erklärung zu meinen Gunsten abzufassen, war ein Unterfangen, dem gegenüber die Mühen Herkules und Irrfahrten des Odysseus zu Kinderspielen wurden. Außerdem wußte ich nicht einmal, wo er sich aufhielt, was er „zu meinem Wohle“ und „für mich“ ausheckte. (All seine Geschäfte wurden immer mit „meinem Wohl“ begründet.) Nach jenem Brief aus der Schweiz, mit dem er mich zu den Schwestern Biffetti geschickt hatte, hatte der Feigling kein Lebenszeichen mehr von sich gegeben, und da ich ihn kannte, war mir klar, daß auch der Gedanke, ihn über die Konsulate und Botschaften ausforschen zu lassen, völlig unrealistisch war... Ich mußte aufgeben. Ich weinte (abends im Bett, wo mich niemand sah), ich war verzweifelt, verfluchte den Tag meiner Geburt und jenen noch unheilvolleren, an dem mich der Infame gezeugt hatte, indem er sich mit meiner Mutter „zu meinem Wohle“ vergnügte. (Variante: „Zu meinem Besten“.) Ich gab auf: Was sollte ich sonst machen? (Ruhmesträume ade! Motorrad ade! Fernanda ade!)

Ich muß noch etwas über den Invaliden nachtragen: seine Leiden in der Irrenanstalt von N. und seinen frühzeitigen Tod. Der Invalide war also im Mai 1958 auf eine amtliche Verfügung hin in die Irrenanstalt eingeliefert worden, da er einen Ministranten gebissen hatte. Abgesehen von seiner Behinderung hatte er keine besonderen Krankheiten, er benahm sich ganz normal, wie sonst auch: Er geiferte, brüllte und spuckte auf jeden, der in seine Reichweite geriet („Warum läuft der Kerl herum und ich nicht?"), wünschte allen, auf die fieseste Weise zu krepieren, versuchte jeden zu beißen und so weiter. Am ersten Oktober war er bereits tot. Für diesen raschen Erfolg der Irrenhaustherapie könnte man viele Erklärungen finden, so zum Beispiel die Appetitlosigkeit des Patienten, der nach einem Monat zu essen aufhörte; oder seine totale Ablehnung einer Umgebung, die ihn durch den Entzug des Fernsehens der letzten Möglichkeit beraubte, in irgendeiner Weise am Leben der anderen teilzunehmen und sich dadurch selbst lebendig zu fühlen. All das traf zweifellos zu; will man jedoch der ganzen Angelegenheit auf den Grund gehen, so war die Hauptursache für den Tod des Invaliden die traumatische Unterbrechung jener sexuellen Erleichterung, die er in der „Osteria del Genio con Locanda" regelmäßig durch die Hand der Signora Rosa erhalten hatte. Die Verweigerung der Nahrungsaufnahme und die Ablehnung seiner Umgebung folgten später. Genauer gesagt, begann er schon in den ersten Tagen seines Aufenthalts wie ein Wolf zu heulen; und heulte vier Monate lang, bis er schließlich völlig gebrochen starb, weil ihn niemand mehr „erleichterte"...

Wenn sich in der „Osteria del Genio con Locanda" ein Gast nach dem Invaliden erkundigte („Wie geht es ihm denn im Irrenhaus?"), dann seufzte Signor Francesco, blickte zur Decke und antwortete: „Das Essen schmeckt ihm nicht", „Der Fernseher fehlt ihm" und so weiter. Nur in der Nacht, in jenen Gesprächen, die ich durch die Wand mithörte, stand das Bedürfnis des Invaliden, ab und zu „erleichtert" zu werden, im Vordergrund. „Dieser arme Teufel schreit und schreit", sagte Signora Rosa, „denn er müßte sich erleichtern, aber dort kümmert sich niemand darum. Die Pfleger haben anderes im Kopf!" „Kümmere du dich darum", antwortete ihr Mann. „Am Samstag, wenn du ihn besuchst. Du hast ihm doch jahrelang diesen Dienst erwiesen!" „Glaubst du, daß das so einfach ist?" entgegnete Rosa. „Du weißt genau, daß in der Irrenanstalt immer Aufpasser in der Nähe sind und daß man die Toiletten nicht zusperren kann." Schließlich beschlossen sie, daß Rosa am nächsten Samstag den Direktor der Klinik um ein Extrazimmer bitten würde. („Die werden doch dort gegen Bezahlung auch Einzelzimmer zur Verfügung stellen!" meinte Signor Francesco versöhnlich.) Am Samstag machte sich Rosa dann frühmorgens auf den Weg. Sie kehrte mittags zurück und berichtete die üblichen Sachen: daß er nichts aß, daß er brüllte, daß er gerne in die Osteria zurückkommen würde und so weiter. Am Abend, im Schlafzimmer, ezählte sie ihrem Mann vom Ausgang der Mission. Es war also so gewesen, daß sie um das Privileg gebeten hatte, mit dem Direktor der regionalen Irrenanstalt von N. sprechen zu dürfen, und es ihr auch gewährt wurde. In seinem Büro hätte sie ihm dann gesagt, daß der „Herr Rechtsanwalt“ (der Invalide) sich jeden dritten, vierten Tag „erleichtern“ müsse und sie deshalb ein Zimmer bräuchte. („Sie verstehen mich, Herr Professor. Er ist erst fünfzig, und was das betrifft: ein völlig normaler Mann.“) „Ich weiß wirklich nicht, was Sie meinen“, stotterte bestürzt der Direktor. „Was meinen Sie mit ‚erleichtern‘?“ Daraufhin hatte Rosa es ihm erklärt, und er hatte sie, da er nicht mehr so tun konnte, als würde er nichts verstehen, vor die Tür gesetzt. („Wen glauben Sie eigentlich vor sich zu haben? Schämen Sie sich! Diese Schweinereien können Sie Ihrem Mann erzählen! Verlassen Sie sofort mein Büro!“) „Er hat mich wie eine Nutte behandelt“, berichtete Rosa. Es vergingen einige Wochen, und das Wrack heulte immer noch, wenn auch nur mehr kraftlos. „In die Irrenanstalt bringen mich keine zehn Pferde mehr!“ sagte Signora Rosa eines Samstagnachts zu ihrem Mann. „Ich bringe es nicht übers Herz, ein menschliches Wesen in diesem Zustand zu sehen.“ „Jetzt ist es aber genug“, brummte Signor Francesco. „Die können doch sagen, was sie wollen. Am Montag fährst du hin und erleichterst ihn.“ Und so geschah es auch. Montagmorgen stieg Signora Rosa in den Autobus und kam zur gewohnten Zeit zurück. Sie war in Tränen aufgelöst. Sie schloß sich im Schlafzimmer ein, aß nichts, sprach mit niemandem, nicht einmal mit ihrem Mann. Erst am Abend im Bett schaffte sie es, ihr Herz auszuschütten: sie, Rosa Filipetti, würde niemals wieder einen Fuß in jenes Irrenhaus setzen! Und außerdem sei es ihr offiziell verboten worden, unter Anordnung der Anzeige und Verhaftung wegen „unsittlichen Verhaltens in der Öffentlichkeit, Nötigung eines Behinderten“ und so weiter. (So hatte der Herr Direktor zu sagen beliebt.) Sie erzählte, was geschehen war: Während sie das Wrack erleichterte, hatte es wie immer zu schreien begonnen („Du Sau, du Nutte, streng dich an!“ und so weiter) und so die Aufmerksamkeit einer Nonne auf sich gezogen, die sofort herbeigestürzt war, um dem armen Opfer beizustehen... Also, der Schwester sei schlecht geworden, sie habe einen epileptischen Anfall bekommen; Ärzte und Krankenpfleger seien herbeigeeilt. Einige Insassen hätten das Durcheinander ausgenützt und Fensterscheiben zerschlagen und Feuer gelegt. Schließlich sei der Direktor gekommen und habe ihr gedroht, sie der Polizei zu übergeben. Zwei Pfleger hätten sie dann vor sich hergestoßen und die Treppen hinuntergezerrt, beziehungsweise sie sogar hinunterkugeln lassen. („Ich bin ein einziger blauer Fleck, Francesco!") Sie weinte laut, schluchzte: „Hure haben sie mich genannt, Drecksau, Nutte! Mich, eine verheiratete Frau! Zwanzig Jahre verheiratet, ohne eine einzige üble Nachrede, und will man etwas Gutes tun, schreien sie dir nach: Nutte! Und drohen dir, dich in den Knast zu stecken, ein Bild von dir in der Zeitung zu bringen und deinen Namen überall bekannt zu machen. Hast du dir das einmal durch den Kopf gehen lassen, Francesco? Den Skandal, den es hätte geben können? Die Folgen für unsere Tochter, die noch nicht verheiratet ist" und so weiter. Sie weinte sich die Augen aus dem Kopf.

So blieb das Wrack endgültig in den Fängen der ärztlichen Kunst und der staatlichen Psychiatrie, die ihre Anstrengungen verdoppelten und es im Laufe weniger Wochen zuwege brachten, seine nicht alltägliche körperliche Widerstandskraft zu bezwingen. Er verschied noch im selben Jahr, am 30. September 1958, kurz vor Mitternacht. Seine letzten Worte – an einen Pfleger des Irrenhauses von N. – waren „ausgefranstes Arschloch" und „Scheißkerl"; die letzte Tat seines Lebens war der – leider mißglückte – Versuch, dem diensthabenden Arzt, der sich zu ihm hinabbeugte, um mit dem Stethoskop den Herzton abzuhören, ins Gesicht zu spucken. In sein Stethoskop zu beißen. Requiescat.

Mein Vater ist jetzt achtzig Jahre alt und ein einbalsamierter, aufgedunsener, rosiger, pausbackiger Alter: eine Mumie im Zustand fortgeschrittener Konservierung. Sein Haar ist noch schwarz und sein Gesicht ohne Falten, dank der Verwendung gewisser Schlammpackungen und Cremes, die er sich selbst zubereitet, wobei er einen Großteil seiner Zeit diesen kosmetischen Tätigkeiten widmet. Er war schon immer ein Betrüger und ist es heute noch. Vor einigen Jahren war ihm die Idee gekommen, Wechsel mit meinem Namen zu unterschreiben („Ein kleines Versehen, Sebastiano! Du wirst doch nicht glauben, daß dein Vater...“), und ich hatte ihn in die „Civica Casa di Riposo del Cavalier V. Pedrotti“, ein Altenheim in

S., einweisen lassen. Wo er, eskortiert von einem Sozialarbeiter, im Juli 1983 eintraf – sonst hätte er sich nie im Leben dort blicken lassen – und prompt die Gelegenheit nutzte, mich im großen Stil zu verfluchen, vor einem Publikum von Heiminsassen und Pflegern, die natürlich auf seiner Seite waren, wie Fans bei einem Fußballspiel. Er hat sich in der Mitte des Innenhofes in Pose geworfen, umgeben von den Alten, die auf ihren Bänken dahindösten und hat plötzlich mit dem Finger auf mich gezeigt und begonnen, so etwas wie einen Psalm zu brüllen, eine echte Verdammung in biblischem Stil, die er sich anscheinend in der Nacht vorbereitet haben mußte. Er schrie: „Sei verflucht, der du die familiären Bande mit Füßen getreten hast. Verflucht sei in alle Ewigkeit diese Schlange, die ich an meinem Busen genährt habe! Der Himmel hat sich verdunkelt, und es birst mir die Brust“ und so weiter. Er hielt den Kopf leicht geneigt und glich einem Schauspieler oder einem Medizinmann, der die Strafe seines Gottes erfleht. Er schrie, indem er seine Stimme geschickt modulierte: „Undankbarer Sohn! Verderbter Sproß, der du mit deinem Gift das kahle Haupt dessen besudelst, der dir das heilige Gut des Lebens geschenkt hat!“ Da ich auf seinen pechschwarzen Kopf blickte, auf die gewellten und von Brillantine glänzenden Haare, war ich einen Augenblick lang versucht zu lachen. Aber das mit dem kahlen Haupt war der einzige Mißgriff in einem sonst fehlerlosen, wie ich meinen würde, beinahe perfekten Vortrag. Dann hob der infame Urheber meiner Tage beide Arme gen Himmel. „Wisse, daß Gott dich verflucht“, solfeggierte er mit seiner sonoren Tenorstimme, „so wie ich, dein Vater, dich verfluche! Wisse, daß Gott Vater und Gott Sohn den Blick von deinem Antlitz abwenden und ihre schützende Hand von deinem Haupte nehmen, damit sich dein düsteres Schicksal erfülle!“ („Der Blitz fahre auf dich hernieder, der Wirbelsturm reiße dich mit sich fort“ und so weiter).

Er hat gebrüllt: „Verflucht! Verflucht! Dreimal verflucht in alle Ewigkeit!“

Er hat eine Geste gemacht, als ob er sich die Haare ausreißen wollte, aber wegen der Brillantine rutschten seine Finger ab, und so hat er begonnen, Tritte nach hinten auszuteilen, indem er mit dem Fuß am Boden scharrte, so wie ein Hund, der sein Revier von den Exkrementen seines Rivalen säubert; während ich mir an die Eier faßte (zur Bannung des Unheils). Zahlreiche Insassen und Pfleger trockneten sich die Augenwinkel oder putzten sich mit beträchtlicher Lautstärke die Nase: „Die sind alle so, die heutigen Kinder! Wenn die Eltern nicht mehr gebraucht werden, dann schafft man sie sich vom Hals, man steckt sie in ein Heim!“ Der Infame hat die Hände zur Brust geführt und geröchelt: „Mein Gott, ich sterbe.“ Dann ist er langsam zusammengesackt, mit einer Körperbeherrschung, die jedem Artisten Ehre gemacht hätte, hat einen letzten Seufzer gehaucht, noch einmal „Sei verflucht!“ gestöhnt und sich bereitwillig den Armen der herbeieilenden Pfleger anvertraut, die ihn in Windeseile auf eine Bahre gelegt und in das Gebäude gebracht haben. Ich bin im Innenhof zurückgeblieben, die Alten starrten mich auf eine gewisse, nichts Gutes verheißende Weise an. Also habe ich beschlossen aufzubrechen, auf die Uhr geblickt und gesagt: „O Gott! Es ist schon vier!“

„Es ist schon spät, ich muß gehen!“

„Ja, ja. Hau ab. Verschwinde“, hat mir ein großer, knochiger Alter, der das genaue Ebenbild Frankensteins hätte sein können, geantwortet. „Zieh Leine. Pfui Teufel!“ (Er hat mich angespuckt!)

Und ein anderer: „Miese Ratte!“

Ich bin nach Mailand zum Corso di Porta Ticinese gefahren, um die Sachen des Infamen in der Wohnung seiner letzten Zimmervermieterin und Gefährtin, einer gewissen Pamela Sangiuliano, verwitwete Mottini, abzuholen. Ich habe ihr von meinem Vater erzählt: daß ich ihn in ein Altenheim hatte geben müssen, um zu verhindern, daß er weiter sich selbst und anderen schade. Daß er ein Schurke sei und so weiter. Sie weinte, schluchzte und wiederholte ständig: „Ich habe ihn gerade deshalb geliebt.“ Und: „Wie werde ich es nur ohne ihn aushalten!“ Sie war eine große, brünette Frau in den Fünfzigern, lebte seit acht Monaten mit dem Infamen zusammen und schien wirklich in ihn verliebt zu sein, obwohl er sie schlug, aus nichtigen Anlässen und vor allem, wie sie mir anvertraute, um in Erregung zu kommen: „Das ist seine Art. Er empfindet keine Lust, wenn er mich nicht schlägt!“ Sie zeigte mir ihre blauen Flecken: an den Armen, am Rücken, am Hals. Einmal – so erzählte mir Signora Pamela – hatte der infame Urheber meiner Tage so wild mit einem Sessel auf sie eingeschlagen, daß sie sich zwei Rippen brach; ein anderes Mal hatte er ihr den Arm ausgekugelt. Sie wischte sich die Tränen ab: bei diesen Erinnerungen ging es ihr gleich besser. Sie führte mich in das Zimmer meines Vaters und erklärte mir, daß das Bett und das andere Zeug ihr, Pamela Mottini, gehörten und das einzige Eigentum des Infamen das „Archiv" war: vier alte, speckige und ausgefranste Kartons voller Schriftstücke, Adressen, Briefe (natürlich von Witwen). Noch am Tag vor seiner Einweisung – so Signora Pamela – hätte der Infame noch wie gewohnt Witwen kontaktiert. Er annoncierte in Zeitungen („Rüstiger, gut aussehender Witwer möchte einsame Witwe kennenlernen, zwecks Heirat"), korrespondierte über Postfächer, traf sich da und dort mit den Frauen, versuchte sogar, seine Opfer in gewissen, entsetzlichen, bis dahin mir unbekannten Tanzlokalen für alte Leute aufzugabeln: in Busto Arsizio, Legnano, Monza. Manchmal verschwand er auch ganz plötzlich und tauchte erst nach einer Woche oder einem Monat wieder auf, um ihr die Hucke vollzuhauen und sie ins Bett zu zerren. Manchmal – und das war das Schlimmste für sie – kam er mitten in der Nacht mit schauerlichen Hexen zurück, die er beim Tanzen abgeschleppt hatte. Aber sie, Pamela, hatte alles ertragen. „Mit welchem Recht", fragte sie sich (und während sie sprach, glänzten ihre Augen), „hätte ich ihm im Weg stehen dürfen? Mich in seine Geschäfte einmischen und seine Zukunft ruinieren dürfen?" Und dann fügte sie nachdenklich hinzu: „Einen Mann wie diesen kann keine Frau für sich allein beanspruchen! Er ist wie der Wind: Den hält man nicht auf!"

Schließlich und endlich ist es mir gelungen, mich loszureißen und beim Weggehen das „Archiv" meines Vaters mitzunehmen, dessen ich mich sofort nach Verlassen des Hauses entledigte: ich habe die vier speckigen Kartons in eine Mülltonne geworfen, ohne auch nur einen aufzumachen. Ich habe erleichtert aufgeatmet: „So, nun wär auch das erledigt!"

(„Endlich haben wir ihn uns vom Hals geschafft! Dort wo er jetzt ist, richtet er keinen Schaden mehr an!")

Das ist jetzt drei Jahre her, und gestern bin ich in der „Civica Casa di Riposo del Cavalier V. Pedrotti" wegen der Umfrage über die Alten vorstellig geworden, die der Herausgeber einer Lokalzeitung (der „Gazzetta" von O.) ausgerechnet mir angedreht hat. Vielleicht, weil sich keiner seiner Redakteure darum kümmern wollte? Ich habe gebeten, mit Doktor Ercole Pedrotti, dem Direktor des Altenheims, sprechen zu können, aber er war nicht da. Sein Stellvertreter, ein Blondschopf mit Pfeife, hat mir kurz angebunden erklärt, daß „im Altenheim alles zum Besten der alten Leute bestellt sei". Ich habe ihn selbstverständlich um die Erlaubnis gebeten, das Heim betreten zu dürfen, aber der Blondschopf hat geantwortet: „Nein, warum denn?“ Und hat dies folgendermaßen begründet: „Das Altenheim wird von Zeit zu Zeit von den zuständigen Behörden inspiziert und entspricht völlig den Vorschriften. Wie schon unser Gründer immer sagte, der unvergessene Cavaliere Vincenzo Pedrotti: Unseren alten Gästen geht es gut, solange die Schnüffler und Fremden draußenbleiben.“ Er ist aufgestanden, um sich von mir zu verabschieden, und ich habe endlich verstanden, warum man gerade mir die Umfrage über die Alten anvertraut hatte, obwohl es so viele andere Kandidaten gegeben hatte und so weiter. Ich habe den Blondschopf mit der Pfeife angefleht, mich nicht mit leeren Händen nach O., zum Herausgeber, zurückzuschicken: „Bitte, machen Sie eine Ausnahme!“ (Es hätte wirklich nicht viel gefehlt, und ich wäre vor ihm auf die Knie gefallen.) „Lassen Sie mich wenigstens einige ihrer Heimbewohner über neutrale und nicht mehr aktuelle Themen befragen: über die Vergangenheit, den Krieg. Geben Sie mir eine Möglichkeit, ich bitte Sie!“ Ich habe ihm geschmeichelt: „Sie werden sehen! Ich werde Sie in meinem Artikel ganz besonders hervorheben! Ich werde so über Sie schreiben, daß ihre Kollegen vor Neid erblassen! Sie werden zufrieden sein!“

Er hat mißtrauisch nachgefragt: „Keine Politik? Keine Kritik?“ Er hat mir mit dem Zeigefinger gedroht: „Versuchen Sie ja nicht, mich reinzulegen! Das würde Ihnen sehr leid tun!“

Er ist mit mir in den Innenhof gegangen, wo die Zeit stillzustehen schien, seit jenem Nachmittag, an dem ich meinen Vater hatte einliefern lassen und er mich neben dem Brunnen verflucht hatte. Der Infame war glücklicherweise nicht anwesend, aber sonst war alles so wie damals: der Brunnen, die Bänke, die Alten, die auf den Bänken dahindösten. Ich bin lächelnd auf sie zugegangen, und habe sie begrüßt: „Na, wie geht‘s?“

Zwei oder drei von ihnen haben einige unverständliche Wörter gestammelt, von „Gut!“ bis „Krepier doch!“. Die anderen haben nichts gesagt, sondern mich nur mit jenem schweren, stumpfen Blick der Alten angeblickt, die sich von niemandem mehr etwas erwarten und denen alles egal ist. Ich habe zu ihnen gesagt: „Ich bin Journalist. Ich sammle Material über den Krieg“, und jemand hat mich gefragt: „Über welchen Krieg denn?“ „Es hat schon lange keinen mehr gegeben!“ hat ein anderer hinzugefügt.

Einer der Alten ist aufgestanden und hat sich an den Blondschopf mit der Pfeife gewandt und ihn, mit dem Finger auf mich zeigend, gefragt, ob ich die Interviews bezahlte. Dieser hat verneint, und der Alte ist weggegangen, wobei er mit furchtbaren Lauten seinen Schleim hochholte und ausspuckte.

„Ich kann dir eine tolle Geschichte erzählen!" hat ein schmächtiger, verrunzelter Alter mit blauen Augen und völlig weißem Haar gesagt. „Hast du einen Kassettenrecorder dabei? Ist er eingeschaltet?" Er hat sich geräuspert: „Hallo, hallo! Sprechprobe." Und dann zu erzählen begonnen: „Ich heiße Carlo Baraldi und war während des Krieges in Montenegro. Nach dem Waffenstillstand sind wir Alpini Richtung Meer losmarschiert, da man uns gesagt hatte, daß es in Càttaro Schiffe gäbe, die uns nach Italien zurückbringen würden. Aber wir sind von Deutschen und auch von Italienern aufgehalten worden: jawohl, von Italienern!" („Das wissen nur wenige!") „Es gab italienische Verbände, die uns beschossen. Ich habe das mit eigenen Augen gesehen! Ich bin den Kugeln entgangen! Uns vom Aosta-Regiment haben sie die Faschisten der Ferrara-Division entgegengestellt, und ich muß jetzt mit einem dieser Henker, die im September Dreiundvierzig auf meine Kameraden wie auf Tauben geschossen haben, in einem Zimmer schlafen. Findest Du das in Ordnung? Im selben Zimmer!"

Während Baraldi sprach, schüttelte der Blondschopf mit der Pfeife mißbilligend den Kopf. Und hat dann schließlich gesagt: „Was tut das zur Sache! Das ist vor vierzig Jahren passiert." „Sie kommen nicht gut miteinander aus", hat er mir erklärt. „Er und Cornelio Ridoni, das ist der andere, von dem er spricht. Sie sind im selben Zimmer und können einander nicht ausstehen. Erst gestern abend haben sie sich mit den Schuhen beworfen: Geschrei, Beschimpfungen auf Teufel komm raus. Aber der Faschismus hat nichts damit zu tun, das ist nur ein Vorwand."

„Wir waren doch alle Faschisten!" hat der große, knochige Alte (Frankenstein) gesagt. Daraufhin haben die Greise zu streiten begonnen, denn einer hatte gerufen: „Kümmere dich doch um deinen eigenen Kram!" Er hat sich daraufhin jeden einzelnen vorgenommen: „Fangen wir doch einmal bei dir an, Gaetano Marchisio! Ich sehe dich noch vor mir, wie du bei den Paraden mit dem Wimpel dahinmarschierst! Und nun zu dir, Alessandro Genoni! Bis in die fünfziger Jahre hattest du noch das Parteibuch der

Faschisten in der Schublade liegen, denn die Welt ist rund, hast du immer gesagt, und man weiß nie, in welche Richtung sie sich dreht! Und du, Agostino Lumelli! Du hast noch die Bronzemedaille über dem Bett hängen, die man dir 1938 in Rom bei den faschistischen Hochschulwettkämpfen verliehen hat! Und nun du, Enrico..."

„Was haben denn die Wettkämpfe damit zu tun?" schrie Agostino Lumelli, ein kleiner, rüstiger Kerl, so laut er konnte. „Das war eine Sportveranstaltung, wie die Olympiade!"

„Ja, ja. Die Olympiade der Faschisten!" hat Marchisio klargestellt. Und der große, knochige Alte hat unerbittlich weitergemacht: „So, und jetzt zu dir, Enrico Garbarini. Die Universität hast du nie abgeschlossen, dafür hast du in der G.U.F. Karriere gemacht, und das war, wenn ich mich richtig erinnere, die faschistische Studentenorganisation!"

Ich habe gefragt: „Wer von euch wurde nach dem Waffenstillstand nach Deutschland deportiert?"

Die Alten haben aufgezeigt, wie in der Schule. Es waren fünf: „Ich! Ich! Ich! Ich! Ich!"

„Auch ich wurde nach Deutschland deportiert", hat der große, knochige Alte gesagt. Insgesamt waren es also sechs Deportierte von elf: eine beträchtliche Quote.

„Ich träume hin und wieder noch vom Transport", hat Marchisio erzählt.

„Wir waren sechzig Mann in einem Waggon, und was für ein Schauspiel gab es, wenn der Zug hielt! Alle in einer Reihe auf dem Bahngleis, mit den weißen Ärschen nach hinten gestreckt! Wenn der Gestank nicht gewesen wäre, hätten wir wie die Schwalben auf den Telegrafendrähten ausgesehen..." Er hat den Kopf geschüttelt: „Über einem Meer von Scheiße! Was für ein Schauspiel!"

„Uns gaben die Deutschen", hat Enrico Garbarini gesagt, „Energon zu fressen, das ist ein künstliches Futter für Maulesel." Und Lumelli hat bemerkt: „Gut für euch, wenn sie euch etwas gegeben haben! Wir haben nichts bekommen! Bei einem Halt haben wir Stroh gekocht und verspeist, stell dir das einmal vor! Nur, um etwas in den Magen zu bekommen..."

„In Sandborstel, in der Baracke", sagte Alessandro Genoni, der auf Frankenstein zeigte, „war er der Spezialist für die Ratten. Er war ein As im Fallenbauen..."

„In Deutschland“, so Garbarini, „habe ich einen Brotlaib geliebt, glaubt ihr mir das? Ich habe mit ihm geschlafen!“

„Aber sicher glauben wir dir“, hat der große, knochige Alte gesagt. „Wir glauben alles, nach allem, was wir gesehen haben!“

Bottrop, August 1944

Der Matrose Enrico Garbarini ging ihm unbekannte Straßen entlang und versuchte, unauffällig die Straßennamen zu lesen, denn für einen Ausländer wie ihn, der noch dazu kein Deutsch sprach, war es nicht sehr vorsichtig, sich in ein Wohnviertel zu wagen, ohne einen triftigen Grund dafür angeben zu können: „Ich gehe dort und dort hin, um das und das zu machen." Deutschland war wirklich kein Land zum Spazierengehen! Er hatte nicht nur keinen triftigen Grund, er wußte nicht einmal, wo er hinging. Er fragte sich: „Wohin gehe ich eigentlich? Was oder wen werde ich in dieser Straße und unter dieser Adresse vorfinden? Warum traue ich Alfred?" Alfred, der Mann, der ihm die Adresse gegeben hatte, war ein alter Arbeiter im Walzwerk, der Fabrik, in der Enrico bei der Panzerherstellung am Hochofen arbeitete: Enrico arbeitete direkt am Hochofen, während Alfred den Kran bediente, der die Panzerungen der Tiger gleich nach dem Guß hochhob. Wenn niemand sie sah, schenkte Alfred Enrico ein bißchen Brot: „Iß, Heinrich, iß!" Eines Tages, als sie sich im Umkleideraum der Fabrik getroffen hatten, hatte sich Alfred umgeblickt, um sicher zu sein, daß sie allein waren, hatte dann auf sich gezeigt und gesagt: „Ich, Kommunist." Aber außer diesen Worten hatte kein Gespräch zwischen ihnen stattgefunden. Auch die Sache mit der Adresse war so vor sich gegangen. Alfred war kurz neben ihn getreten, hatte ihm einen Zettel in die Hand gedrückt und eine Geste gemacht, die bedeutete: versteck ihn. Es hatte nur einen Augenblick gedauert, dann waren die Männer schon wieder weit entfernt, in der Hitze und im Getöse der Fabrik, einander völlig fremd, Maschinen unter den Maschinen des Walzwerkes.

Er fand das Straßenschild. Die Hausnummer auf dem Zettel gehörte zu einer Bäckerei. Er blickte durch das Schaufenster und sah einen Ladentisch; dort lehnte ein älterer Mann und notierte Zahlen auf der Ecke einer Zeitung. Er trat ein. Der Mann hob den Kopf und blickte ihn an: „Sie wünschen?" Enrico gab ihm den Zettel, und der verkniffene Mund des Mannes entkrampfte sich, kaum merklich wurde ein Lächeln sichtbar. Er nickte wissend und sagte zwei- oder dreimal: „Ja, gut."

Er ging zur Ladentür, öffnete sie, blickte auf die Straße, ob jemand zu sehen war. Dann kam er zurück und sagte: „Komm!" Das Brot duftete so stark, daß Enrico glaubte, ohnmächtig zu werden. Sie gingen durch die Hinterstube und betraten den Lagerraum, ein fensterloses Zimmer, in dem auf Holzregalen die Brotlaibe geschichtet waren. In einer Ecke befand sich ein Waschbecken. Der Deutsche sagte etwas, das der Matrose nicht verstand, vielleicht gar nicht einmal hörte, so versunken war er in die Betrachtung des Brotes. Daraufhin faßte ihn der andere am Arm, schüttelte ihn und machte ein unmißverständliches Zeichen: Er legte den Zeigefinger an den Mund („Pst!"). Dann schaltete er das Licht aus und schloß die Tür von außen zu. Enrico nahm im Dunkeln einen Brotlaib von einem Kilo und verschlang ihn im Handumdrehen. Er nahm einen zweiten und aß ihn ebenso hastig. Er tastete sich zum Waschbecken, hielt den Mund an den Wasserhahn und trank lange. Dann setzte er sich auf den Boden und rülpste. Er nahm einen dritten Brotlaib, drückte ihn mit beiden Händen an seine Brust und biß hinein. Als auch dieser Brotlaib verspeist war, wurde er von einem angenehmen Gefühl der Mattigkeit erfüllt. Er nahm einen vierten Brotlaib, drückte auch ihn an die Brust, knabberte ihn an, biß ihn, küßte ihn. Nicht mehr aus Hunger: sondern aus Liebe. Er liebkoste die rauhe Kruste, preßte den Laib an seine Wangen, netzte ihn mit echten Tränen (vor Freude). Nicht anders hätte Romeo gehandelt, wenn er Julia in seinen Armen gehalten hätte; und Leander Hero, Paolo Francesca, Jaufré Rudel die entfernte Geliebte... Was Enrico für das Brot empfand, war dasselbe Gefühl, das seit Urzeiten die Träume der Dichter, die Melodien der Musiker inspiriert hatte, das die Künstler in tausend Arten und Formen dargestellt hatten. Und so schlief er ein, lächelnd, und hielt die wiedergefundene Geliebte fest an die Brust gedrückt. Glücklich, wie ein Mensch auf dieser Welt nur sein kann.

Cornelio Ridoni, Jahrgang 1914. Ex-Feldwebel der Infanterie, Ex-Faschist, jetzt vor allem an einer Prostata-Hypertrophie leidend. Wir spazieren im Hof der „Casa die Riposo del Cavalier V. Pedrotti", alle zwanzig, dreißig Meter muß er stehenbleiben, sich vor die Umgrenzungsmauer stellen, um, wie er sagt, „Wasser zu lassen". Er streitet ab, Faschist gewesen zu sein und auf irgend jemand geschossen zu haben. Im Krieg sei er – wie er mir erklärt – Fähnrich gewesen und das bedeutete doch „Verantwortlicher für die Fahne". „In welcher Einheit?" „In der Division Ferrara." Ich lasse nicht locker: „Sie waren nie Parteimitglied?" Er seufzt, hüstelt und pißt von neuem (Wie die an und für sich schon rachitischen Blumen am

Rand des Innenhofes der „Casa di Riposo del Cavalier V. Pedrotti" überleben können, bleibt für mich ein unergründliches Geheimnis). Er sagt, naja, das Parteibuch, das haben doch alle gehabt, sonst hätte man keine Arbeit bekommen und nicht Karriere machen können, aber auf andere Italiener schießen, das sei doch ein anderes Paar Schuhe gewesen... Er erzählt, daß Carlo Baraldi, der ihn beschuldigt, ein schmutziger und lasterhafter Mensch sei, mit gewissen sexuellen Neigungen, die schon bei einem Jugendlichen tadelnswert, bei einem alten Menschen jedoch unverzeihlich sind (er masturbiert). „Deshalb ist er mir unerträglich. Weil er ein Dreckschwein ist. Weil er stinkt. Weil er einen ganz schlechten Charakter hat. Auf die besondere Anschuldigung, daß ich für die Deutschen auf meine Landsleute geschossen hätte, kann ich ihm nur antworten, daß auch ich von den Deutschen deportiert und in einem Konzentrationslager bei Dortmund interniert wurde." Er flüstert mir zu: „Hier bei uns ist ein Sizilianer, ein gewisser Cannizzaro Giuseppe aus Militello in der Provinz von Messina, der bestätigen kann, was ich Ihnen gesagt habe. In der Abteilung für Italiener des Stammlagers von Dortmund war ich Barackenführer, und ich erinnere mich an ein Husarenstück dieses Cannizzaro, der für einen Teller Makkaroni über zwei Stacheldrahtzäune kletterte und es schaffte, in den französischen Sektor zu kommen. Die Makkaroni waren übrigens ein Reinfall."

Er schüttelt den Kopf. „Übrigens", fügt er nach dem x-ten Abstecher an die Mauer hinzu, „in diesem Altersheim ißt man um keinen Deut besser als in Dortmund. Haben Sie die Küche gesehen? Sie beschäftigen sich doch mit den Lagern der Vergangenheit, und da ist Ihnen noch nicht aufgefallen, daß Sie sich hier in einem modernen Lager befinden...?" Er sieht sich um, ob uns jemand hören kann, dann sagt oder vielmehr flüstert er: „In der Nacht krabbeln in den Zimmern große, fette Schaben die Wände auf und ab. Und damit wir sie nicht sehen können, stellt man uns zu einer bestimmten Zeit den Strom ab... Die beiden Pedrotti, der alte und der junge, haben auf unsere Kosten Milliarden gescheffelt, hat Ihnen das noch niemand gesagt?"
(„Entschuldigen Sie die Frage, aber welchen Beruf haben Sie denn eigentlich? Ich meine: Für welche Zeitung arbeiten Sie? Leben Sie denn auf dem Mond?") Er geht Wasser lassen und kommt wieder

zurück. „Erst im letzten Jahr hat es einige Vergiftungsfälle gegeben, auf Grund verdorbener Lebensmittel. Und wo bleibt die medizinische Versorgung, sehr verehrter Herr Zeitungsschreiber? Können Sie mir das sagen?“ Nun gestikuliert und schreit er: „Die lassen uns krepieren wie das Vieh: ohne Pflege, das können Sie mir glauben! Die öffentlichen Institutionen, die das Altenheim subventionieren, zahlen für die besten Spezialisten, die sich hier aber noch nie haben blicken lassen, und für Medikamente, die wir niemals bekommen haben! Und Sie, Verehrtester, kommen hierher, um über Krieg und Faschismus zu sprechen: ausgerechnet mit uns!“

(„Hier herrscht Krieg! Hier herrscht der Faschismus!“)

Der Blondschopf mit der Pfeife kommt angerannt. (Er hatte sich einen Augenblick lang entfernt, weil man ihn ans Telefon gerufen hatte.) Er ist mißtrauisch: „Was hat der da Ihnen denn erzählt?“ Er warnt mich: „Seien Sie bloß auf der Hut! Der Mann, mit dem Sie gerade gesprochen haben, ist ein schamloser Lügner! Ein bekannter Verleumder“ und so weiter. Er hakt sich bei mir unter, fragt mich, ob ich schon Gelegenheit hatte, dem König zu begegnen, und ich verneine natürlich. (Ich habe nicht die mindeste Ahnung, wen er mit „König“ meint!) Wir betreten das Gebäude und sehen in der Eingangshalle ein winziges, uraltes Männchen sitzen, dem ein Tick ab und zu den Unterkiefer hinunterklappen läßt. Die Ähnlichkeit mit Vittorio Emanuele III. ist frappant. Wir verbeugen uns. Mein Begleiter stellt mich vor: „Der Journalist Vassalli, von der Gazzetta von O.“

„Kommen Sie und setzen Sie sich an meine Seite“, sagt der König. „Nein, nicht an diese Seite. An die andere. Auf diesem Ohr höre ich leider schlecht. Sie müssen wissen, die Jahre machen auch nicht vor einem König halt...“

„Nun, was wollen Sie von mir wissen?“, drängt er. „Nur zu, zaudern Sie nicht. Heute morgen bin ich bei sehr klarem Verstand. Ich erinnere mich an alles. Beeilen Sie sich.“

„Ihre Majestät“, sagt der Blondschopf mit der Pfeife mit einem Augenzwinkern zu mir, „leidet unter langandauerndem Gedächtnisschwund. Stellen Sie sich vor, er hat uns noch nicht einmal seinen Namen genannt. Fragen Sie ihn doch, wie er heißt! Hin und wieder türmt er aus dem Heim, und die Carabinieri bringen ihn uns dann wieder zurück, weil er keine Papiere bei sich hat. Weiß der Himmel, wo er hin will! Heute scheint er aber in Form zu sein, darum würde ich sagen, daß wir seinem Vorschlag folgen. Fragen Sie ihn nach Namen, Alter, Wohnsitz." Er beugt sich zu mir und flüstert mir ins Ohr: „Hier ist er unter Name unbekannt registriert. Er ist seit zwei Jahren hier und leidet unter Amnesie."

Ich betrachte den winzigen, uralten Mann. „Sie wissen natürlich", sage ich zu ihm, „daß Sie der Doppelgänger von jemand anderem sind, von einem König, der vor vierzig Jahren gestorben ist."

„L'era chiel ël sosia", antwortet der König in piemontesischem Dialekt. „Der Doppelgänger, das war der andere, der in Ägypten an meiner Stelle gestorben ist. Ich", sagt das Männlein und richtet sich dabei mit stolzer Haltung auf, „ich habe mein Land nie verlassen!"

„Wenn Vittorio Emanuele III. noch lebte", sagte ich, „dann müßte er über hundert Jahre alt sein!"

Der König nickt und bestätigt mir: „Ich wurde im Jahr 1869 in Neapel geboren, so daß ich also, wenn wir jetzt im Jahr, im Jahr... In welchem Jahr sind wir?"

„Im Jahr neunzehnhundertsechsundachtzig."

„Das haben wir gleich", sagt er. „Sechsundachtzig und einunddreißig, das macht genau hundertachtzehn. Ich bin genau hundertachtzehn Jahre alt."

Der Blondschopf hält sich vor lauter Lachen den Bauch. Ich bleibe ernst und frage den König: „Und Ihre Majestät, Königin Elena? Ist die Königin noch am Leben?"

„Das wäre ja noch schöner, wenn die Königin nicht mehr leben würde", sagt der König und blickt mich dabei streng an. „Was kommt Ihnen denn in den Sinn, junger Mann?" Er schweigt einen Augenblick, dann murmelt er: „Die Königin ist bei guter Gesundheit, und ich versuche, sie hin und wieder an ihrem geheimen Aufenthaltsort zu besuchen. Aber die perfiden Cousins Aosta haben überall ihre Agenten postiert und fangen mich immer ab, was soll man da nur machen... Sie bringen mich in dieses Heim zurück, das in Wirklichkeit ein Gefängnis ist. Sie haben ja die Räumlichkeiten gesehen, und es wird Ihnen schon aufgefallen sein... Was sagen Sie?" (Die letzte Frage ist an den Blondschopf gerichtet, der versucht, ihn zum Schweigen zu bringen.) „Seien Sie nicht unverschämt, junger Mann! Wollen Sie nun endlich aufhören, mich zu unterbrechen?"

„Wer sind Sie denn, daß Sie glauben, dem König Befehle erteilen zu können?"

Und dann der Knalleffekt. Während der Blondschopf mit der Pfeife in der Vorhalle des Altenheimes mit dem König streitet, geht plötzlich die Eingangstür auf, und ein Mann tritt ein (mein Vater!), elegant gekleidet, braungebrannt, in Begleitung einer um vieles jüngeren, etwa vierzigjährigen Frau (einer Witwe?). Glücklicherweise bemerkt er mich nicht, aber ich vergesse schlagartig die „Gazzetta von O.", den König und den Blondschopf mit der Pfeife. Es ist also dem infamen Urheber meiner Tage gelungen, das Altersheim in eine Art Hotel umzufunktionieren, wo er nach Belieben ein und aus geht und wie eh und je seine Witwen-Geschäfte betreibt. Er ist wieder auf freiem Fuß!

Dortmund, April 1944

Jeden Tag kamen die Franzosen an den inneren Stacheldrahtzaun des Lagers, und während sie sich die Beine vertraten, spielten sie den Italienern eine Komödie vor: die Komödie der Satten, die vor lauter Langeweile nicht mehr wissen, was sie tun sollen: sie stocherten in den Zähnen herum, machten Gymnastik, hopsten herum, kickten Konservendosen oder spielten Ball. Sie redeten mit den Italienern, so wie gewisse Erwachsene mit Kindern reden, und hielten sie über den Fortgang des Krieges auf dem laufenden, der mittlerweile, wie sie sagten, so gut wie zu Ende sei: „C'est une question de semaines...zwei Wochen noch, höchstens drei. Die amerikanischen Fallschirmjäger sind bereits in Mailand, habt ihr das nicht gewußt? Mailand ist frei. Pas un boche (kein einziger Deutscher mehr). General De Gaulle ist bereits in Lyon eingetroffen und marschiert auf Paris zu. Eindrucksvolle Landungen der Alliierten in Venedig, Genua und Triest. Mais oui, mais oui, c'est bien sûr...Das wissen doch alle, lebt ihr denn auf dem Mond? Les boches, la guerre...c'est fini! Aus, vorbei! Habt ihr denn keine Informationen in eurem Lager? Hört ihr nicht Radio Algier?"

„Wir haben Hunger", sagten die Italiener.

Als sie das hörten, sahen die Franzosen sich an, als fragten sie sich: Ja sind die verrückt? Und dann blickten sie die Italiener an und bedauerten sie: „N'est pas possible... Im zwanzigsten Jahrhundert Hunger leiden! Mitten in der Zivilisation." Sie erteilten gute Ratschläge: „Ihr müßtet euch organisieren, so wie wir das tun. Wir bekommen dreierlei Pakete: von unseren Familien, vom Croix Rouge (Roten Kreuz) und von Pétain. Bekommt ihr denn keine Pakete von Mussolini?"

„Nein", antworteten die Italiener. „Wir krepieren hier vor Hunger, wir bekommen nichts, von niemandem!"

„Mais c'est terrible!" äußerten die Franzosen ganz verblüfft. „C'est inouï!" (Das ist ja schrecklich, ganz unglaublich!) „Von den Paketen, die uns Pétain schickt, wiegt jedes fünf Kilogramm, und die kommen jede Woche. Da ist alles drin: Schokolade, Marmelade, Thunfisch, Sardinen, Kaffee, Nudeln. Auch Makkaroni." Und sie zeigten mit den Händen, wie groß sie waren: „Macaronis de cette façon." (Makkaroni aus Italien – soooo große!)

„Falls ich es schaffe, über den Drahtzaun zu klettern", fragten ein paar Italiener, „gebt ihr mir dann etwas zu essen?"

„Mais c'est bien sûr!" (Na klar, das versteht sich doch von selbst!) „Wir sind doch Verbündete, nicht wahr? Früher waren wir Feinde, aber jetzt sind wir Verbündete", sagten die Franzosen.

Zwischen der Abteilung der Italiener und jener der Franzosen lag ein ungefähr zwanzig Meter breiter und dreihundert Meter langer Streifen Niemandsland; an den beiden Enden standen die Wachtürme. Um von einer Abteilung zur anderen zu gelangen, mußte man einen Drahtzaun überklettern. Der Feldwebel Ridoni war für eine Baracke in der italienischen Abteilung des Stammlagers

Dortmund verantwortlich. Er versammelte die Soldaten um sich und erklärte ihnen: „Leute, macht bloß keine Dummheiten! Diese Franzosen, die euch da draußen verscheißern wollen, legen es nur darauf an, daß euch die Deutschen eine Ladung Schrot auf den Pelz brennen. Die essen die gleiche Lagersuppe wie ihr. Ihr einziges Privileg ist, daß sie alle vierzehn Tage ein Paket vom Internationalen Roten Kreuz erhalten und ihr nicht."

„Und die Pakete von Pétain?" fragte herausfordernd ein Artillerist aus Treviso, ein gewisser Antonello Magagnini.

„Die gibt es doch gar nicht, die Pakete von Pétain", antwortete Ridoni; aber er wußte genau, daß viele ihm nicht glauben würden. „Für mich steht nur fest: die machen sich einen Heidenspaß daraus, euch auf die Schippe zu nehmen, und das kann mit der Zeit gefährlich werden. Der italienische Lagerkommandant", fügte er hinzu, „hat den französischen Lagerkommandanten ersucht, mit dieser Paketgeschichte Schluß zu machen. Darauf hat man ihm gesagt, das sei ja nichts Schlimmes, die Jungs haben doch nur ihren Spaß (les gars s'amusent). Die Italiener haben den Franzosen im Juni 1940 den heimtückischen Dolchstoß in den Rücken versetzt (‚coup de poignard dans les dos'), und da ist ja ein gewisser Groll ihrerseits ganz verständlich." „Ich habe euch gewarnt", schloß Ridoni.

„Ich habe sie mit meinen Augen gesehen, die Pakete!" schrie der Artillerist Magagnini. Und der Soldat Cannizzaro, außer sich vor Wut: „Warum setzt ihr Komiker euch nicht für unsere Rechte ein, so wie das die Franzosen tun!"

„Auch uns stehen diese Pakete zu!"

„Das Rote Kreuz schickt ihnen dieses wundervolle Insektenpulver Lapoudre, aber wir sind voller Läuse!"

„Es ist eure Schuld, daß wir hungern!"

„Glaubt doch, was ihr wollt", sagte der Feldwebel Ridoni. „Ihr seid schließlich keine kleinen Kinder mehr. Seht selbst, wie ihr zurechtkommt. Ich habe meine Pflicht getan."

Am Mittwoch, dem 26. April, gegen drei Uhr nachmittags, nach einem mehrstündigen Appell, überkletterte der Soldat Cannizzaro Giuseppe aus Militello (Provinz Messina) unglaublich behende den Drahtzaun des Lagers und schaffte es, angefeuert von den Franzosen, die laut „Vas-y, Macaroni! Vas-y, Macaroni!" skandierten, den zweiten Drahtzaun zu erreichen und zu überklettern. Und dabei bekam er nur eine einzige Kugel aus einer automatischen Mauser in die linke Schulter ab! Ins französische Lazarett eingeliefert, erhielt er noch am selben Abend ein „Pétain-Paket", das man speziell für ihn zusammengestellt hatte: Es enthielt Marmelade, Thunfisch, Zigaretten, Brot, Nudeln (Makkaroni).

Als er im Winter 1958 sein erstes Auto kaufte, war Schimmelkäs-Angelo nunmehr 19 Jahre alt und ein untersetzter, fetter, stark behaarter Bursche: ein ausgebuffter Kerl, der nach Meinung derer, die ihn kannten, bereits bestens in der Lage war, seinen Vater in der Leitung des Familienunternehmens abzulösen („Dieser Angelo hat einen Riecher für Geschäfte! Der verkauft auch Öfen in der Wüste und Kühlschränke am Nordpol!" und so weiter). Fernanda hingegen war eine Schönheit: mit einem ihr eigenen, unnachahmlichen Rhythmus, der sich in jeder Geste und jeder Bewegung ausdrückte und einem seltsamen Flimmern auf dem Grund ihrer Augen. Sie war wie ein sommerlicher Morgen. Hin und wieder nahm sie der

Schimmelkäs-Angelo in die Arme, flüsterte ihr feurige Worte ins Ohr, die er völlig ernst meinen mußte, und sie mußte daraufhin so laut lachen, daß alle sie hören konnten, im „Genio con Locanda" und in der Umgebung. Sie sagte dann zu ihm: „Du hast sie wohl nicht alle!" Oder: „Du bist wirklich ein Dummkopf!" Er reagierte völlig verblüfft und starrte sie mit offenem Mund an. Ein Dummkopf, wie er im Buche steht.

Das Auto des Gorgonzola war ein „Fiat 1400" mit Metallic-Lack, echten Ledersitzen, einem Armaturenbrett aus Bruyèreholz und Weißwandreifen. An dem Tag, an dem die beiden das Auto einweihten, platzte die Verlobung. Das geschah folgendermaßen: Er tauchte wie üblich am Sonntagnachmittag gegen zwei Uhr auf, und wir alle aus dem „Genio con Locanda" gingen auf den Platz vor dem Haus, um das Auto zu bewundern und unsere sachkundigen Bemerkungen loszuwerden: „Es ist aerodynamisch", „Wirklich sehr geräumig", „Die Innenausführung kann sich sehen lassen" und so weiter. Dann fuhren die beiden Verlobten weg. Es wurde Zeit für das Abendessen, und so sehr wir auch auf sie warteten, sie kamen nicht. Die Pendeluhr im Speisesaal hatte bereits acht Uhr geschlagen, dann neun, dann Viertel vor zehn, dann zehn, und noch immer war weit und breit nichts von ihnen zu sehen. Signora Rosa war völlig aus dem Häuschen und sagte ständig: „Francesco, wenn sie nun einen Unfall gehabt haben?" Ihr Mann schnitt ihr das Wort ab: „Willst du wohl still sein? Hör auf damit!" Aber auch er blickte dauernd auf die Uhr, stand auf, ging in die Küche, kam wieder zurück und fand einfach keine Ruhe.

Um Viertel vor elf hörte man endlich das Geräusch eines Autos, das den Abhang herunterkam, und Signor Francesco und Signora Rosa stürzten hinaus, auf den Platz vor dem Haus. „Was ist denn passiert?" fragten sie. „Warum kommt ihr erst jetzt zurück?" „Ich bringe euch eure Heilige zurück", sagte der Gorgonzola. „Die könnt Ihr behalten." Er zitterte am ganzen Körper und war außer sich. Auch Fernanda war völlig verstört. Ihre Haare waren zerzaust, sie war rot im Gesicht und ihr Kleid zerknittert. „Geh doch zu deinen Nutten nach B.", sagte sie zum Gorgonzola. „Dreckschwein! Mit denen kannst du von mir aus machen, was du mit mir machen wolltest!" Sie drehte sich zum Publikum, das heißt, zu uns, die sie entsetzt anstarrten, und zeigte auf Angelo: „Dem armen

Schätzchen geht das Freudenhaus so ab! Man hat es ihm zugesperrt, und jetzt weiß er nicht mehr, wie er sich abreagieren soll!"

Es war in der Tat so, daß gerade zu jener Zeit in Italien die sogenannten „Freudenhäuser" eines nach dem anderen zumachten: Schimmelkäs-Angelo war jedoch trotz seines geringen Alters ein treuer Besucher dieser Institution gewesen. „Darf man erfahren, worauf du hier wartest?" schrie ihn Fernanda noch einmal an. „Verschwinde nach B., zu deinen Nutten!"

„Wer hat dir gesagt, daß ich ins Freudenhaus gehe", schäumte Angelo, „Wie kannst du das behaupten?" Er brüllte: „Das sind üble Verleumdungen! Das ist alles gelogen!"

„Das weiß doch das ganze Tal, daß du dort Stammgast warst", sagte Fernanda und ging daraufhin ins „Genio", aber zuvor drehte sie sich noch um und verpaßte dem Gorgonzola die letzte Ohrfeige. Sie schrie ihn an: „Das ist mir völlig egal, ob du ins Puff gehst oder nicht. Mir ekelt vor dir und damit basta!"

Angelo stieg ins Auto und verschwand in der Dunkelheit.

In dieser Nacht wälzten sich Signor Francesco und Signora Rosa endlos im Bett hin und her und sprachen bis zum Morgengrauen: über das, was vorgefallen war, über Fernanda, über Angelo, der sich als wahrer Wüstling entpuppt hatte, über die Zukunft ohne Gorgonzola.

„Besser so!" sagte Signora Rosa. „Es wäre schlimmer gewesen, wenn sie erst geheiratet und sich dann getrennt hätten, meinst du nicht auch?" Und Signor Francesco fügte hinzu: „Dieses Schwein! Er machte durchaus den Eindruck eines anständigen Jungen, und jetzt das...!"

„Man kann niemandem mehr trauen auf dieser Welt. In was für einer Zeit leben wir bloß!"

„Wir müssen an Fernandas Zukunft denken", meinte dann Signor Francesco. „Wenn sie nicht heiratet, was soll sie dann tun? Soll sie ihr ganzes Leben lang Schuhe in Kartons packen wie jetzt in dieser Fabrik? Verpackerin ist doch wirklich kein Beruf!"

Sie seufzte und sagte: „Sie könnte nach Mailand gehen, zu meiner Schwester, und Schneiderin werden." Sie wälzte sich im Bett hin und her. „Aber warten wir noch ein wenig", fügte sie hinzu. „Geben wir ihr Zeit; sie ist noch so jung!"

„Ach was, jung", erwiderte er. „Wenn sie einen Beruf lernen

will, ist es besser, wenn sie keine Zeit verliert. Die Welt wartet nicht auf sie, Rosa!“

Am nächsten Morgen, als Signora Rosa ihrem Mann den Kaffee brachte, flüsterte sie Fernanda etwas zu, worauf diese so laut und herzhaft auflachte, daß alle Anwesenden zu ihr hinblickten. Sie fragte: „Was, mit dem?“

Mir gegenüber verhielt sich Fernanda jetzt ganz anders, nach der Sache mit der Bewerbung. Sie nannte mich scherzhaft „Professor“, setzte sich neben mich, wenn im Fernsehen die etwas dämlichen Sendungen zur Massenalphabetisierung liefen, welche die Italiener von damals in Entzücken versetzten. Von Sizilien bis Friaul, von Ligurien bis Apulien strömten unaufhörlich neue Kandidaten herbei, und der kleine Mann mit dem blonden Haarschopf (immer noch derselbe!) befragte sie: „Wer plante die Kolonnaden des Petersplatzes in Rom?“ „Wer waren die neun Musen?“ „Wer sagte: O tempora, o mores?“ Ich antwortete: „Bernini!“ „Töchter des Zeus und der Mnemosyne, Göttinnen der Künste und der Wissenschaften! Klio: Geschichte! Euterpe: Musik! Thalia: Komödie! Melpomene: Tragödie! Terpsichore: Tanz! Erato: Liebeslyrik! Polyhymnia: Redekunst! Kalliope: Epos! Urania: Astronomie!“ „Cicero!“ Und so weiter. Sobald wir nebeneinander saßen, nahm Fernanda meine Hand, verschränkte ihre Finger mit den meinen und blieb so sitzen. Ich wagte nicht, mich zu rühren. (War das denn wirklich wahr? War das wirklich meine Hand?) Ich hielt den Atem an, aus Angst, dieser Zauber würde sich in Luft auflösen. Gerade in diesem Moment hatte das Männchen mit dem Haarschopf einen der Kandidaten gefragt, wie die Hauptstadt von Tibet hieße, und ich brachte kein Wort heraus, obwohl ich die Antwort gewußt hätte. Ich saß da, Hand in Hand mit Fernanda, völlig weggetreten und glücklich. Der Kandidat brummte irgend etwas, versuchte, ein Wort zusammenzustottern, und das Männchen mit dem Haarschopf schrie: „Schade!“, wie er es immer machte, wenn die Antwort falsch war. Wenn die Antwort richtig gewesen wäre, hätte er gerufen: „Spitze!“ (Er rief immer „Spitze!“ oder „Schade!“) „Was für eine schwierige Frage“, dachte Signor Francesco laut nach. „Nicht einmal Sebastiano hat die Antwort gewußt!“

Der Winter ging vorbei, und der Frühling kam. Der Frühling des Jahres 1959, der mir als der schönste meines ganzen Lebens im Gedächtnis geblieben ist. Ich war damals achtzehn oder, besser gesagt, siebzehneinhalb Jahre alt (ich habe im Herbst Geburtstag) und ließ mich vom langsamen Farbwechsel der Pappelblätter und dem silbernen Glänzen der Weiden verzaubern, von der Symphonie des Lebens, die sich tausendstimmig und mächtig aus dem breiten Kiesbett des Flusses erhob: mit dem Gesang der Vögel, die dort jedes Jahr ihre Nester bauten, dem Liebeswerben der vielen Tiere: Eisvögel, Wiesel, Steinmarder, Füchse, Möwen, Geier... Dem Hochschnellen der Fische, die flußaufwärts strebten, zur Quelle des Flusses und des Lebens. Dem Rauschen des Flusses, seinem Tosen, seiner Stimme. Ich stand reglos da, mit dem Sieb in der Hand, und Onkel Alvaro sagte zu mir: „Schau dich ein bißchen um, Sebastiano. Nimm den Bus, fahr nach N."

(„Heute müßte Markttag sein...")

In der „Osteria del Genio con Locanda" bereitete man Fernandas Abreise vor, und Signor Francesco und Signora Rosa waren todunglücklich. Sie trocknete sich die Tränen mit der Schürze ab, wenn niemand sie dabei sehen konnte, und putzte sich die Nase; er lief alle paar Minuten an die Theke, goß sich ein Gläschen Marsala ein und kippte es in einem Zug und mit geschlossenen Augen hinunter. In der Nacht drehten und wälzten sie sich in den Betten, seufzten, husteten und sprachen miteinander: „Rosa." „Ja, Francesco, was ist denn?" „Glaubst du wirklich, daß Fernanda es bei deiner Schwester in Mailand gut haben wird?" „Aber sicher. Sonst würde ich sie doch nicht hinschicken." Nach kurzem Schweigen fing er wieder an: „Es ist schrecklich, nur eine einzige Tochter zu haben und sich von ihr trennen zu müssen. Wenn ich nur deine Seelenstärke hätte..."

„Sieh mal an!" antwortete sie, leicht eingeschnappt. „Ja, ja, mir ist ja das alles egal. Nur der Vater macht sich Sorgen um seine Tochter!"

Manchmal ging das stundenlang so, mit Fragen und Überlegen. Sie jammerten: „Wenn dieser Angelo nur nicht so ein Miststück gewesen wäre!" „Wenn die Geschäfte im „Genio" nur ein bißchen besser gehen würden, um eine gewisse Sicherheit für die Zukunft zu haben!"

„Wenn Fernanda nur hierbleiben könnte!" Wenn, wenn, wenn...

Anfang März erschienen am Fluß Typen, die man niemals zuvor gesehen hatte; sie schienen aus dem Nichts aufgetaucht zu sein, mit ihren Plastikhelmen und orangeroten Overalls, die ihnen das Aussehen außerirdischer Wesen aus Science-fiction-Filmen verliehen und ihnen am Fluß, nachdem man sich vom ersten Schreck erholt hatte, den Namen „Marsmenschen" einbrachte. Sie kamen im Morgengrauen mit Jeeps; sie schlugen überall Pflöcke ein und stellten dann irgendwelche Messungen an, wobei sie durch gewisse, auf einem Drehbein montierte Röhren blickten. Sie beschmierten

Steine und sogar Bäume mit Lackfarbe und schrieben Buchstaben und Ziffern darauf, zeichneten Pfeile, deren Bedeutung nur sie allein verstanden. Sie waren die Erzengel des Fortschrittes, Ankünder und Vorläufer jener zweiten Modernisierung im Tal, welche die „Osteria del Genio con Locanda" hinwegfegen und die Leute vom Fluß in alle Winde zerstreuen sollte. Aber von dem hatten wir damals keine Ahnung. Manchmal kamen sie in die Osteria und unterhielten sich mit uns. Sie betrachteten uns neugierig und auch ein wenig verblüfft, so als wären sie auf einen Stamm von Wilden gestoßen. („Die sammeln Steine! Die suchen nach Gold! In Europa, im zwanzigsten Jahrhundert!") Und dann erzählten sie uns von Dämmen, Trockenlegungsmaßnahmen und zeichneten uns ein apokalyptisches Bild: der Fluß kilometerlang kanalisiert, die Höhenunterschiede entlang der gesamten Fließstrecke durch ein System beweglicher Schleusen ausgeglichen, die man öffnen und schließen könne wie Wasserhähne im Badezimmer; Kraftwerke und Autobahnbrücken, die das Tal überspannten. Wir hörten ihnen ganz bestürzt zu, gleichzeitig aber wieder beruhigt, wenn wir uns vorstellten, wie großartig dieses Projekt war: viel zu gigantisch und zu teuer – so dachten wir –, um Wirklichkeit zu werden. (Ach was... Wer hätte schon ein Interesse daran haben können, diesen verschlafenen Winkel umzukrempeln. Schon seit Jahrtausenden war unser Fluß mehr oder weniger so gewesen, wie wir ihn kannten, und sicherlich konnten ihn diese außerirdischen Invasoren nicht verändern, wer auch immer sie geschickt haben mochte.) Wir luden sie ein, etwas mit uns zu trinken; wir lachten über sie. Wenn sie weg waren, sagten wir: „Wer weiß, was da wohl dahintersteckt, hinter dieser Geschichte!" Wir ergingen uns in Vermutungen. Signor Francesco, das weiß ich noch ganz genau, war davon überzeugt, daß die „Marsmenschen" in Wahrheit noch Erdöl suchten; Onkel Alvaro wiederum sagte voraus, daß man sie nur bis zu den nächsten Wahlen hier sehen würde und sie dann, so plötzlich, wie sie aufgetaucht waren, wieder verschwinden würden; und zwar ohne Vorankündigung. Er war überzeugt: „Für mich steckt da die Politik dahinter!"

Der Tag der Abreise Fernandas war gekommen, ein Sonntag im Mai. Ich erinnere mich, daß einige entfernte Verwandte von Signor Francesco kamen, um sie abzuholen und sie mit dem Auto (einem „Fiat 600") zum Bahnhof nach O. zu bringen. Signora Rosa weinte herzzerreißend. Signor Francesco lief ständig zur Theke, um sich ein Gläschen Marsala nach dem anderen einzugießen, bis die Flasche leer war und er schwankte und gegen Sessel und Wände stieß. Alle Leute vom Fluß waren anwesend an jenem denkwürdigen Tag im „Genio": die Schiffer mit ihren Ehefrauen, der Jagdaufseher Pariani, der Tierarzt Schirinzi. Sogar der fahrende Händler Francesco („Cico") Trombetti, der dem Tal die Errungenschaft des Dampfkochtopfes gebracht hatte, sowie der Taubstumme mit dem Spitznamen „Schüssel", ein armer Schlucker aus B., der einmal im Monat an den Fluß kam, um den Schiffern die Haare zu schneiden. Er ließ sie alle in einer Reihe am Flußufer hinsetzen und arbeitete sich von einem zum anderen weiter, in einer Hand eine Haarschneidemaschine, in der anderen eine Schüssel. (Daher, so glaube ich, sein Spitzname.) Fernanda legte eine Fröhlichkeit an den Tag, die ich ihr nicht ganz abnahm, und ließ oft ein schrilles Lachen ertönen, wenn sie bei uns war. Sie umarmte und küßte alle. Als sie zu mir kam, sagte sie nur: „Ciao, Dummkopf" und ging weiter. Sie lachte nicht. Ich fühlte, wie ich von den Zehenspitzen bis zu den Haarwurzeln errötete. Ich antwortete (so glaube ich zumindest): „Ciao, Fernanda."

(Seit damals sind so viele Jahre vergangen, und trotzdem ist dieses Wort „Dummkopf" eine wunde Stelle in meiner Erinnerung, die schmerzt. Wieviele schöne Situationen hatte ich mir ausgemalt, mit Fernanda, in denen ich alles andere war als ein Dummkopf! Wieviele Fortsetzungsromane – von der Art derer, die wir im Fernsehen sahen – hatte ich nicht bereits mit ihr in meiner Phantasie erlebt: verwegene Abenteuer, kühne Liebesgeschichten, tollkühne Fluchten, exotische Idyllen...alles Träume! In jenem Augenblick stürzten meine Träume unwiderruflich und mit einem Schlag wie ein Kartenhaus in sich zusammen. Sie lösten sich völlig in Luft auf. Ich wurde erwachsen, für immer.)

Der Frühling ging zu Ende. In der „Osteria del Genio con Locanda" langte ein Brief des Infamen an, der mir befahl, mich „unverzüglich" in seiner neuen Unterkunft in der Via Solferino einzufinden; sollte ich seinen Anordnungen nicht Folge leisten, drohte er, Onkel Alvaro und den Eigentümer des „Genio" wegen „Entführung eines Minderjährigen", „Ausbeutung" und so weiter anzuzeigen. Ich fuhr also hin. Mein Vater war abgemagert und, falls das überhaupt möglich war, noch schwerhöriger als das letzte Mal, da ich ihn gesehen hatte; nach einigen vergeblichen Versuchen verzichtete ich endgültig darauf, mit ihm zu reden. Er bewohnte eine Art Dachkämmerchen, fünf mal drei Meter; die Einrichtung bestand aus einem metallenen Bettgestell und einer Matratze, einem Pappkoffer und zwei durchgesessenen Stühlen. Er war erst vor kurzem aus der Schweiz zurückgekehrt, wo ihn eine dreckige Nutte, eine wahre Circe – wie er erzählte – drei ganze Jahre lang bis aufs Blut ausgesaugt und ihm seine ganze Energie geraubt hatte, indem sie mit allen möglichen Zaubereien versucht hatte, ihn an sich zu binden. Es grenzte an ein Wunder – beteuerte er – daß es ihm schließlich doch gelungen war, sich von ihr zu lösen, allerdings hatte es dazu seiner ganzen Willenskraft und seines ganzen Stolzes bedurft... Er hob mahnend den Zeigefinger. „Ich hoffe", warf er ein, „daß dir bewußt ist, was ich alles für dich tue: all die Opfer, die ich auf mich nehme, und die Gefahren, denen ich mich zu deinem Wohl aussetze!" Ich hatte natürlich nichts darauf zu erwidern, und er erklärte mir, daß er die Circe nur meinetwegen ertragen hätte: „Ich wollte, daß du eine Mutter hast! Mein armer Junge, du hast ja nie eine Mutter gekannt, die dich liebte und für dich sorgte!" Ich gab ihm durch ein Zeichen zu verstehen, daß er ja recht hätte, daß ich das unstillbare Verlangen empfände, wenigstens einmal in meinem Leben eine richtige Mutter zu haben, aber da kam dem Infamen ganz plötzlich die Frau in den Sinn, der diese Rolle zugedacht gewesen war, und er bekam einen so heftigen Wutanfall, daß er brüllte: „Schlampe! Verfickte Hure! Dreckige, ekelhafte Nutte!" Dabei spuckte er auf den Boden, trat nach hinten aus, wie die Hunde, wenn sie ihre Exkremente bedecken oder die Markierung eines Rivalen entfernen wollen. Er rollte die Augen und zitterte so stark, daß ich einen Moment lang hoffte, er würde zerplatzen; aber leider erfüllte sich mein Wunsch nicht. Der Infame ist stark wie ein Rhinozeros und, was das Zerplatzen angeht, wird ihm das wohl in alle Ewigkeit nicht passieren. Ich mußte ihm jedoch auf dem Spirituskocher, der noch im Koffer eingepackt war, Kamillentee kochen, und nachdem er ihn getrunken hatte, beruhigte er sich wieder: „Gehen wir ein wenig spazieren, Sebastiano!" Während wir die Treppen hinuntergingen, erklärte er mir, daß wir zum „Freizeittreff der Straßenkehrer" gingen. Es war ihm gelungen, mich dort unterzubringen, und ich sollte noch am selben Abend mit der Arbeit beginnen. „Die Arbeit ist nicht besonders anstrengend, eigentlich mehr ein Zeitvertreib!" Er fügte hinzu: „Du mußt die Räume saubermachen, jeden Tag, einschließlich Samstag und Sonntag, die

Bocciabahn glätten, die Besorgungen für die Bar erledigen, und, wenn du gerade nichts zu tun hast, dem Mann hinter dem Tresen zur Hand gehen und die Gäste bedienen. Es wird dir gefallen, du wirst schon sehen!" Als wir durch die Via Brera gingen, teilte er mir dann mit, daß ich als Gegenleistung für diese kleinen Dienstleistungen das Recht hätte, gratis in den Räumen des „Freizeittreffs" zu übernachten und daß mir „ein gutes, reichliches Essen" (einmal am Tag) zustünde, in einer Kantine in der näheren Umgebung. Aber wie sah es mit der Bezahlung aus? Der Infame mußte meine Gedanken gelesen haben, denn er blieb unvermittelt stehen, genau vor der „Cariplo" (Sparkasse der Region Lombardei), und sagte, vielmehr brüllte: „Das Geld schlag dir aus dem Kopf. In deinem Alter, das ist erwiesen, ist Geld äußerst schädlich!" (Wie immer, drehten sich die Passanten nach uns um, auf beiden Seiten der Straße.) Er schrie: „Darum kümmere ich mich schon, Sebastiano, ich werde deinen Lohn für dich in Empfang nehmen!" „Ich lege für dich ein Sparbuch an, auf deinen Namen, hier, bei der Cariplo!" (Ich habe niemals ein solches Sparbuch zu Gesicht bekommen. Er hat sich mein Geld unter den Nagel gerissen und basta.)

„Geld, das ist Teufelsmist!"

Auf der Piazza Scala blieb der Infame stehen und deutete auf das Rathaus. „Es war ganz einfach", schrie er. Er meinte natürlich meine Anstellung im „Freizeittreff der Straßenkehrer". „Ich bin zum Commendatore Soundso gegangen (Vor- und Zuname tönten bis zu den höchsten Fialen des Domes empor), der jetzt so tut, als sei er Christdemokrat, und habe zu ihm gesagt: Verehrter Commendatore, entweder tust du mir auf der Stelle den Gefallen und besorgst meinem Sohn eine Arbeit, oder ich gehe mit den Dokumenten, die dir ja bestens bekannt sind, an die Öffentlichkeit und enthülle der ganzen Welt die Schweinereien, die du im Untergeschoß des Hauses Balilla begangen hast. Wer den Lehrer Soundso umgebracht hat..." Passanten waren stehengeblieben, und ein Stadtpolizist schielte zu uns herüber, bereit, jederzeit einzugreifen, aber der infame Urheber meiner Tage ließ sich nicht im geringsten stören.

Er brüllte: „Du hättest ihn sehen sollen, Sebastiano! Er hat am ganzen Körper gezittert und gestottert. Aber dann hat er zum Telefonhörer gegriffen und von einem Augenblick zum anderen warst du im Freizeittreff der Straßenkehrer angestellt. Dieser Herr hat sein Fett weg, und wie!"

„Weg hier. Geht weiter!" forderte uns der Stadtpolizist auf.

Als wir den Domplatz überquerten, der wie immer von ausländischen Touristen und Tauben überfüllt war, brüllte der Infame plötzlich: „Ich pfeife darauf, jawohl, mein Herr!" Er blieb genau vor einer Gruppe Japaner stehen, die uns fotografierten und filmten, mit dem Dom als Hintergrund, schlug sich auf die Schenkel und trat nach hinten aus (wie das Hunde tun und so weiter). Er brüllte ihnen zu: „Ich scher mich einen Dreck darum! Ich scheiße auf die Politik und jene, die sie machen! Die sollen nur aufpassen! Die sollen ja nicht versuchen, mich übers Ohr zu hauen, Sebastiano! Ich weiß alles über sie!" Er brüllte wie ein Besessener, rieb sich ständig mit beiden Händen hinten und vorne, während die Tauben aufflogen und sich auf uns niederließen, und die Touristen mit den Fotoapparaten und Filmkameras angelaufen kamen. Er schrie ihnen zu: „Christdemokraten! Sozialisten! Sozialdemokraten! Kommunisten!" (Unter den Leuten, die alles filmten, waren auch ein paar Deutsche, die ständig „Gut! Gut!" murmelten.) „Wir kommen alle aus dem gleichen Stall!" „Wir hatten alle die gleiche Kleidung, das Hemd des Duce!" Er fuchtelte mit den Armen herum, bedeckt von Tauben, und von allen Seiten bedrängt von Japanern und Deutschen und auch von Amerikanern, die jetzt von der anderen Seite der Piazza kamen; da war ein Fremdenführer, der irgendeine Reisegruppe aus Alabama oder Carolina zu uns dirigierte: „*Come! Come!*" „Ich könnte Bürgermeister von Mailand sein!" schrie das Scheusal den Tauben zu, die sich zu Dutzenden um einen Platz auf seinem Kopf oder seinen Schultern zankten. Dann schlug er sich auf die Brust und die Tauben flogen auf, alle auf einmal, kamen aber sofort wieder zurück und ließen sich auf ihm nieder. Er brüllte ihnen zu: „Nein, mein Herr!" „Ich habe nicht gewollt, Sebastiano! Denn ich bin eben so: Integer! Grundehrlich! Unbestechlich! Ich habe aus der Situation keinen Profit geschlagen, wie diese Leute, die Politik machen. Diese ekelhafte Bande!" Er spuckte, teilte Fußtritte nach hinten aus (wie die Hunde und so weiter), und die verdutzten Amerikaner sagten: „*Wonderful, extraordinary, fantastic!*" Einer von ihnen trat zu mir und steckte mir eine Zehntausend-Lire-Note zu. Ich stammelte: „Gehen Sie!" „*Please, please*", dieser Mistkerl ließ sich nicht abweisen. „*Do you repeat?*" Als ob wir bisher nicht schon genug geboten hätten! Er wollte alles noch einmal sehen, von Anfang an, dieser Scheißkerl, und obwohl ich den Kopf schüttelte und ihm zu verstehen gab: verschwinde, das ist unmöglich, hau ab, zog er weiter seine miesen Zehntausend-Lire-Scheine hervor, stopfte sie mir in die Hand und in die Taschen: „*Please. Play again. We have to pay.*" (Wir zahlen.)

„Wenn ich nur gewollt hätte, würde ganz Mailand mir zu Füßen liegen!" schrie das Monster; mittlerweile war er über und über von Tauben bedeckt. „Und nicht nur Mailand: ganz Italien! Die ganze Welt!"

Ich hatte Onkel Alvaro im Krankenhaus von O. besucht, noch bevor ihn die Ärzte in ein anderes, „besser ausgestattetes" Krankenhaus überwiesen (das war ihre Ausrede, um ihn sich vom Leib zu schaffen); natürlich, um ihn dort sterben zu lassen. Das Krankenhaus von O. ist ziemlich klein und hat einen großen Park. Wir gingen spazieren. Onkel Alvaro war abgemagert, seine Haut war geradezu aschgrau geworden; beim Gehen stützte er sich auf meinen Arm, aber sein Verstand hatte nichts von seiner Beweglichkeit eingebüßt, er erinnerte sich sogar an die kleinsten Details. Wir setzten uns auf eine Bank am Ende der Allee, und ich erzählte ihm, daß ich an einem Roman über den Krieg, den Faschismus und die

Italiener, die den Faschismus hinter sich lassen, arbeitete. Daß auch er in meinem Roman vorkäme. Er schüttelte den Kopf. „Such dir ein anderes Thema", riet er mir. Ich war natürlich überrascht, denn Onkel Alvaro gab normalerweise keine Ratschläge, außer man bat ihn ausdrücklich darum; außerdem hätte ich niemals erwartet, daß ausgerechnet er mich von dieser Sache hätte abbringen wollen. Ich ließ nicht locker: „Es ist ein schönes Thema, wichtig und zudem kaum erforscht." Ich geriet in Fahrt, wie üblich. „Ein großes, kollektives Drama! Fünfundvierzig Millionen Italiener, die zwanzig Jahre lang Faschisten waren und plötzlich nichts mehr sind. Ratten, die entsetzt Reißaus nehmen, während das Schiff sinkt. Die zu Tausenden und Abertausenden ertrinken. Die Marine und das Heer, in der ganzen Welt verstreut..."

„Das ist alles Scheiße", sagte er. „Zugedeckte Scheiße. Darin soll man nicht herumstochern."

Ich war verletzt. Und die Gefallenen? Und die Heldentaten, die es ja auch gegeben hatte? Ich sagte zu ihm: „Denk doch an Kephallonia."

„Das geht mir seit zweiundvierzig Jahren nicht aus dem Kopf", antwortete Onkel Alvaro. „Schau her, diese Narben auf der Stirn. Hin und wieder, im Traum, befinde ich mich wieder in jenem schrecklichen Olivenhain, Sebastiano! Und erlebe alles noch einmal: die Schüsse, das Gemetzel... Ich höre noch einmal, wie von einem Tonband, die Stimme des Deutschen, die schreit: „Wenn jemand noch am Leben ist, dann soll er herauskommen, er hat nichts mehr zu befürchten... dieser Hundesohn! Und dann höre ich wieder die anderen Schüsse, spüre die Körper meiner Kameraden auf mir, ihr Blut, das an mir herunterläuft..." Er preßte beide Hände an seinen Kopf: „Was weißt du schon von diesen Dingen, Sebastiano!"

„All diese Toten", fuhr Onkel Alvaro fort, „sind für nichts gestorben, und der Rest ist Scheiße: der Krieg, die Zeit danach, alles." Er schwieg lange. „Wenn ich dir sagen würde", sprach er weiter, „daß es unter den Überlebenden auch welche gab, die ihre Karriere auf diesem Gemetzel aufgebaut haben, würdest du mir vielleicht gar nicht glauben. Aber diese Karrieristen hat es tatsächlich gegeben. So, wie es Leute gegeben hat, die am Tag nach dem Gemetzel zu den Deutschen übergelaufen sind, ohne daß irgend jemand sie dazu gezwungen hätte, hör gut zu! Freiwillig! Fast tausend Italiener sind dann in Kephallonia zu Kollaborateuren geworden, sofort nach dem Massaker. Sie haben den Mördern geholfen, die Kadaver wegzuschaffen, die Küstenbefestigungen wieder in Ordnung zu bringen, die Dokumente über das Blutbad zu fälschen; und dann noch der Gipfel: Als die Deutschen sich zurückzogen, haben sie sich als Partisanen ausgegeben und sind mit militärischen Ehren nach Italien zurückgekommen... Glaubst du mir nicht? Wird dir schlecht dabei? Also, wenn dein Magen nichts aushält, dann vergiß lieber deinen Roman. Die Geschichte ist Scheiße, Sebastiano. Ein Jahrhundert nach dem anderen, eine Tonne über der anderen. Ein gigantischer Misthaufen, sonst gar nichts!"

„Warum leben wir?" fragte ich.

„Für uns selbst", antwortete Onkel Alvaro. „Für unsere eigene Erinnerung, wofür denn sonst?" und fügte hinzu: „Für die paar seltenen Splitter des Glücks, die am Grund unserer Erinnerung liegen bleiben, wie das Gold am Boden der Schüssel..."

Er wechselte das Thema und fragte mich: „Weißt du, wer mich vorgestern hier besucht hat?"

Ich antwortete: „Keine Ahnung."

„Fernanda", sagte Onkel Alvaro. „Du erinnerst dich doch an sie, nicht wahr, Sebastiano? Die Tochter von Rosa und dem armen Francesco. Sie ist damals nach Mailand gegangen, hat geheiratet, sich dann aber von ihrem Mann getrennt. Jetzt lebt sie allein mit ihren Kindern. Sie hat eine Boutique und verkauft Kleider..."

„Übrigens", fügte er hinzu, „soll ich dich von ihr grüßen. Sie hat es mir ans Herz gelegt: Wenn du Sebastiano siehst, grüße ihn von mir!"

Vielleicht hätte auch ich Fernanda Grüße ausrichten lassen sollen. Stattdessen fragte ich Onkel Alvaro: „Bist du jemals wieder am Fluß gewesen?"

„Ich fahre ab und zu hin", sagte er. „Nur so, um mich an damals zu erinnern. Allerdings gehe ich nicht ins Tal hinunter, ich bleibe oben, dort, wo das Kriegerdenkmal steht... Von dort blicke ich umher: auf die Autobahn, den Fluß, der in sein Zementbett eingesperrt ist, auf die Kiesgruben. Auf die Krater der Kiesgruben, die Kräne, die riesigen Kiesberge, die jetzt dort sind, wo einmal der Wald war, und die Lastautos, die sich wie Küchenschaben in dieser

Mondlandschaft bewegen. Weißt du übrigens, wer der neue Konzessionsinhaber der Kiesgruben ist?"

Ich konnte das nicht wissen und gab keine Antwort.

„Es ist Angelo C.", sagte Onkel Alvaro. „An den erinnerst du dich ganz bestimmt. Der junge Kerl, der damals Fernanda hätte heiraten sollen. Der Käsehändler."

Nur um irgend etwas zu sagen, warf ich ein: „Der muß ja Milliarden scheffeln!"

„Ich habe zufällig eine Zeitschrift in die Hände bekommen", sagte Onkel Alvaro nach längerem Schweigen. „Hier, im Krankenhaus, vor ein paar Tagen." Seine Stimme zitterte. „Vielleicht weißt du das nicht, Sebastiano, aber Goldsuchen an den Flüssen ist...zu einem Sport geworden!" Er erzählte: „In dem Artikel, den ich in der Zeitschrift gelesen habe, wurde sogar von einem Wettbewerb unter Hobby-Goldsuchern berichtet, von einem Champion, der von Montag bis Freitag in der Bank arbeitet, von einer internationalen Sportorganisation der Goldwäscher. Es waren auch Fotos von Goldsuchern und vom Fluß abgebildet, die hättest du sehen sollen. Farbfotos auf Hochglanzpapier. Eine wahre Pracht!" „Ich weiß", antwortete ich, „dagegen ist man machtlos!"

Kephallonia, August 1944

Von einem Beobachtungsstand oberhalb der Straße betrachteten Oberst Spitäller und Oberleutnant Lange, der Arzt, die Motorflöße, die Kap Mitykas umfahren hatten und nun im trüben Licht der Morgendämmerung den Leuchtsignalen folgten und den Landeplatz ansteuerten. Unter ihnen, zwischen Klippen, wartete ein deutsches Bataillon mit Lastkraftwagen und Artilleriegeschützen auf die Einschiffung. „In ein paar Tagen werden auch wir die Insel verlassen", sagte Spitäller unbeteiligt. „Wir kehren an die Front zurück, an die Weichsel oder in die Ardennen, wer weiß. Die

Sommerfrische ist vorbei." Er wandte sich an Lange: „Und was gibt es Neues von ihrem italienischen Freund?"

Der „italienische Freund" des Oberleutnant Lange war ein Offizier, der sich, nachdem er wie durch ein Wunder das Gemetzel überlebt hatte, durch besonderen Eifer und besondere Ergebenheit gegenüber dem deutschen Militärkommando hervorgetan und sogar dessen völliges Vertrauen erlangt hatte. „Er macht sich Sorgen", sagte Lange. „Er hatte gehofft, daß die Dinge einen anderen Lauf nehmen würden und daß sich alles, wie soll ich sagen, von selbst regeln würde. Er hat sich wie wir alle eine Veränderung der Fronten gewünscht, zu der es bis jetzt leider nicht gekommen ist und die seine Zusammenarbeit mit uns gerechtfertigt hätte: Deutschland und Amerika gemeinsam gegen den bolschewistischen Feind... Unser Abzug von der Insel bringt ihn in Schwierigkeiten, weil sie ihn seiner Illusion beraubt und ihn vor eine, auch vom persönlichen Standpunkt aus, ziemlich schwierige Situation stellt."

„Ja", erwiderte Spitäller. „Egal, was nun passieren wird, früher oder später wird man ihn fragen, warum er ein Jahr lang bei den Deutschen geblieben ist, nachdem er die Italiener in jene tragische Schlacht getrieben hat, die mit dem Massaker der ganzen Division ‚Acqui' endete."

„Hat er das wirklich gemacht?" fragte Lange. „Auch mir ist das Gerücht, daß er unter den ersten Meuterern war, zu Ohren gekommen, ich habe es aber nicht geglaubt."

„Sie können es glauben", sagte Spitäller. „Ich versichere Ihnen, daß es wahr ist!"

„Ein wahrhaft faustischer Mensch!" kommentierte Lange verwundert. „Ein Mensch, der wie Goethes Faust von sich behaupten könnte: Zwei Seelen wohnen, ach, in meiner Brust."

Spitäller kontrollierte mit dem Feldstecher die Klippen von Ithaka, um sicher zu gehen, daß von dort keine Gefahr für die Motorflöße lauerte. Odysseus' Insel war noch nicht von der Sonne angestrahlt und erhob sich im Morgendunst dunkel aus den Wellen. „Nach dieser Gegend hier werden wir uns noch zurücksehnen", sagte Spitäller zu sich selbst. „Aber wer weiß, vielleicht kommen wir in ein paar Monaten oder Jahren hierher zurück, um Urlaub zu machen." Er wandte sich an Lange. „Die Italiener müssen sehen, wie sie alleine zurechtkommen. Es ist klar, daß sie nicht mit uns mitkommen und sich auch nicht mit den griechischen Faschisten des sogenannten Sicherheitsbataillons zusammentun können, denn die Griechen werden nach unserem Abzug auf das Festland zurückkehren, um dort gegen die Kommunisten zu kämpfen, und die Italiener hingegen werden auf der Insel bleiben.“

Er schwieg einige Minuten und sagte dann: „Wir haben keinerlei Verpflichtungen gegenüber den italienischen Kollaborateuren, wir können ihnen zum Beispiel raten, Funkkontakt mit den Engländern aufzunehmen und sich ihnen zu ergeben. So können sie vielleicht die Erniedrigung vermeiden, von den Banditen entwaffnet zu werden. Sie sollen sagen, daß sie gewaltsam gezwungen wurden, unseren Befehlen zu gehorchen. Und von mir aus können sie auch sagen, daß sie Komplotte planten und Sabotageakte anzettelten: daß sie uns Salz in den Kaffee und Steinchen in die Schuhe gestreut haben, um unsere Kampfkraft zu schwächen. Das wird uns keinen Schaden zufügen, und ihnen nützt es vielleicht.“

„Lassen wir sie doch etwas von dem retten, was wir laut Befehl zerstören müssen“, schlug Lange vor. „Verhelfen wir ihnen zu einem konkreten Beweis, den sie bei den Engländern geltend machen können, um zu zeigen, daß sie Komplotte geschmiedet haben. Sie sollen einen Hafen retten oder eine Brücke, ein Lager...“

„Ja, das wäre eine Möglichkeit“, sagte Spitäller, „die Idee ist gut. Den Italienern wird die Schuld und gleichzeitig das Verdienst übertragen, Häfen und Brücken gerettet und so diese wunderbare Gegend erhalten zu haben.“ Er schien nachdenklich: „Diese Insel ist sicherlich für die weitere Entwicklung des Kriegsgeschehens nicht ausschlaggebend, und mir widerstrebt der Gedanke, sie zu verwüsten, einfach nur so, ohne daß es uns einen Vorteil und den Engländern einen Nachteil bringt, nur weil es uns das Oberkommando der Wehrmacht von Berlin aus befiehlt. Aufgrund einer abstrakten und mechanischen Vorstellung des Krieges. Ich bin immer gegen diese Vorgehensweise gewesen. Ich glaube, ich werde so verfahren, wie Sie mir geraten haben.“

Ich bin mit dem Zug nach Turin gefahren, um den Verleger zu treffen. Auf den Mauern des Verlagshauses standen Parolen und hingen Spruchbänder, die „Keine Entlassungen" forderten und einen gewissen Ingenieur Mastrocolo (oder Mastrocchio), von dessen Existenz ich bisher nicht die leiseste Ahnung gehabt hatte, einschüchterten: „Hände weg!" Ich habe den Hausmeister gefragt, was denn hier los sei, und er hat mich angeblickt, als wollte er sagen: Wo kommst du denn her? Lebst du denn auf dem Mond? „Der Verlag", hat er mir zur Antwort gegeben, „ist in Konkurs gegangen, und wir halten derzeit das Gebäude besetzt, um gegen die Entlassungen zu protestieren und um die Machenschaften des hinterhältigen Ingenieur Mastrocchio (oder Mastrocolo: ich kann mich einfach nicht an den genauen Namen erinnern) zu vereiteln, der uns kaufen möchte." Er hat den Zigarettenstummel, an dem er gekaut hatte, in den Papierkorb gespuckt und hinzugefügt: „Verehrtester. Solche Autoren, wie Sie einer sind, haben uns soweit gebracht. Die Überheblichen, die Unlesbaren." Er hat mir geraten: „Schämen Sie sich! Gehen Sie nur ins Lager hinunter und schauen Sie sich Ihr Gesamtwerk an, alles fertig verpackt und bereit für den Papierwolf. Niemand auf der Welt kann mit so etwas sein Brot verdienen! Hören Sie auf mich, gehen Sie hinunter und schauen Sie sich das an!"

Um Haltung zu zeigen, habe ich ihm gesagt, daß ich den Verleger sprechen müsse, und er hat daraufhin lachend ausgerufen: „Na, du bist ja wirklich blöd!" Und hat mir so fest auf den Rücken geschlagen, daß ich beinahe auf dem Boden gelandet wäre. Und dann noch mit Nachdruck: „Du tust ja nicht nur, als ob du blöd wärst, du bist es ja wirklich!" Er hat mir dann gnädig erklärt: „Wer weiß schon, wo der Herausgeber sich aufhält! Wahrscheinlich in Cap d'Antibes, in seiner Villa. Ganz sicher aber im Ausland!"

Mir wären fast die Tränen gekommen. Ich habe noch einen Versuch gemacht: „Vielleicht ist der Verlagsleiter..."

Der Hausmeister hat plötzlich zu lachen aufgehört und gemeint: „Ja, der ist immer da. Der hat seit der Konkurserklärung nicht mehr sein Büro verlassen. Wenn Sie den sehen würden, den armen Kerl, wie der jetzt aussieht! Wie ein Gespenst. Wir müssen uns alles mögliche einfallen lassen, damit er wenigstens von Zeit zu Zeit einen Capuccino trinkt! Und irgend etwas ißt: ein bißchen Salat, ein paar Kekse..." Dann hat er mir die Erlaubnis erteilt hinaufzugehen. Der Verlagsleiter war tatsächlich in seinem Büro; er war grau geworden und abgemagert, seine Sekretärin war nicht mehr da. Ich habe ihm mein Bedauern über den Lauf der Dinge ausgedrückt, und er ist aufgestanden, hat mir die Hand geschüttelt und gemurmelt: „Ich danke dir." (Mit seiner unverwechselbaren nasalen Baritonstimme.) „Leider sind wir in größten Schwierigkeiten, und die Konkurrenz nützt das aus, um uns die wertvollen Mitarbeiter abzuwerben, sogar meine Sekretärin..." Er hat ein Schluchzen unterdrückt, sich wieder gesetzt und sich mit den Fingerkuppen über die Schläfen gestrichen, einmal, zweimal. Dann hat er gesagt: „Aber das soll nicht unsere größte Sorge sein. Das

Leben geht weiter." Und dann: „Was verschafft uns eigentlich die Ehre deines Besuches?" Ich habe ihm (mit einer Lüge) geantwortet, daß ich nur „zufällig" vorbeigekommen sei; daß ich gerne mit ihm über meinen Roman gesprochen hätte, an dem ich seit einem Jahr arbeite („Ich habe dir ja schon vor einigen Wochen etwas am Telefon angedeutet"), und auch über meine mißliche Lage. Daß ich aber angesichts der Situation im Verlag der Meinung sei, daß meine individuellen Sorgen nicht mehr vor seinen kollektiven Sorgen bestehen könnten. Daß ich heraufgekommen sei, um ihm „Guten Tag" zu sagen, und mich jetzt wieder zum Bahnhof begeben würde: „In einer halben Stunde geht ein Zug."

„Setz dich doch und sprich dich aus", hat er mich aufgefordert.

Auf diese Weise in die Enge getrieben, habe ich mich auf die andere Seite seines Schreibtisches gesetzt und ihm meine armseligen Geschichten erzählt. Der Roman mache keine Fortschritte. Bei der Massenabkehr der Italiener vom Faschismus fehlte alles: die Handlung, die Komposition. Die Romanfiguren (die Italiener). Der Hauptgrund (der Faschismus, von dem kein Mensch mehr wußte, was das gewesen war). Es war eine zusammengeschusterte Geschichte, die auf dem Papier genauso wenig funktionierte wie in Wirklichkeit. Die Tragödie, das Blut, das alles hatte es wirklich gegeben, aber es hatte nichts bewirkt. (Sogar das Blut war sinnlos vergossen worden.) Während ich sprach, stimmte mir der Verlagsleiter mit dem Kopf und den Augen zu: Ja, ja. Ganz klar. Ich kann dich gut verstehen. Das ist nichts Neues. Da kann man nichts machen. Und schließlich hat er gesagt: „Weißt du, wo sie jetzt arbeitet? Ich rede von Irene, Sebastiano." (Irene war die Sekretärin.) „Bei der Toro-Versicherung, gleich hier um die Ecke. Ich habe sie gebeten, ein paar Wochen zu warten, auf den Ausgang der Verhandlungen mit den Gewerkschaften und mit Mastrocchio (Mastrocolo?). Sie hat nicht auf mich gehört. Sie ist gegangen."

Er hat sein Taschentuch hervorgezogen und sich geräuschvoll die Nase geputzt. Er weinte. Ich habe zu ihm gesagt: „Aber in dieser verworrenen Geschichte gibt es eine höchst bedeutende Figur!" Und natürlich sprach ich vom Polizeikommissar Pòlito: von seiner Abkehr vom Faschismus, von seiner Begegnung mit der Ducessa (dem coup de foudre) auf der Staatsstraße nach Forlì. Seiner Verurteilung zu lebenslanger Haft und der darauffolgenden unaufhaltsamen Karriere. Ich habe gesagt: „Er ist ein ganz großer Italiener, vielleich sogar der bedeutendste aller Zeiten! Wer war schon, wenn man es genau betrachtet, der berühmte Christoph Columbus, verglichen mit Kommissar Pòlito?“ Und sofort habe ich mir selbst geantwortet: „Ein Niemand! Einer, der eine Abkürzung nach Indien gesucht hat und dabei in Amerika gelandet ist.“ Ich war in Fahrt geraten: „In der ganzen Geschichte Italiens wimmelt es von Menschen, die Abkürzungen suchen: aber nicht Kommissar Pòlito, er umgeht die Hindernisse nicht, sondern geht geradewegs auf sie zu: hopp, hopp! Er tut, was er tun muß, komme, was da kommen mag! Damit die Geschichte sich erfülle, in Gegenwart des Fahrers und des italienischen Hamlet, des Carabinieri-Obersten! Damit ohne Zögern zum Auftritt gelangte, was in jenem Augenblick auf dem Spielplan stand, der Antifaschismus des Faschismus und der Faschismus des Antifaschismus! Der Kommissar Pòlito...!

Der Verlagsleiter hatte seine Fassung wiedergewonnen: „Diese Leier kenne ich schon. Was ist denn da neu? Was willst du denn?“

Ich habe ihm zugeflüstert: „Pòlito ist Ödipus, verstehst du? Der neue Ödipus!“ Und ihm erklärt: „Er entledigt sich seines Vaters Mussolini und paart sich mit seiner Mutter Rachel, jedoch ohne Schuldgefühle, ohne Tragödie: hopp, hopp! Er begründet seine Karriere auf dem Inzest! Er ist ein Siegertyp! Ein Held des kommenden Jahrtausends!“ Ich habe mich vorgebeugt und ihn angefleht: „Ein Vorschuß von fünfhunderttausend Lire würde mir genügen. Nur eine Kleinigkeit, damit ich weitermachen kann...“

(„In ein oder zwei Monaten ist der Roman fertig! Die *Politeis*, was hältst du davon? Gefällt dir das als Titel?“)

„Nicht eine Lira“, hat der Verlagsleiter geantwortet.

„Es ist kein Geld mehr da, Sebastiano, und wenn uns Mastrocolo (Mastrocchio?) aufkauft, drucken wir nur noch Zugfahrpläne oder Servietten mit Blümchen für Picknicks, ist dir das klar?“ Er ist aufgestanden, um mich zu verabschieden. „Nur Gott allein weiß, was wir in Zukunft in diesem Verlag machen werden... Irene ist ja auch nicht ohne guten Grund weggegangen!“

Doktor Ercole Pedrotti, der Sohn des unvergessenen Gründers der „Casa di Riposo", des Cavaliere Vincenzo, ist ein ungefähr fünfzigjähriges Männlein, pausbäckig und rosig wie ein Milchferkel. Er hat mich eine halbe Stunde im Vorzimmer warten lassen und sich dann herabgelassen, mich zu empfangen, in einem Büro, das vollgestopft war mit Urkunden, Pokalen, die irgend jemand bei irgendwelchen Altenwettkämpfen gewonnen hatte, Porträts des Cavaliere Vincenzo und der Vorfahren der Familie und Gruppenfotos von Heiminsassen. Er hat gesagt: „Bitte, nehmen Sie doch Platz. Es tut mir aufrichtig leid, daß ich Sie hierher kommen lassen mußte, aber ich hatte keine andere Möglichkeit, Ihnen das mitzuteilen, was ich

Ihnen jetzt persönlich sagen werde und das natürlich Ihren Vater betrifft."

Ich habe vielleicht etwas zu überstürzt gefragt: „Ist er gestorben?"

„Aber, nein", hat der Direktor erwidert. „Um Gottes Willen, was sagen Sie denn da. Ganz im Gegenteil, es geht ihm ausgezeichnet!"

Und dann: „Warum haben Sie mir eine solche Frage gestellt?"

Der Grund war offensichtlich, und ich habe ihm gesagt: „Weil mein Vater achtzig Jahre alt ist!"

Doktor Pedrotti hat zu lachen begonnen. „Ihr Vater", hat er mir vorausgesagt, „wird noch lange leben, das garantiere ich Ihnen, der bei alten Menschen eine gewisse Erfahrung hat. Er ist gesund, robust, und, was am meisten zählt, er hat eine starke Motivation zum Weiterleben."

Ich hatte meine letzten zehntausend Lire für die Fahrt zur „Casa di Riposo" ausgegeben und fühlte mich betrogen und um die einzige Nachricht geprellt, die jene Reise gerechtfertigt hätte. Ich habe ihn gefragt: „Also, warum haben Sie mich herkommen lassen?"

„Um Ihnen ein freudiges Ereignis mitzuteilen", hat Doktor Pedrotti geantwortet. „Ein Ereignis, das mich glücklich macht und das gesamte Pflegepersonal und alle Insassen mit Freude erfüllt. Es ist das erste Mal, daß einer unserer Heimbewohner uns verläßt, um wieder zu heiraten und ein Leben draußen zu führen. Ihr Vater ist der erste. Ich gratuliere Ihnen."

Ich habe Augen und Mund aufgerissen und gestammelt: „Er heiratet?"

„Ja", hat Doktor Pedrotti geantwortet. „Sie haben richtig gehört: Er heiratet. Am nächsten Sonntag wird sich Ihr Vater in der Kapelle dieses Hauses zum zweiten Male verehelichen, mit einer vierzig Jahre jüngeren, anmutigen, intelligenten Frau, die, wenn ich mir eine nicht unwichtige Nebenbemerkung erlauben darf, nicht unvermögend ist. Zieht man die ausgezeichnete körperliche Verfassung der beiden Brautleute in Betracht, dann wäre es nicht verwunderlich, wenn in einigen Monaten ihre Familie, wie soll ich sagen, Zuwachs bekäme. Ein Brüderchen oder ein liebes Schwesterchen..."

Mir blieb die Luft weg, ich schäumte vor Wut. „Mein Vater

kann von mir aus heiraten, wenn er eine dumme Pute findet, die ihn nimmt und die Geduld aufbringt, ihn, so wie er ist, zu ertragen; aber er kann dieses Haus, in dem er sich auf Grund einer gerichtlichen Verfügung befindet, nicht verlassen. Und ich habe die Absicht, ihn hier bis zu seinem Lebensende bleiben zu lassen, um zu verhindern, daß er noch andere krumme Dinger dreht."

Ich habe das in einem Atemzug gesagt, und Doktor Pedrotti blickte mich, scheinbar in Gedanken versunken, an, wobei er die Hände vor dem Gesicht mit den Fingerspitzen aneinanderpreßte. Nach einer Weile hat er gesagt: „Ich weiß. Ich kenne diese Ihre Haltung, aber ich hatte gehofft, daß Sie im Laufe der Jahre nachsichtiger geworden wären. Zusehen zu müssen, wie der Sohn über den eigenen alten hilflosen Vater herzieht, ist beileibe nicht angenehm. Glauben Sie mir." Er hat eine Mappe genommen, die auf seinem Schreibtisch bereitlag: „Wie auch immer, hier drinnen steht etwas, das Sie noch nicht wissen und das die Situation völlig verändert." Und dann in bürokratischem Tonfall: „Signor Vassalli. Ich teile Ihnen mit, daß das von Ihnen im Mai 1983 gegen Ihren Vater, diese Seele von einem Menschen, angestrebte Entmündigungsverfahren vom zuständigen Gericht aufgehoben wurde, nach einer Untersuchung, zu der ich selbst, in der Funktion als Direktor dieses Altenheimes, beigetragen habe. Ihr Vater Ludovico hat das Recht, seinen Aufenthaltsort nach eigenem Belieben zu wählen." „Sie haben keine Möglichkeit mehr", fügte er nach einer kurzen Pause hinzu, „in das Leben Ihres Vaters einzugreifen, um ihn zu belästigen oder ihm zu schaden."

(Vielleicht hätte ich alles kurz und klein schlagen, losbrüllen oder weglaufen sollen. Statt dessen blieb ich völlig am Boden zerstört sitzen. Ich war wie gelähmt.)

Doktor Ercole Pedrotti schlug mit der Hand auf die Aktenmappe: „Verehrtester. Wir haben hier ein völlig eindeutiges Urteil und auch die Fotokopien der Solidaritätsbriefe, die von berühmten und einflußreichen Persönlichkeiten, Senatoren, Bürgermeistern, Untersekretären und Ministern an das Gericht geschickt wurden. Mein junger Freund, Sie haben ja keine Vorstellung davon, wieviel Politiker sich für Ihren Vater eingesetzt haben. Aus allen Parteien, jawohl!" Und dann hat er mir zugeflüstert: „Ihr Vater ist ein freier Mann. Er hätte heiraten und aus diesem Heim weggehen können, ohne Sie davon in Kenntnis zu setzen, er hat aber den Wunsch geäußert, Sie wiederzusehen und Ihnen zu verzeihen, ja, genauso hat er sich ausgedrückt: Ich möchte meinen Sohn wiedersehen, um ihm all das Böse, das er mir angetan hat, zu verzeihen. Und dann hat er noch hinzugefügt: Auch wenn er meine Vergebung nicht verdient und wahrscheinlich nicht einmal will. Auch wenn er kein Bedürfnis danach empfindet. Und deswegen habe ich Sie rufen lassen, Sebastiano. Damit Sie sich mit Ihrem Vater aussöhnen können, und damit er Ihnen verzeiht und den Segen erteilt." Dann hat er noch gefragt: „Habe ich etwas Unrechtes getan? Habe ich mir zuviel herausgenommen? Sagen Sie es frei von der Leber weg, sagen Sie es mir ins Gesicht!"

Ich dachte an meine letzten zehntausend Lire und hätte am liebsten diesen infamen Doktor Ercole Pedrotti, der vor mir in seinem Büro stand, mit einem Sessel erschlagen oder erwürgt, aber ich war nicht dazu imstande: Ich zitterte, klapperte mit den Zähnen, schluckte ständig und konnte nicht sprechen. Als er mich so sah, hat er geglaubt, daß ich wegen der Vergebung so bewegt war, und gesagt: „Lieber Sebastiano. Erlauben Sie mir, daß ich Sie so nenne? Erlauben Sie mir, Ihnen zu sagen, daß ich großes Mitleid mit Ihnen empfinde? Erlauben Sie, daß ich Ihnen wie ein Vater, aber was sage ich denn, wie ein älterer Bruder rate, in sich zu gehen? Mit Ihrem Gewissen und der Welt ins Reine zu kommen? Sie denken vielleicht, daß eine solche Geste als Schwäche ausgelegt würde" und so weiter. Da bin ich in Schluchzen ausgebrochen, und er ist aufgestanden, zu mir gekommen und hat mir wie einem Hund über den Kopf gestrichen." „Ja, ja, weinen Sie sich nur aus", hat er mich aufgefordert. „Vergießen Sie alle Ihre Tränen. Sie werden sehen, nachher fühlen Sie sich besser." Dann ist er gegangen, und ich habe versucht, mich zu beruhigen.

Dann sind mein Vater und seine infame Verlobte Arm in Arm eingetreten, und man glaubte tatsächlich, eine Daguerreotypie, eine Fotografie aus der Zeit der Jahrhundertwende vor sich zu haben: er mit pechschwarzen Haaren und geglätteter Gesichtshaut ohne ein Härchen oder ein Fältchen; sie mit im Nacken zusammengebundenen Haaren, die von beinernen Kämmen, wie sie früher einmal üblich waren, zusammengehalten wurden, und einem ungeschminkten, elendslangen, ausdruckslosen Gesicht: genau jene Art Frau, der eine hiesige Redensart („Je fader der Blick, desto feuriger die Möse") wenn schon nicht außergewöhnliche, so doch überdurchschnittliche Beischlaf-Qualitäten zuschreibt. Der infame Urheber meiner Tage trug einen blauen Zweireiher mit einer grauen, rotgepunkteten Krawatte und einem ebensolchen Tuch in der Brusttasche. Er hat mich eine Weile angeblickt und mir dann geantwortet (ich hatte nichts gesagt): „Aber nein, warum bedankst du dich bei mir? Ich tue nur meine Pflicht, wenn ich dir verzeihe, denn ich bin ein Sünder wie du. Wenn du wirklich jemandem danken willst, dann danke der hier anwesenden Signora Evelina Ferrari Tanzi, die vor dem Schritt zum Traualtar den Sohn kennenlernen will, den ich mit in die Ehe bringe. Und danke auch Ercole Pedrotti, der viel für uns getan hat!"

Beim Sprechen hob er die Arme und modulierte die Stimme wie die Priester beim Lesen der Messe, er schien tatsächlich ein Priester zu sein. Er hat gesagt oder vielmehr gebrüllt, da er als Tauber seine Stimme nicht hört: „Ich verzeihe dir, Sebastiano! Du hast in deiner Niedertracht geglaubt, mich in eine Art Gefängnis sperren zu können, aber dank dir habe ich in diesem Altenheim bedeutende, entscheidende Begegnungen gemacht, die mein Leben geändert haben." Er ist zu mir getreten und hat mich umarmt. (Als ich seinen unverkennbaren Geruch nach Nikotin und Abort wieder in die Nase bekam, hätte ich beinahe gekotzt, aber glücklicherweise war die Umarmung nur kurz.) Er hat gebrüllt: „Ich verzeihe dir und danke dir, daß du mir ermöglicht hast, diese Frau hier zu treffen, die jene ist, die ich in meiner Jugend und später, in den Jahren meines ausschweifenden Lebens immer gesucht habe: meine Gefährtin! meine Braut! Aber vor allem danke ich dir, daß du mich meinen Glauben wiederfinden hast lassen!" Er hat beide Arme gen Himmel gehoben: „Den Glauben an Gott, Sebastiano! Der eines Tages auch dein von Atheismus, Zynismus, zügellosem Ehrgeiz und Egoismus versteinertes Herz besiegen wird! Du lächelst? (In Wirklichkeit starrte ich ihn nur an und verdrehte dabei die Augen, denn wieder einmal war es dem Infamen gelungen, mich zu verblüffen.) „Du bedauerst mich? Macht nichts. Ich bete für dich, für dein Seelenheil! Auf daß dich der Herr erleuchte und dich deinen Weg finden lasse. Hast du es noch nicht bemerkt?" (Er nahm seinen Kopf zwischen die Hände und trat nach hinten aus, wie ein Hund!) „Du bist wie ein Blinder, der in der Dunkelheit der Sünde herumtappt! Du bist wie ein Schwein, das sich im Schmutz des Lasters wälzt, und doch kann Gott dich erretten: Kehre um! Bekenne dich zum Glauben deiner Vorfahren, jenem, der Berge versetzt und auch die hartnäckigsten Sünder wie mich rettet! Wie dich! Ich werde gerettet werden, Sebastiano! Das ist eine Gewißheit, verstehst du das? Und wäre ich auch das verworfenste Wesen, so bin ich doch ein Verworfener im Besitz des Glaubens! Und wäre ich auch der elendeste Schurke, so bin ich doch ein Schurke, für den die Erlösung Wirklichkeit geworden ist, kannst du mir folgen? Hörst du mir zu? Ich bin unsterblich, Sebastiano! Nicht dieses alte Knochengerüst, das vor dir steht, sondern meine Seele, die in Gott weiterleben wird! Ich bin, wenn man es genau betrachtet, Gott! Das ist eine Sache, die einem, denkt man darüber nach, erschaudern läßt" und so weiter. Und schließlich hat er in voller Lautstärke gebrüllt: „Ich verzeihe dir, Sebastiano, all das Böse, das du mir angetan hast und das du mir noch antun wirst! Ich segne dich! Knie nieder!" Er hat mit den Fingern ein Kreuzeszeichen gemacht („Im Namen des Vaters, des Sohnes und des Heiligen Geistes. Amen.") und sah aus wie der Papst an seinem Fenster über dem Petersplatz. Ich bin natürlich stehengeblieben, mit den Händen in den Taschen, und habe Bannschwüre gemurmelt. Und habe mir an den Sack gefaßt: Denkste! Denkste!

(Auf die vom Infamen angedeutete Vorstellung, daß in ihm etwas Unsterbliches sein könne und er bis in alle Ewigkeit weiterschachern würde, war mir kotzübel geworden. Ich schwitzte, und kalte Schauer jagten mir den Rücken hinunter.)

Aber der Verzeihungen war noch nicht genug. Mit erhobenen Händen und Singsang in der Stimme hat der Infame deklamiert: „Auch deiner Mutter soll verziehen werden. Ich verzeihe ihr!" Er hat eine Pause gemacht und versucht, Rührung in sich aufkommen zu lassen. Ohne Erfolg. „Wie schrecklich auch die Schuld sei, mit der sich die Dirne befleckt hat, indem sie sich ungeachtet des ehelichen Bundes mit einem anderen Mann zusammentat, in jener Villa am See! Wie groß auch die Schande sein mag, die sie über uns alle gebracht hat!" Er hat mir die Hand auf die Schulter gelegt und mir ins Ohr gebrüllt: „Da ist man machtlos! Sie ist immer so gewesen, zügellos im fleischlichen Verlangen! Eine wahre Messalina! Eine Nymphomanin! Du, Sebastiano, bist noch jung und weißt nicht, in welche Erregung uns das Verlangen bringt. Eines Tages wirst du das verstehen, wirst du alles wissen! Wirst du dir über deine Mutter klar werden" und so weiter. Ich habe den Mund aufgerissen, um zu sagen, daß ich fünfundvierzig Jahre alt war und über die sexuellen Dinge..., aber ich habe ihn sofort wieder geschlossen. Wem hätte ich denn etwas sagen sollen? Erstens hätte er mir nicht zugehört, zweitens, auch wenn ich mich diesem Scheusal verständlich hätte machen können... Auch wenn ich ihn umgebracht hätte, diesen sprechenden Scheißhaufen, diesen Abzugskanal, es hätte tatsächlich das Risiko gegeben, daß etwas von ihm übrig geblieben wäre und die Welt auf Jahrhunderte verseucht hätte, und warum sollte ich mich mit seinem dreckigen Blut beschmutzen, ausgerechnet ich? Warum sollte ich mir eine solche Verantwortung aufhalsen?

(Ich habe geschwiegen, wie immer.)

Ich bin zum Bahnhof zurückgekehrt, mit meiner neuen Mutter, das heißt mit Signora Evelina Ferrari Tanzi, die mich mit dem Auto dort hinbringen wollte. Während sie lenkte, betrachtete ich ihre dicken, fleischigen Oberschenkel. Ich dachte, daß an jener lombardischen Redensart über die Beischlafqualitäten der Fadgesichtigen etwas Wahres sein mußte, wenn sie Jahrhunderte überdauert hatte, und überlegte auch, was Kommissar Pòlito an meiner Stelle gemacht hätte. Der hätte sicher nicht lange gefackelt! Mit oder ohne Carabinieri-Oberst, vormittags oder nachmittags, im Apennin oder in den Anden! (Er, der, nachdem er Mussolini, den Vater des Vaterlandes auf der Insel Ponza abgeliefert hatte, die Ehefrau desselben im Auto besprang: hopp, hopp. Im Schatten der Tannen und so weiter.) Kommissar Pòlito hätte zum Mütterlein mit dem faden Gesicht gesagt: „Bleib hier neben dem Gehsteig stehen, ich muß dir etwas zeigen", und sie dann mit seiner „Cavalleria rusticana" (ländlichen Reiterei) bestürmt, mit feuriger Galanterie schnurstracks begonnen, die Finger die Zehen die Wörter („ja", „nein", „warum", „ach", „komm", „schweig") die Beine die Arme die Ohren die Zungen die Speichel die Härchen zu vereinigen, bis zur Vereinigung der beiden Geschlechtsorgane, die bekanntlicherweise die höchste und alles krönende Vereinigung in der Natur ist (außerhalb und wider die Natur gibt es noch andere Vereinigungen), und hätte sich einem freudigen Pferdetrott hingegeben: Hopp! Hopp! Hopp! (Der Rächer der Erniedrigten! Der Züchtiger der Mächtigen! Und so weiter.) Während ich an diese Dinge dachte, sang mir das Mütterlein mit dem faden Gesicht das Loblied meines Vaters und wiederholte ständig: „Was für ein Mann! Wenn du einen Mann wie ihn kennengelernt hast, dann kommen dir alle anderen wie Abziehbilder vor, mißlungene Imitationen jenes Modells, glaube mir, Sebastiano! Ich bin jetzt vierzig, wie du weißt, ich bin kein kleines Mädchen mehr und habe in meinem Leben schon etliche Männer kennengelernt, aber ich versichere dir, dein Vater ist einzigartig! Er ist das Höchste, das sich eine Frau wünschen kann!" So nebenbei habe ich sie gefragt, ob sie jemals einen gewissen Polizeikommissar Salvatore Pòlito kennengelernt hätte. Sie hat verneint und gefragt, aus welcher Stadt er sei. „Ich glaube, daß er in Rom wohnt, oder zumindest hat er einmal dort gewohnt." Sie hat mir schon nicht mehr zugehört, denn die Vision ihres Infamen ließ sie im siebten Himmel schweben: „Welche Rechthaberei! Welche Starrköpfigkeit! Welch sublimer Egoismus!" Sie ist einige Minuten lang ganz benommen und geblendet gewesen von dem Bild strotzender Männlichkeit, das ihre Worte beschworen hatten. Dann hat sie mir einen Blick zugeworfen und mir mitleidig zugelächelt: Was konnte ich schon von richtigen Männern wissen? Was verstand ich schon davon? Sie hat den Kopf geschüttelt: „Er prügelt mich jeden Tag! Ich bin von Kopf bis Fuß voller blauer Flecken, willst du sie sehen?" Mit der rechten Hand, die sie in jenem Augenblick nicht am Lenkrad hatte, hob sie den Rock, und die gewaltigen, fleischigen, weißen Schenkel kamen zum Vorschein, bedeckt mit langen schwarzen Haaren (wie von einem

Pferd) und blauen und gelben Flecken, welche von den Schlägen stammen mußten. Sie hat noch lächelnd hinzugefügt: „Dein Vater und ich machen gewisse Sachen, die du dir, armer Sebastiano, nicht vorstellen kannst..."

Daraufhin habe ich mich entschlossen, ihr eine Lektion im Stile Pòlitos zu erteilen und zu ihr gesagt: „Bleib hier neben dem Gehsteig stehen." Sie ist natürlich stehengeblieben, sie konnte sich einem solchen Befehl nicht widersetzen, aber wir waren am Bahnhof angekommen, und ich habe eigentlich Glück gehabt, denn ich habe mich verabschiedet und aus dem Staub gemacht. (Ungeachtet der volkstümlichen Redensart, muß ich sagen, daß mir ein wenig vor Evelina Ferrari graust.) Im Zug habe ich dann über die Ereignisse der letzten Wochen nachgedacht und meine gegenwärtige Lage auf den Punkt gebracht. Sie ist alles andere als rosig: der Verlag in Konkurs, der Verleger im Ausland und der infame Urheber meiner Tage erneut auf freiem Fuß. Alle gegen mich: der „Autorenverband", die „Bruderschaft der Kritiker", die „Null-Romanciers" und so weiter. Auf Lebzeiten von Kongressen, Dichterlesungen und warmen Mahlzeiten auf öffentliche Kosten ausgeschlossen. Ich war allein in einem Abteil mit einem verhutzelten, uralten Männlein. Als ich ihn angesehen habe, waren meine Sorgen mit einem Male wie weggeblasen. Ich habe laut gesagt: „Majestät!"

Der König trug einen Mantel über dem Pyjama und war barfüßig. Er mußte in der Nacht aus der „Casa Civica di Riposo" getürmt sein und machte, abgesehen von seinem Alter, einen ziemlich jämmerlichen Eindruck: Der Unterkiefer zitterte ununterbrochen, die Augen waren leer und durchsichtig wie Glasmurmeln. Die Ähnlichkeit mit Vittorio Emanuele III. von Savoyen war vollkommen, und ich habe mich noch einmal gefragt, wer dieser Mann ohne Alter aus einer fernen Zeit sein könnte.

„Majestät, erkennen Sie mich wieder?"

Er hat sich umgedreht und mich angeblickt. „Mais oui, mon gars, c'est bien sûr! (Aber sicher doch, junger Mann!) Sie sind doch der Journalist, der mich vor einigen Wochen interviewt hat. Nein, sagen Sie mir bitte nicht ihren Namen. Lassen Sie mich nachdenken. Vanelli, nicht wahr? Vanelli."

(„Ich habe 1917 einen Vanelli kennengelernt, im Karst! Graf Ademaro Vanelli aus Manduria, ein Hauptmann der Lanzenreiter aus Aosta: Das war Ihr Großvater, nicht wahr? Er starb im Juni desselben Jahres, am Fuß der Ortigara. Ein echter Held! Ein großer Soldat! Sie können stolz auf ihn sein, mein junger Freund! Und so weiter.")

Welchen Sinn hätte es gehabt, ihm zu widersprechen? Der König (aber wer weiß, wie er eigentlich hieß, wer er war) hat seine Hand auf die meine gelegt und gemurmelt: „Ich habe es geschafft! Ich bin getürmt, Vanelli! Jetzt reise ich inkognito. Darf ich Sie um einen Gefallen bitten, da ich schon das Glück hatte, Sie zu treffen. Gestatten Sie mir das? Sie müssen wissen, Ihr Großvater und ich, wir waren gute Freunde... Je suis à présent dépourvu d'argent de poche. Ach, entschuldigen Sie bitte, manchmal vergesse ich, Italienisch zu sprechen. Ich habe kein Geld Vanelli! Wenn Sie mir einen Hunderttausender leihen würden, ich schicke Ihnen dann das Geld zurück, sobald ich bei meiner Frau bin..."

Meine Brieftasche war gähnend leer, und der König hat zu mir gesagt: „Tant pis!" (Schlecht! Sehr schlecht.) Und dann „Na ja, da kann man nichts machen, Vanelli. Dann leihen Sie mir das Geld eben ein anderes Mal!" Aber man sah, daß er verärgert war, denn das Zittern des Unterkiefers war viel stärker geworden. Wir haben schweigend im Abteil gesessen und aus dem Fenster geblickt: Reisfelder, Pappeln, Robinienwäldchen glitten vorbei, bis wir mit einem Mal über dem Fluß waren und in jenem Augenblick über den Viadukt hinwegbrausten, der jetzt das Tal überspannt, etwas oberhalb der Stelle, wo früher einmal die alte „Osteria del Genio con Locanda" gestanden hatte. Wie viele Erinnerungen! Ich habe zum König gesagt: „Majestät, Sie haben ja bestimmt die Italiener gesehen, die sich vom Faschismus abgewendet haben. Welchen Eindruck haben sie auf Sie gemacht? Wie erscheinen Sie in Ihrer Erinnerung?"

„A-i l'an fait ël saôt dla quaja", sagte der König und sah mich dabei mit seinen durchsichtigen Äuglein an, die wie zwei Glasmurmeln schienen. (Sie haben sich davongeschlichen.) Er hat sich mit einer Hand über die Stirn gestrichen und gesagt: „Ja, ja, Vanelli. Ich habe sie gesehen. Ich erinnere mich an sie..." Er hat gegähnt. Er mußte todmüde sein nach dieser Nacht, die er, wer weiß wo, verbracht hatte, und während er noch sprach, verdrehten sich seine Augen, und das Weiße wurde sichtbar. Er hat gemurmelt: „Die Italiener..."

„Cela devait finir ainsi, avec les italiens!“ (Das mußte ja so enden mit den Italienern!)

„Quel domage!“ (Schade!)

Er schlief mit weit offenen Augen. Ich bin ganz vorsichtig aufgestanden und auf Zehenspitzen in ein anderes Abteil gegangen. Der König... Was hätte er mir denn noch enthüllen können?

Ravello, April 1944

In Ravello nahm das Herrscherpaar das Abendessen immer zu sehr früher Stunde ein, bereits gegen sieben, halb acht. Dann legte die Königin die Karten für ihre allabendliche Patience, und der König hörte Radio oder saß nur so da, ohne etwas zu tun, und döste vor sich hin. Er dachte an früher, an diejenigen, die nicht mehr unter den Lebenden weilten. Er dachte an Umberto, seinen Vater: einen frivolen, eitlen Mann, der sein Leben lang jedem Rock hinterhergelaufen war und niemanden außer sich selbst geliebt hatte. Er dachte an Margherita, seine Mutter: so verschieden, so anders als er,

Vittorio Emanuele und die ihm teure Figur des „Re travet“, des engagierten Königs. So theatralisch und pompös, letzten Endes aber auch so leer und hohl. Er dachte an die Ereignisse seiner Jugend, an die beiden adeligen Damen , die sich einmal in Neapel in aller Öffentlichkeit seinetwegen in die Haare geraten waren; und er, der klein, häßlich und sich völlig im klaren war, eine Mißgeburt zu sein. „Se fussa nën stait 'l fieul dël Re a l'avrio gnanca vist-me.“ (Wenn ich nicht der Sohn des Königs gewesen wäre, hätten sie mich nicht einmal eines Blickes gewürdigt.) Er dachte an die andere, die Verrückte, die, nachdem sie eine Affäre mit ihm gehabt hatte, sich in den Kopf gesetzt hatte, Königin zu werden; sie wollte sich von ihrem Mann scheiden lassen, die Kinder verlassen und irgendwohin verschwinden. Sie war schließlich in der Irrenanstalt gelandet und hatte Generationen von Ärzten zum Lachen gebracht, denn sie vertraute ihnen ganz im geheimen an, die Geliebte des Königs zu sein. Er schüttelte den Kopf: „Bonomëtta!“ (Die Ärmste!)

„Saría stait 'n mangia-fomne“, dachte der König, „se l'avreissa nen ancontrà Hélène.“ (Wenn ich meine Helene nicht gefunden hätte, wäre ich ein fürchterlicher Frauenhasser geworden.) Die Ehe mit Helene war eine Liebesheirat gewesen, sie lebten nun schon seit fast fünfzig Jahren glücklich zusammen: eine große Liebe, die sich normalerweise reiche und bedeutende Leute nicht erlauben können und von der sie nicht einmal zu träumen wagen. Eine etwas törichte Liebe, etwas für arme Leute. „Ist es denn die Mühe wert, König zu sein?“ fragten sich die Italiener, „um dann wie ein Krämer oder ein kleiner Beamter zu leben?“ Die Italiener, das wußte Vittorio Emanuele sehr wohl, wollen Prunk, inszenierte Auftritte, Ausschweifungen, großes Theater. Sie lieben den schönen Schein; die Wahrheit schätzen sie weniger. Sie sind neidisch, mehr als sonst ein Volk auf der Welt, und sie ertragen es nicht, wenn jemand anders glücklich ist; vor allem dann, wenn die Dinge, die das Glück ausmachen, für jeden erreichbar sind, das heißt, auch für sie. Jene dicke, etwas schlampige Frau, die am Ofen hantierte wie eine x-beliebige Bäuerin und jenes winzige Männlein, das in den Wiesen Margeriten pflückte, um sie seiner Herzenskönigin zu bringen, waren in den Augen ihrer Untertanen zwei völlige Dummköpfe oder noch ärger. Da man schlecht über sie reden konnte, ohne mit dem Gesetz in Konflikt zu kommen, ignorierte man sie. Übrigens machten sich auch die Satiriker keine Mühe. „Säbelchen ist zu brav", sagte der Schauspieler Petrolini in einer satirischen Szene über den König, „und deshalb verspotte ich ihn nicht." „Säbelchen": sonst nichts.

„An compatisso", dachte der König. (Ich tue ihnen leid.) Aber diese Feststellung ärgerte ihn nicht, ließ ihn vielmehr lächeln. Er schüttelte den Kopf: diese Italiener! Wenn man, um den Italienern zu gefallen, wie Mussolini sein mußte („N'aso parà da caval", ein als Löwe verkleideter Esel), war es besser, ihnen nicht zu gefallen und gut zu leben...

Es waren die Nebenlinien, die Savoyer aus Aosta und die Savoyer aus Genua, die die Erinnerung an die Monarchie wachhielten und dann und wann die Chronikseiten der Zeitungen füllten; und dann gab es Umberto, den „Prince d'Amour" aller Schneiderinnen Italiens. In einigen Wochen würde er den Titel des Kronprinzen erhalten und König werden. Aber noch bevor es soweit war, hatte er einen Fauxpas begangen und einige Dinge zu einem Journalisten der *Times* gesagt, die die öffentliche Meinung der Italiener aufgebracht und auch den Regierungschef, Marschall Badoglio, in Verlegenheit gebracht hatten. Daher war die Königin an jenem Abend etwas unruhig, nicht nur weil sich ihre Patience etwas langweilig gestaltete. „Und wenn Umberto", dachte die Königin, „unfähig zum Regieren wäre? Im Grunde genommen ist er nur ein Junge, ein großer Junge, der im Schatten des Vaters alt geworden ist und der ganz plötzlich nun einer komplizierten und dramatischen Lage gegenübersteht." Sie nahm die Karten vom Tisch und rief ihren Mann: „Toio."

„Oui maman."

„Il y a grand bruit autour de Bepo." (So nannte das Herrscherpaar Umberto im Kreis der Familie.) „Peut-être, il a dit quelque sottise?"

„Non, il a dit la vérité."

„J'en étais sûre. Mais enfin, qu'a-t-il dit pour fâcher tout le monde?"

„Il a dit que Mussolini a voulu la guerre et que la majorité des italiens était d'accord avec lui; qu'il n'y avait pas dans le Pays un mouvement d'opposition."

„Et alors?"

„Alors, it faisait mieux de se taire. Les italiens, maintenant, ne se contentent pas de n'être plus fascistes: ils exigent de n'avoir jamais été fascistes."

„Ils sont un drôle de peuple, les italiens!"

„Ah, c'est bien sûr, c'est bien sûr... Enfin, maman, n'en parlons plus." (1)

(1) „Toio." „Ja, Mama." „Es reden alle von Bepo. Hat er vielleicht etwas Dummes gesagt?" „Nein, er hat die Wahrheit gesagt." „Das habe ich nicht bezweifelt. Aber was hat er dann so Schreckliches gesagt, daß alle gegen ihn sind?" „Er hat gesagt, daß Mussolini den Krieg wollte und daß der Großteil der Italiener seiner Meinung war; und daß es keine Opposition im Land gab." „Na und?" „Er hätte besser geschwiegen. Den Italienern genügt es nicht, keine Faschisten mehr zu sein; sie wollen niemals Faschisten gewesen sein." „Ein eigenartiges Volk, diese Italiener!" „Ja, ja, darüber besteht kein Zweifel... Aber genug davon, reden wir nicht mehr darüber."

Anmerkungen des Autors

Hinsichtlich der historischen Bezüge im Roman legt der Autor Wert auf folgende Feststellungen:

1. Die Begegnung zwischen Vittorio Emanuele III. und den Vertretern der Alliierten in Brindisi endete tatsächlich mit der Bitte des Königs um „frische Eier, als Geschenk für die Königin". Diese Bitte wurde von den Engländern als eindeutiges Anzeichen von Senilität interpretiert und später von verschiedenen italienischen Historikern mit „menschlicher Schwäche" begründet oder als „Zeichen von Geiz", „Egoismus", „Mangel an Verantwortung" usw. verurteilt.

2. Die „I.M.I." (in Deutschland internierte italienische Soldaten) und später die aus Italien stammenden Zwangsarbeiter waren Gegenstand eines richtiggehenden Handels zwischen deutschen Unternehmern, Naziführern und Faschisten der italienischen Sozialrepublik.

3. Leutnant Orazio Petruccelli ist einer der sechzehn in Kephallonia gefallenen italienischen Offiziere, denen die Tapferkeitsmedaille in Gold verliehen wurde.

4. Die Geschichte des Polizeikommissars Pòlito, wie sie im Roman geschildert wurde, entspricht der Wahrheit.

5. Die italienischen Soldaten, die es in die Balkanländer verschlagen hatte, wurden nach der Niederlage von der lokalen Bevölkerung zur Verrichtung aller Arten schwerer Arbeit eingesetzt und in einigen Gebieten (unter anderem auch in Thessalien) auf Messen und Viehmärkten gehandelt.

6. Der sogenannte „Widerstand" der tausend in Kephallonia verbliebenen Italiener, die bis September 1944 in den Diensten der Deutschen standen, ist ein Märchen (wahrscheinlich von den Deutschen in Umlauf gebracht), mit dem versucht wurde, eine unrühmliche Seite der italienischen Geschichte zu verschleiern.

Candide oder der Garten von Pisnengo

Ohne Sebastiano Vassalli wäre Pisnengo ein unbekannter Weiler im Reisanbaugebiet zwischen Vercelli und Novara: ein paar Höfe, eine Kirche mit angebautem Pfarrhaus und rundum, so weit das Auge reicht, Reisfelder, kleine und große Wasserkanäle, verstreute Baumreihen unter einem dunstigen Himmel mit milchiger Sonne. In der schwülen Hitze begegnet man keiner Seele; hie und da erblickt man jedoch die Silhouette eines Fischers mit langer Rute am Rande eines Wasserlaufs. Hier werden, wie uns Vassalli erzählt, nicht Fische, sondern Frösche gefischt.

Daß es in der Reisebene von Fröschen und Mücken wimmelt, erleben wir später im Garten des Pfarrhauses, der mit seinen Magnolien- und Feigenbäumen und den vielen Rosen wie eine Oase der Frische wirkt. Damit wir von den Mücken nicht aufgefressen werden, zündet Vassalli sofort eine Rauchspirale an, und während wir reden, hüpfen kleine braune Frösche über den Kiesboden, und über uns spähen zwei neugierige junge Katzen aus den Ästen des schattenspendenden Kakibaumes.

Wir erfahren, daß der 1941 in Genua geborene Schriftsteller durch einen Zufall zum Bewohner des leerstehenden Pfarrhauses aus dem 17. Jahrhundert geworden ist, in dem er nun schon seit sieben Jahren seine Bücher schreibt, während seine Frau und sein achtzehnjähriger Sohn in Nopvara wohnen. Das Refugium in der monotonen Ebene der Reisfelder entspricht aber auch seiner Lebens- und Schreibhaltung. Er pflegt seinen Garten, weil er wie Voltaires Candide von der besten aller möglichen Welten genug hat, weil er mit dem Literaturbetrieb der „poeti organizzati“ nichts mehr zu tun haben will, weil er sich als Einzelkämpfer versteht, dessen Muse der Zorn und dessen Waffe die Satire ist.

Sein Ärger über die „organisierten Dichter“ hat autobiographische Wurzeln: Nachdem er sein Literaturstudium in Mailand mit einer Dissertation bei Cesare Musatti über die „Psychoanalyse und die zeitgenössische Kunst" abgeschlossen hatte, machte er, wie er selbstironisch berichtet, seine Aufnahmeprüfung als Schriftsteller in den „Gruppo 63", zu dem sich Autoren wie Eco, Sanguineti, Arbasino und Manganelli zusammengeschlossen hatten, um die Literatur in Theorie und Praxis zu erneuern. Daß die Theorie in dieser literarischen Avantgarde das Übergewicht hatte und das Hauptinteresse der Erneuerer den Machtpositionen in Verlagen, Zeitungen, Funk und Fernsehen galt, hat Vassalli später in einem winzigen Pamphlet mit dem Titel „Arkadia" gebrandmarkt, in dem er bedauert, daß er selber während Jahren im Sumpf dieser arkadischen Avantgarde gequakt habe.

Von den Büchern, die er damals geschrieben hat, redet er nicht gern, obschon oder vielmehr *weil* sie bei seinen illustren arkadischen Kritiker- und Schriftstellerkollegen viel Anklang fanden; es sind der Reihe nach: „Narcisso" (1968), „Tempo di massacro" (1970), „Il millennio che muore" (1972), „L'arrivo della lozione" (1976) und „Abitare il vento" (1980). Heute liquidiert er diese Titel pauschal, indem er sie als die Werke eines Literaten bezeichnet, der gestorben sei. Dabei übertreibt Vassalli natürlich – übertreiben gehört schließlich zu den Hauptqualitäten eines Satirikers. Sicher ist, daß er die aggressive Phantasie, mit der er in seinem Traktat „Tempo di massacro" das menschliche Zusammenleben als gegenseitiges Sich-Zerstören in allen möglichen Varianten vorführte, bis heute bewahrt hat. Was sich veränderte oder besser, was Vassallis dichterischen Spielraum anfangs der Achtzigerjahre erweitert und bereichert hat, ist die direkte Bezugnahme auf eine zeitgenössische oder historische Realität.

Als Ergebnis jahrelanger Archivstudien veröffentlichte er 1984 „La notte della cometa" (Die Nacht des Kometen), eine Biographie des Lyrikers Dino Campana, in der sich dokumentarische Genauigkeit und erzählerische Dramatik fast vorbildlich vereinen. Das ist erstaunlich, weil Vassalli kein akribischer Gelehrter, sondern ein Forscher aus Leidenschaft ist, der in der Existenz Campanas, der 1932 im Irrenhaus starb, ein Paradigma für das Schicksal des Genies in der sturen Normalität der bürgerlichen Gesellschaft sieht. Daß das Studium der Vergangenheit ein helles Licht auf die Verhältnisse der Gegenwart werfen kann, zeigte er auch in seinem Dokumentarbericht „L'alcova elettrica". 1987 erschien „L'oro del mondo", eine Chronik aus der Epoche des Faschismus, und 1990 „La chimera" (dt. „Die Hexe aus Novara", 1993), die Geschichte eines Hexenprozesses aus dem siebzehnten Jahrhundert, die bei Kritik und Publikum zum durchschlagenden Erfolg wurde und während Monaten die italienischen Bestsellerlisten anführte. Auch seine beiden letzten Romane „Marco e Mattio" (1992) und „Il cigno" (1993) erzählen Geschichten aus der Vergangenheit. Am Anfang aller Bücher Vassallis steht neben der Faszination des historischen Dokuments immer auch der Zweifel an dessen Gültigkeit und die Frage, ob sich die Nebel der Vergangenheit überhaupt so weit durchdringen lassen, daß ein Kern von Wahrheit faßbar wird. Das gibt seinem Werk eine rationale Spannung, die den geschlossenen Horizont einer bloß linearen Evokation der Geschichte immer wieder aufreißt und die Unendlichkeit des Nichts enthüllt, das hinter allen Dingen steht.

Vassalli ist ein Autor, der im deutschen Sprachgebiet noch zu entdecken ist. Nachdem „Die Hexe aus Novara" im letzten Herbst erschienen ist, liegt nun endlich auch „Das Gold der Welt" auf deutsch vor. Sein Thema ist das Schicksal Italiens nach dem Sturz des faschistischen Regimes am 25. Juli 1943 oder die polemische Frage, wie es kam, daß ein Volk von vierzig Millionen Faschisten sich nach dem Krieg in eine Nation von vierzig Millionen Antifaschisten verwandeln konnte. Oder um Vassalli zu zitieren: „Die Resistenza kommt in meinem Buch nicht vor. Das kleine und edle Italien der Dreißig- oder Dreihunderttausend, die auf den Rückzugswegen gegen die Faschisten und die Deutschen kämpften, hat bereits seine eigene, meiner Ansicht nach beachtenswerte Literatur; sie ist das Feigenblatt, dessen sich das andere Italien, das unedle der vierzig Millionen Exfaschisten, in der Folge bedient hat, um seine Scham zu bedecken."

Vassalli erzählt in seinem Roman aber nicht nur die Geschichte der Italiener, die während zwanzig Jahren Faschisten waren und mit der militärischen Niederlage aus ihren Träumen und ihrem Wahn herausgerissen werden; diese Geschichte betrifft ihn selbst, der am Ende des Krieges ein Kind war und wie die meisten seiner Altersgenossen im Vakuum einer Welt aufwuchs, die den Faschismus ausradiert und verdrängt und durch andere Ideologien ersetzt hatte. Diese autobiographische Betroffenheit hat ihn vermutlich daran gehindert, den sorgfältig recherchierten historischen Roman zu schreiben, in dem er die Auflösung des Faschismus in der letzten Phase des Kriegs erzählen wollte, anhand von Protagonisten wie dem König Vittorio Emanuele III., faschistischen Funktionären, aber auch den unzähligen anonymen italienischen Soldaten, die in Russland, Jugoslawien, Griechenland, Albanien und Deutschland im Stich gelassen wurden. Das Scheitern des historischen Projektes, von dem Bruchstücke in den Ablauf des autobiographischen Romans eingeblendet sind, hat Vassallis Buch zu der beweglichen und offenen Struktur verholfen, die seiner komplexen Materie entspricht. Er hat die beiden Ebenen der historischen Erinnerungen, die sich gegenseitig erhellen und ergänzen, zudem mit der Gegenwart verknüpft, indem er die Entstehungsgeschichte seines Buches im krisengeschüttelten Verlagshaus Einaudi erzählt, die weltmännische Eitelkeit Giulio Einaudis und die subalterne Unzulänglichkeit des Verlagsdirektors auf Korn nimmt und auch den „Romanciers des Nichts“ und den Karriere-Professoren ihren Auftritt gönnt. Er entwirft sein Roman-Puzzle nicht als ängstlicher Rechner, sondern mit sorgloser Natürlichkeit; seine Sprünge zwischen den verschiedenen Zeitebenen sind einleuchtend und wirkungsvoll; der vielstimmige Roman besticht durch seinen Reichtum an genau beobachteten Figuren, Ereignissen, Kontrasten und Querverbindungen.

Im Zentrum steht der heranwachsende Ich-Erzähler, der in den Fünfzigerjahren unter den Goldwäschern am Ufer des Tessins aufwächst, gequält und verfolgt durch die sporadischen Auftritte eines Vaters, der als pathetischer Aufschneider, Lügner, Betrüger und Faschist das Trauma einer ganzen Generation verkörpert. Von ihm, der stets als der „Infame“ oder der „infame Urheber meiner Tage“ bezeichnet wird, heißt es ganz am Anfang:

„Er kam Ende des Jahres, nach achtmonatiger Abwesenheit, zurück, und war fast völlig taub, denn während eines Bombenangriffes auf eine deutsche Stadt (Nürnberg? Dresden? Frankfurt?) hatte er zwar seine Knochen, nicht aber seine Trommelfelle gerettet. Für jeden anderen wäre ein ähnliches Gebrechen eine Katastrophe gewesen, für den Infamen keineswegs. Ganz im Gegenteil, es lieferte ihm den sicheren und endgültigen Beweis, daß auf dieser Welt nur eine einzige Wahrheit existierte, seine; eine einzige Denkart, seine; ein einziges Wort, seines. Die Welt schwieg, und er sprach, in zunehmendem Maße emphatischer: in Apoftegmen, in Sprichwörtern, in unvergänglichen Weisheiten."

In der Darstellung des Vater-Monsters zieht Vassalli alle Register seiner Satire: Er läßt den symbolisch Vitalen, der sich nach dem Krieg als Verführer von Witwen durchschlägt, noch mit achtzig Jahren aus dem Altersheim austreten, um sich mit einer häßlichen, aber nicht unbemittelten Vierzigerin zu vermählen. Er ist oft nicht wählerisch in seinem Sarkasmus und schreckt auch vor groben oder wohlfeilen Effekten nicht zurück. Das stört aber nicht im vielfältigen und bunten Gewebe dieses Romans, in dem auch Zuneigung, Sympathie, Zärtlichkeit und Melancholie nicht fehlen, vor allem dort, wo er die untergegangene Welt der Goldwäscher schildert, die in der *Osteria del Genio con Locanda* verkehren: eine pittoreske und bizarre Welt, zu der Hausierer und Varietékünstler, Schiffer, Wildhüter und Wilderer gehören, aber auch die liebreizende Fernanda, die Tochter der Wirtsleute, und der gütige Onkel Alvaro, bei dem Sebastiano das Goldwaschen lernt.

Vassallis Buch mutet heute im Zeichen der Korruptionsprozesse und des politischen Umbruchs fast aktueller an als vor sieben Jahren beim Erscheinen; denn es denunziert die Welt der „Väter" mit so viel Witz und Phantasie, daß die sanfte Revolution, die in Italien heute im Gang ist, fast als notwendige Folge seiner satirischen Attacken erscheinen könnte.

Ausgewogenheit ist nicht Vassallis Sache; seine Lust an der Provokation wird allerdings eingeschränkt vom lebhaften Bewußtsein der Widersprüchlichkeit aller Dinge und vom Bedürfnis, seiner Darstellung der Welt realistische Tiefenschärfe zu geben. In der mittäglichen Stille des Pfarrhausgartens von Pisnengo erzählt er nicht ohne Selbstironie vom Ärger, den ihm seine Bücher bisher gebracht haben und, wie er vermutet, auch in Zukunft bringen werden. Ein Beispiel dafür ist seine Reportage über das Südtirol, die unter dem Titel „Sangue e suolo" (Blut und Boden) 1985 erschien und bereits ein Jahr später unter dem Titel „Die Unsichtbaren" (Drumlin, 1986) auf deutsch herauskam. Er hat in dieser journalistischen Auftragsarbeit seine Eindrücke von zwei Reisen nach Südtirol scharfzüngig und spontan zu Papier gebracht und damit einen

Sturm von entrüsteten Reaktionen entfacht. Aus den verschiedensten Lagern. Wie er selber voraussah, als er über sein Reportageunternehmen schrieb, am Ende werde eine Geschichte alltäglichen Wahnsinns herauskommen, eine Geschichte, die niemandem gefällig sein wird und deshalb auch niemandem gefallen wird.

Immerhin habe ihm sein Buch eine Einladung zu den „Ludwigsburger Begegnungen" eingebracht. Dort habe er zwar kein Deutsch gelernt, aber festgestellt, daß die Deutschen zu ihrer Geschichte ein anderes, ein offeneres Verhältnis hatten als die Italiener. Und mit fast ungläubiger Bewunderung erinnert er sich noch heute an den Ernst eines Diskussionsteilnehmers, der nicht akzeptiert habe, daß das Thema „Das Verbindliche in der europäischen Literatur" abgeändert wurde in „Das Verbindende in der europäischen Literatur."

Zum Abschied schenkt er uns ein anderes Nebenprodukt seiner schriftstellerischen Arbeit: ein Buch, das unter dem Titel „Il neoitaliano. Le parole degli anni ottanta" (Das Neuitalienische. Die Wörter der Achtzigerjahre) im Wörterbuch-Verlag Zanichelli erschienen ist. Darin erzählt er die Geschichte von vierhundert Wörtern, die im Verlauf dieses Jahrzehntes neu aufgetaucht sind oder neue Bedeutungen gewonnen haben, von „aids" und „compostaggio" bis zu „perdonismo" und „zombi". Sie ergeben, durch zahlreiche Querverweise verbunden, ein ironisch getöntes Gruppenbild der italienischen Gesellschaft und Kultur der achtziger Jahre und zeigen, was für ein wachsamer Zeitgenosse und Philologe Vasalli ist. Oder wie er selber im ersten Satz seiner Einleitung sagt: „Die Wörter sind die tausend und abertausend Fäden, die den Schriftsteller an die Epoche binden, in der er lebt."

Alice Vollenweider